U0755055

燕赵文艺名家丛书·艺术

文人旭宇

胡湛 刘谨 主编

河北出版传媒集团
河北教育出版社

图书在版编目（C I P）数据

文人旭宇 / 胡湛，刘谨主编 . -- 石家庄 : 河北教育出版社，2025. 3. -- (燕赵文艺名家丛书 : 艺术). -- ISBN 978-7-5545-9026-3

Ⅰ . I217.2

中国国家版本馆 CIP 数据核字第 2025VL2331 号

燕赵文艺名家丛书·艺术

文人旭宇

WENREN XUYU

主　　编　胡　湛　刘　谨
出 版 人　董素山
选题策划　汪雅瑛
责任编辑　汪雅瑛　王旭瑞
装帧设计　郝　旭
出版发行　河北出版传媒集团
　　　　　河北教育出版社 http://www.hbep.com
　　　　　（石家庄市联盟路 705 号，050061）
印　　制　石家庄名伦印刷有限公司
开　　本　787 mm × 1092 mm　1/16
印　　张　18.25
字　　数　243 千字
版　　次　2025 年 3 月第 1 版
印　　次　2025 年 3 月第 1 次印刷
书　　号　ISBN 978-7-5545-9026-3
定　　价　108.00 元

序言

文化兴则国家兴，文化强则民族强。燕赵文化源远流长、博大精深，形成了慷慨悲歌的燕赵精神，孕育了灿若星河的文艺名家。他们立时代之潮头、发时代之先声，传承着河北文艺的优良传统，书写和记录着人民的伟大实践，为河北文化事业的繁荣发展做出了巨大贡献。

星河灿烂，艺道日新。为了继承和发扬老一辈文艺名家的宝贵精神，发挥好他们在文艺创作道路上的“传帮带”作用，推动文艺繁荣发展，河北省坚持以习近平文化思想为指导，组织实施了文艺名家推出工程、中青年文艺人才“秀林计划”、文艺后备人才“春苗行动”、文艺名家情系河北“故乡创作计划”，通过每年为文艺名家出版专著、召开研讨会、成立工作室等方式，支持名家开展创作、发展事业，鼓励名家收徒传艺、扶携后辈，勉励新一代文艺工作者见贤思齐、接续奋斗，努力形成河北文艺事业长江后浪推前浪的生动局面，构建“老中青梯次衔接、省内外交相辉映”的人才格局。

作为文艺名家推出工程的重要内容，省委宣传部会同省文联、省作协开展“燕赵文艺名家丛书”的编辑出版工作，将按照“一人一书”的原则，为我省文艺名家出版作品集或个人专著，集中展示文艺名家的创作历程、奋斗精神和创作成果，强化文艺名家的行业引领效应，带领人才成长、带动文艺事业发展。首批文艺名家包括张峻、尧山壁、封秋昌、蔡子谔、刘小放、边国政、梅洁、刘家科、何玉茹、傅剑仁、谈歌等11位著名作家，以及边发吉、旭宇、郑一民、铁扬、孙德民、曹贤邦、刘瑞新等7位著名艺术家。

择一事，终一生。这18位著名作家、艺术家，是河北文艺发展的实践者和见证人，代表着一个时代的文艺水平和精神。他们用一生的文艺实践，走出了一条扎根时代、扎根人民的创作之路；他们用无愧时代的精品，绘就了欣欣向荣的文艺画卷；他们用发自内心的真诚和热爱，传递了生生不息的文艺薪火。全省广大文艺工作者要以名家为榜样，不忘初心、牢记使命，不负时代、不负人民，创作更多思想精深、艺术精湛、制作精良的优秀作品，热忱描绘新时代新征程的恢宏气象，书写生生不息的人民史诗，奋力攀登新时代文艺新高峰！

编委会

2024年9月

目 录

引　言/1

上编　旭宇生平与艺术成就

第一章　旭宇生平/6

第二章　旭宇的治学及艺术思想/19

兰亭精神/19

今楷理念/20

老子与书画/22

诗词新古典主义/23

第三章　旭宇的诗文创作与成就/26

现代新诗/26

散文诗/29

童话诗/31

古体诗/32

第四章　旭宇书法创作实践与成就/35

诗书互化/35

今楷探索/40

行草书札/42

第五章　旭宇的文人山水画创作与成就/43

第六章　社会评价/48

名家书法集评/48

诗书画综合集评/55

大器终成/55

文人与山水对话、诗词与绘画辉映/56

旭宇：当代诗书画三绝的文人画家/60

天地之心/72

百年才觉古风回/77

旭宇山水画的时代审美意趣与历史文化品格/82

旷朗襟怀大泽中/87

旭宇先生的雅士风流/100

名家散评/107

下编　旭宇诗、论与书画代表作品选

第七章　旭宇诗选/110

论书·现代诗/110

旭宇古体诗选/131

旭宇题山水画诗选/148

第八章　旭宇书论选/163

不入晋格　终成俗品/163

再说晋格/167

二王书法/169

说魏碑/175

唐朝书法纵横谈/179

宋代书法评述/182

现代书法随谈/186

第九章　旭宇书画代表作品选/191

引　言

江山代有才人出，各领风骚数百年。自汉晋中国书法走向自觉，从此，代代名家辈出，所谓“汉魏有钟张之绝，晋末称二王之妙”，唐代则有“虞褚欧颜柳”“颠张醉素”，宋代则有“苏黄米蔡”，元代则有“赵鲜邓康”，明代则有“文祝徐董”“张倪黄王”，如此等等，不禁感叹中国书法史长河恢宏、星汉灿烂。

当代书法复兴四十余年，亦名家辈出，杰作纷呈，乃恢恢瀚海、星河璀璨之传续也。燕赵京畿自商周即有丰富的甲骨、金文传世；东周燕赵古玺、中山刻石契铭，独标华夏；汉碑、魏碑蔚为大观；北齐刻经，举世奇绝；唐代魏征、宋璟、李嗣真、苏灵芝书文俱臻；宋代有范仲淹，元代有刘秉忠、鲜于枢，清代有张之洞、张裕钊、刘春霖等。苍穹深邃，星辉叠烁，其绵绵传衍，实乃燕赵书脉久，太行书韵长。

20世纪改革开放以来，文化复兴的春风吹遍神州大地，中国书法也迎来了新的发展征程。一位来自京东还乡河畔的少年，早种文心，青年从戎，历经风霜雪雨，逐渐走上诗书画舞台，并渐渐迈向河北以至全国书法舞台的中央。从《军垦新曲》战地吟咏到《醒来的歌声》，唱响一代人激情之梦；树兰亭精神旗帜，筑双精双推工程；扬今楷大旗，与古贤哲对话；述老子丹青妙理，八秩复水墨童心；抒高怀块垒，写胸中壑丘；厚文养情愫，书画通诗源。走过激情昂扬、辞彩绚烂之岁月，沉淀出不激不厉、平淡自然、人艺俱老、厚文养艺、大器晚成的通慧之境。这就是我们要推出介绍的文人诗书大家旭宇先生。

燕赵西依太行，东望大海，养育出燕赵才子的高山风骨和宽广胸怀。其有志儿女不甘平庸，必将由平原走向高原，再由高原攀向高峰。

旭宇既是由燕赵大地养育走出的一位当代诗人、书法家、画家，更是一位博通的学人、收藏家，而先生却以农民的儿子、一颗铺路的石子自居；先生又自称是草根族，是追效先贤的追星族。他的“两子”“两族”的自道，呈现了其永远质朴的赤子之心，永远攀登前行的坚毅初心，终使其走向艺术通达之境。

旭宇是一位诗人。他是天、地、自然之心感悟者，是繁华社会脉搏的共鸣者，是芸芸众生苦难与幸福的代言人，是豪情激越的抒发者。从燕山脚下还乡河畔到内蒙古草原，再由京畿沃野漫步于九州山河；从火热的当代穿越于古老华夏的历史文脉长河，再到海外四洋七洲；由现实时代拓化无限的艺术空间，旭宇对诗的追求造就了诗一样的人生生活。

旭宇是一位书法家。自幼濡墨，砚田耕耘。由技致道、探赜玄妙微茫数十年；近乎一生的追求，书写出兰亭之韵，探索今楷时代之变；挥洒卷牍之雅，合碑帖之骨血，留岁月之鸿迹。

旭宇还是一位诗、书、民间文艺火炬的持有者和领跑者。组织开展新旧诗之讨论，率领京畿大省弄墨，由居后冲锋于第一方阵；走访村落民居，让口口相传的故事、谚语、诗歌走向大雅。

旭宇是一位思想者、学人。他耽于诗书，朝夕思索，雅集高论，晤言细谈，反复研读《老子》与书画。思想理论的升华，滋润其翰墨之旅，攀向险峻之峰巅。

旭宇是一位画家。八秩作画，成为当代艺界之奇迹。其不仅为少时绘画创作圆梦，更是审美理想与宋元文人画研究相结合，是由知到行，知行合一的勃发表达。

旭宇还是一位收藏家。他是玉田人，父母起名玉堂，这使他自幼偏爱玉。古人有将君子比德于玉之传统，有五德八雅之说，故旭宇爱藏玉，由

旭宇著作掠影

玉兼及古陶、瓷、书、画、石等。收藏，表为藏物，实为博古、博史、陶然古文化，其养身、养心，久之，自然博通古今，通达诸艺。

无疑，旭宇就是一部兼容诗、书、画、学、藏的浩繁大书，记录着风雨兼程的人生历程，更记载着恢宏的时代风云、艺术美景。现在就让我们走进旭宇丰富、瑰丽、灿烂、迷人的文人艺术世界。

旭宇读书照

上编

旭宇生平与艺术成就

第一章　旭宇生平

旭宇，原名许玉堂，字京东，号白阳、大明，别号六德轩主。当代著名诗人、书法家、画家、学者。先后从事教师、军人、记者、编辑、主编、协会负责人等工作。曾任中国书法家协会第四、五届副主席，河北省文联第六、七届副主席，第八、九、十届名誉主席，河北省书法家协会第三、四、五届主席，第六届名誉主席。

1939年，旭宇出生于唐山玉田县还乡河畔的刘家胡同。玉田之名源于“阳伯雍无终山种玉”，这里是一片神奇的土地，演绎了“不食周粟”、“老马识途”、戚继光“改斗”和阳固、韩德让、王寂、朱述曾、王清

旭宇故乡刘家胡同村边的还乡河

任、管桦、陈大远等名人轶事。历史上曾出生过鲜于枢、杨佐才等书法家。父亲许晋魁，粗通文墨与经典，能写会画，曾担任村内会计，是乡间名士。旭宇六岁时在父亲启蒙下开始学习书法，学颜体达十年之久。上小学时，一次下雪，别的孩子都没有赶到学校，旭宇则按时到校上学。老师看着执着的旭宇问："你长大有什么理想呀？"旭宇憧憬着未来说："我要读书，要读尽天下书。"旭宇回忆说，上小学最喜欢听老师讲诗歌和书法，大约那时候就种下了诗与书法的两颗种子，终使其日后走上诗人和书法家之路。

戴红领巾的少儿旭宇

1956年，旭宇就读师范学校，开始尝试新诗创作，书法涉猎开始广泛。1960年，参加工作，任中专书法教员，临习王羲之、柳公权及北魏书体，对书法理论亦开始重视。业余时间，攻读函授大学中文系课程，取得

1959年上师范时的旭宇

1968年河北大学毕业的旭宇

1971年刚入伍的旭宇

1961年在师范任书法教员的旭宇

结业文凭，其文学作品开始在地方报刊上发表。

1964年，旭宇被保送入河北大学攻读教育专业，同时攻读中国广播函授大学中文专业，研究书法理论，走访名山碑林，注重文学与史学的研究，开始学习老庄典籍。1965年，由郭沫若于《文物》杂志和《光明日报》发表《由王谢墓志的出土论到〈兰亭序〉的真伪》，随后高二适发表《〈兰亭序〉的真伪驳议》引发兰亭论辩。旭宇受其影响，对碑帖书法开始更深度地关注和研习。1968年10月末，旭宇从河大教育系毕业，被分配到38军11师高碑店下属单位劳动锻炼，接受“兵”的教育。在这些学习过程中，他先后经过了农、学、兵的人生历练。

1970年，旭宇应召入伍，到内蒙古建设兵团从事宣传工作，任《兵团战友》报编辑、记者站站长。火热的兵团队伍生活，使旭宇受到了感染，激发了其写作激情，其间撰写的大量兵团生活活动稿件在《人民日报》

《光明日报》及地方报刊上发表；同时创作了一百多首诗歌，在《解放军文艺》等文艺刊物发表。

初步的创作成果使旭宇获得了社会的广泛认可，向更高的目标进发，成为他和战友火华的梦想。1972年，旭宇与火华将发表的诗稿进行汇编整理成书稿，怀着忐忑不安的心情，寄往北京人民文学出版社。终于在当年10月，出版社李季发来了回信，邀请旭宇、火华进京面谈出版诗集的具体事宜。

1973年4月，旭宇与火华合作的诗集《军垦新曲》，由李季先生审定，由人民文学出版社正式出版。一时间，旭宇的诗和诗名传遍大江南北。同年，内蒙古举办首届书法篆刻展，旭宇创作了一件书法作品，并顺利参加。创作与火热生活的结合，使其诗书创作踏上了一个新的台阶。

1976年，随着旭宇文学创作水平和影响的提高，他转业到河北省文联

1973年在内蒙古建设兵团担任《兵团战友》报编辑

1984年与中国民研会领导刘锡成、马萧萧等合影

1993年与李世文赴日本做学术交流

工作，参加创办大型文学丛刊《长城》，担任诗歌散文组长。

改革开放开始后，文学艺术也迎来了新的春天。伴随着时代的苏醒，1980年，花山文艺出版社为旭宇出版了反映时代变革的诗集《醒来的歌声》。

与文学艺术发展同步，全国书法艺术也迎来了发展的新局面。1987年，全国第一份书法杂志《书法》创刊。1980年，“全国第一届书法篆刻作品展”举办。次年，中国书法家协会成立。作为京畿大省的河北，自然对当代书法的热潮十分敏感，在外省已有书法社团成立及各地市先后涌现书法社的情况下，时任省委书记的李尔重知道旭宇善书，嘱咐他向省文联提议成立河北省书法协会。1981年，在旭宇的联络下，河北省书法家协会终于创建成立，该年旭宇加入中国作家协会。

1983年，旭宇又一部诗集《春鼓》由百花文艺出版社出版，并荣获河北省政府首届文艺振兴奖。同年，旭宇参加中国作家协会与香港合办的“当代著名作家书画展”，并出版作品集，担任河北省民间文学研究会（现为民间艺术家协会）副主席、主席和中国民艺家协会理事；组织召开民间艺术家协会座谈会，兼任河北省民间文学三套集成编委会主任，荣获国家编辑贡献奖。

1984年元月，旭宇白手起家创办《民间故事选刊》，并兼任主编。因其为社会大众喜闻乐见，短短时间内就成为畅销杂志。

1987年，旭宇调任《诗神》主编，后任此职达八年之久，并将此刊办成了中国诗歌界三大名刊。

1988年，旭宇被评为正编审。1989年，加入中国书法家协会，发表诗歌《阳光下的泥土》，获河北省党魂奖。1990年，由河北省书法家协会等单位主办的“旭宇书法艺术展”在河北省博物馆举办。同年，当选为中国散文诗学会副主席，花山文艺出版社出版诗集《云·故土·篝火》，并获省文艺创新奖。

1993年，旭宇赴日本作书法学术交流，并由日本诚文堂出版书法长卷《白居易长恨歌》。同年，中国和平出版社出版《宋词行书字帖》，北方十三省市电视台合拍电视专题片《诗书合璧话旭宇》。1994年，应邀出席新中国成立45周年钓鱼台国宾馆国庆大型书画笔会，作品被中南海收藏。1995年，香港出版诗集《天风》。1996年，当选河北省文联副主席，享受国务院政府特殊津贴。

1997年11月，旭宇当选河北省书法家协会第三届主席，这成为他更专心研究书法、组织开展重大书法活动的转折点。其提出的“兰亭精神”用于指导协会工作和书法创作。于1998年至2000年，先后组织由河北省书法家协会承办的中国书法家协会“全国第四届新人展”“第七届全国书法篆刻作品展”“第五届全国书学讨论会”，使河北省一跃成为全国书法大省。

2000年底，旭宇参加第四届全国书代会，当选中国书法家协会副主席，并担任硬笔委员会主任、艺术开发委员会主任、首届兰亭展评审委员。

2001年2月，旭宇组织河北省书法家协会于中国美术馆举办“河北省中青年书法家精品晋京展”。其再次当选河北省文联副主席，被《燕赵都市报》等媒体联合评为“年度河北十大文化人物”。

2002年10月，河北文学院举办“旭宇书法艺术展”，出版《旭宇书张雨轩诗稿》，召开了由诗人、书家共同参加的“旭宇书法艺术研讨会”。

2003年3月，香港银河出版社出版《中外现代诗荟萃——旭宇短诗选》。当年，河北省书法家协会第四届代表大会召开，旭宇再次当选为河北省书法家协会主席，向家乡唐山市玉田县捐赠140件书法作品，玉田县政府修建“旭宇艺术馆”。为巩固提高河北省书法团队整体素质，于2004年后，旭宇先后组织了中国书法家协会主办的“秦皇岛之夏首届全国大字书法展”“第四届河北书协理事展”“艺术河北北京行·书法精品展”“艺术河北上海行·书法精品展”“艺术河北香港行·书法精品展”。

2005年12月，“第五届全国书代会”召开，旭宇再次当选为中国书法家协会副主席，任楷书委员会主任。2007年8月，在石家庄组织召开的“中国书协楷书委员会第一次工作会议”上，提出当代楷书创作的“今楷”理念，成为影响当代楷书创作的重要理念。次年于山西五台山召开中国书协楷书委员会学术研讨会，重点讨论今楷理念，随后在唐山举办“全国楷书名家邀请展”。全国各专业报刊、网络媒体兴起持续多年的“今楷”大讨论，后结集出版《今楷论丛》。

2007年11月4日，出席“全国新文人书法研讨会暨邀请展”开幕式并讲话，对胡湛等倡导的“新文人书法”给予了肯定。

2008年12月，河北省书协第五次会员代表大会召开，旭宇再次当选河北省书法家协会主席。次年元月，在河北省博物馆举办“感恩——旭宇与书法”展，并向省博物馆捐赠作品20余幅。8月，《旭宇艺术随谈》出版，同月，“向祖国汇报——旭宇师生书法作品展”在石家庄六度园隆重开展。年底荣获《书法报》《书法》杂志2009年度人物，同年获“当代书法网”年度人物。

2010年创作《节录小窗幽记》行书手卷，开始体现文人情怀，具有书卷气特征的手札长卷。当年中国书法家协会换届，旭宇被聘为顾问。

2012年，创作《诗书杂感》，梳理诗书交互作用理论与书法实践探索，由河北教育出版社出版，《中国书法》《书法导报》《书法报》等专业报刊进行了推介。9月，河北省第九次文代会召开，旭宁再次被聘为河北省文联名誉主席。

2013年，出版《旭宇书法近作》与《旭宇书论短简》。11月，河北省书法家协会第六次会员代表大会召开，旭宇被聘为河北省书法家协会名誉主席。

2014年7月24日，由中国文联支持、中共河北省委宣传部、中国书法家协会、中国作家协会诗歌委员会、河北省文学艺术界联合会、河北省作家协会主办，河北省书法家协会承办的“旭宇艺术研讨会”在中国文联胜利召开。全国政协副主席、中国文联主席孙家正为旭宇先生题赠“德艺双馨”。中国文联党组书记、副主席赵实，中国书法家协会主席张海，中国书法家协会副主席、秘书长陈洪武，中国书法家协会顾问张飙，中国作家协会副主席高洪波，以及中国书法家协会副主席申万胜、胡抗美、张改琴、何奇耶徒等专家学者出席并参加了会议，对旭宇的诗书艺术给予了高度评价。中共河北省委宣传部称旭宇先生为河北省文艺界的三面旗帜型艺术家之一。

2016年，旭宇向河北大学捐赠书法作品126件。12月27日，河北大学隆重举行“旭宇书法艺术馆开馆仪式” 及旭宇书法艺术座谈会。其中展出《寄给历史之书札》，被《书法报》主编兰干武关注，并于《书法报》连载29期，引起社会较大关注。后又于石家庄由胡展召集全国部分评论家，观赏和评论《寄给历史之书札草稿》，与誊清稿分别结集出版，成为旭宇手札书法创作的一个高峰。

2018年，旭宇探讨《老子》与书画之审美等关系，以《老子与书画》为题在《书法报·书画天地》连载，后分别由山东画报出版社、花山文艺出版社分别结集出版。

2019年5月，河北省文联成立旭宇文化艺术馆。7月，河北省第十次文代会召开，旭宇再次被聘为河北省文联名誉主席，创作《宋碑评议书札》《白阳评议唐诗卷》，开始分别对唐诗和古代碑刻及书家进行品评，逐渐形成诗品、书品学术理论成果。该年向河北大学捐赠《张大千敦煌考察笔记》《王国维小楷册页》。

2020年，旭宇先生开始运用《老子》研究书法的审美理论，并深入细致研究中国绘画史，确定以宋元为取法对象，圆现幼年绘画理想之梦。三年下来，竟画得文人山水画百余幅，题诗200余首。2023年，先后于保定河北大学、唐山总工会、石家庄美术馆举办了“诗与远方——旭宇文人山水

2014年，“旭宇艺术研讨会”在中国文联大楼召开

全国政协副主席、中国文联主席孙家正为旭宇题赠“德艺双馨”匾

2024年10月，旭宇荣获中国文联终身成就奖（书法），并发表获奖感言

画巡展”，同时由河北教育出版社出版《诗与远方——旭宇文人山水画集》。

旭宇先生著述等身，出版诗集《军垦新曲》《春鼓》《春鼓与海岸》《醒来的歌声》《天风》《旭宇短诗选》《会飞的黄鼠狼》《云·篝火·故土》《与君同行》《白阳吟草》等。其中《春鼓》荣获河北省政府首届文艺振兴奖，《云·篝火·故土》荣获河北省文艺创新奖。出版书法集《当代书法家精品集旭宇卷》《旭宇楷书作品集》《旭宇书法近作》《节录小窗幽记》《寄给历史之书札》《寄给历史之书札草稿》《旭宇读书手札选》《白阳评议唐诗卷》《白阳书菜根谭清言》等。出版画集《诗与远方——旭宇文人山水画》。出版学术著作《旭宇艺术随谈》《今楷论丛》《诗书杂感》《旭宇书论短简》《老子与书画》《老子与书法艺术》等。

旭宇耕耘诗、书、画、学四大文化艺术境域，诸艺学贯通，是当代典型文人艺术大家，在社会上产生广泛而深远影响。评论其著作有蔡子谔《旭宇传》、张三铁《走近旭宇》、郗吉堂《中国楷书的千年转身》、胡湛《旭宇诗书艺术研究》与《大器终成》，以及河北省委宣传部、河北省文联编的《大家旭宇》等。

2014年，中国书法家协会年度报告曾称旭宇先生与沈鹏、欧阳中石、张海等为当代中国书法由高原走向高峰的代表书家。2024年春由《书法》《书法研究》《中华书画家》《书法报》等多家专业媒体组织的2023年度中国书法风云榜评定旭宇为“杰出老书家”。中央美院博士生导师、中国文艺评论家协会原主席著名文艺评论家邵大箴尝评之云：文人画是历代画家的最高境界，也是历代画家的毕生追求，诗、书、画相互结合是历代文人画的主要特征。旭宇早年从事诗词、书法创作享誉大江南北，80多岁又开始从事绘画创作，并创作了一大批绘画作品。从中可以看到书法的节奏、诗词的韵律，而他的书法也愈加富有画意。诗、书、画交相辉映，人愈老，气愈壮；厚文养艺，大器终成。

2024年10月13日，由中国文联、中国书法家协会共同主办的第八届中国书法兰亭奖颁奖仪式在绍兴举行，旭宇荣获“中国文联终身成就奖（书法）”。中国文联的颁奖词说：在书法艺术领域，有这样一些前辈，他们潜心书艺，承古开新，成果斐然，有着崇高的人生境界、高远的艺术品格和高尚的道德情操，是我们的榜样。为了表彰在我国文艺事业发展中做出突出贡献、在艺术创作方面成就卓著的艺术家，中国文联专门设立“中国文联终身成就奖”。

对于旭宇的艺术成就，中国文联在颁奖词中写道：旭宇先生是具有深厚文化底蕴及精深艺术造诣的书画家、诗人、学者。其书法植根于传统经典，精研唐楷魏碑，融会晋宋行草，书风刚健而流丽，格韵高古而清新。精擅诗书理论，不懈探研，老而弥坚，出版《旭宇艺术随谈》《诗书杂感》等诗书画集、学术著作五十余部。主张诗书载道，坚持艺文兼修，注重书法文化品格，关心当代书法发展，热心社会公益事业，治学从艺，以楷作则，笃学敏行。

旭宇继承了中国传统文人的修身、治学、治艺的优秀品格，实现了诗、书、画、学多方面融通性成就，是当代杰出的文人艺术家代表，为当代文化艺术树起了一支新的标杆。

第二章　旭宇的治学及艺术思想

旭宇先生是以诗人、书家闻名于世的，岂知先生也是一位博通经史的学者。其学生时代即对古代经典《论语》《周易》《老子》《庄子》等进行过深入研读。这些经典文化无疑对塑造其积极入世、热爱社会、热爱生活，同时又旷达超逸、淡泊名利，随时可以进入静谧的诗书禅定创作状态具有极好的奠基作用。熟悉他的人都知道他是一位熟读《老子》与《周易》，并且富于收藏鉴赏古代艺术的学者。博学丰富的人生，使其生命流泻的诗歌与书法自然具有丰厚的内涵。对学问与书法的关系，他曾阐述说："笔易而墨色难，点画易而学问难，吾先取学问而后作书。书法乃吾之心影，意在笔先，情在墨中，达意则书成矣。"

先生在诗歌、文学、书法、国画、美学、哲学等诸方面皆有独到创见。

兰亭精神

在书法学术上，先生的主要思想集中在"兰亭精神"和"今楷理念"。早在20世纪80年代，他就提出了书法应是一门学科，应建立"书学"理论体系的思想；而众多书法理论家着意于书法学的构建则要到20世纪90年代中期了。20世纪90年代末先生担任河北书协主席后，在丑怪书风流行、书法审美标准混乱的风气下，其率先提出了扎根传统、弘扬经典的"兰亭精神"，并将其厘定为"文墨并重，注重学养；少长咸集，文人相重；切磋砥砺，交流上进”三个方面治会，使河北书坛短短三五年跃升为全国书法大省。而全国书坛以兰亭奖的举办为标志，二王经典正统书风回归则要到21世纪。在《兰亭集序》的研究上，先生也提出了《兰亭集序》非一稿而成，“今传唐摹本《兰亭集序》的原书非王羲之第一稿，乃是成稿后的二次书写”，并对《兰亭集序》创作过程的书家心态与审美做了详细阐发。先生日后基于对《兰亭集序》的研究，又深谈了“不入晋格，终成俗品”的思想。这些都是围绕“兰亭精神”而展开。

旭宇提出的“兰亭精神”也直接影响了本人的创作。其不仅深研“兰亭”一脉帖学，在融汇北碑风骨、汲取魏晋之后文人书法历代精髓后，于晚年着意尺牍、书札、手卷，创作了《节录小窗幽记》《寄给历史之书札》《寄给历史之书札草稿》《旭宇读书手札选》《白阳评议唐诗卷》《白阳书菜根谭清言》等帖札精品，堪称白蕉之后又一位承继“兰亭精神”的书法大家。

“兰亭精神”不仅潜化于先生的书法实践，用于指导河北省书法家协会、中国书法家协会楷书委员会的工作，也影响了当代书坛的思潮与创作。2007年，由中国书协指导，浙江省委宣传部、文联、绍兴市人民政府主办的“中国书坛·中国书法雅集·兰亭论坛”开始连续举行，其中多有引用和论述“兰亭精神”者。“兰亭精神”已成为影响当代书法发展的一个重要学术思想。

今楷理念

先生于2005年再次当选中国书法家协会副主席并兼任楷书委员会主任后，为推动当代楷书的发展，打造具有时代特征风貌的楷书，经过古今书法史发展规律和借鉴姊妹艺术创作发展理论，掷地有声地提出了“今楷”当代书法承古创新的理念，在当代书坛产生了巨大、广泛且持续的影响。

2007年8月26日，旭宇先生在中国书协楷书专业委员会第一次会议上明确提出：历史上有章草到今草的发展，楷书历史上有魏碑、唐楷的辉煌，我们今天为什么不能创造出属于我们这个时代的“今楷”？“今楷”也是相对“古楷”而言。提出今楷，不是否定古楷，是在继承古楷精华基础上的创新发展。是对当代楷书创新发展的一种由自然状态到自觉状态的觉悟。对于今楷的内涵，旭宇说：我们今天提倡今楷，一定要提倡百花齐放。不要只有一种模式。唐楷风格各异，魏碑是千家万户。我们的今楷要有当代人的情趣，这种情趣是多种多样的、形态各异的。对于“今楷”的基本特征，旭宇做了较为详尽的描述：①今楷在点画上要有新意，使楷书线条进一步丰富起来。②今楷在结体上要有今人自由自在的精神。都说楷书是站立的人，可是我们站立的姿势可以是立正，也可以是稍息，还可以像服装模特一样摆一个漂亮的姿势。③今楷在布局上也可以借鉴行草的优势，使楷书成为艺术品，使布局呈现出大小参差错落的变化，给人一种艺术的美感、境界和情趣，使楷书来一场革命。我相信楷书同样会和其他书体一样受到广大人民群众的欢迎和喜爱。④今楷要能够传达人们的情感。要表现出感情，像诗歌一样言志。楷书能够抒情吗？我看可以！楷书是可以抒情的！⑤今楷的书写速度能否进行一些改革？唐楷行笔很慢，魏碑行笔很快。我们的今楷创作是否可以像魏碑一样行笔再快一些？都像唐楷一样缓慢行笔容易导致僵化。⑥今楷可以向行书吸收一些东西，向行书靠拢一点。有行草也应该有行楷，“楷”中加点儿“行”的成分不可以吗？写得“行”一点儿不好吗？我们提倡今楷，提倡相互借鉴，但绝不互相排斥。⑦墨色要变化与鲜活。今楷的书写中，墨色应该更丰富，更有变化，燥润相间，枯湿之笔运用得法，以增艺术魅力；要借鉴、吸收行草的表现手法，墨分多色。⑧要简便易书写。这是今楷普及的必然要求，要从简化字上受到启发，便于流行才会吸引更多的人参与。

由河北教育出版社出版，旭宇主编的《今楷论丛》，其可以看作是

“今楷”理念及其研究的阶段性成果。而先生诸多关于书法的诗，实际也是其书学思想的反映表述。

老子与书画

《老子》是中国传统文化之经典，多有解读之著述，但鲜有专门以其思想专论的书画者。旭宇先生常读老子《道德经》，他发现《道德经》不仅蕴含着天地、自然、人生、社会哲理，其中也有丰富的美学思想，可以指导中国书画创作。2019年，应《书法报·书画天地》邀稿，旭宇先生将《道德经》与书画有关的语句书写了三十件书札，并口述其美学义理及与书画创作之关系，由郄吉堂执笔撰写了相关的阐释文章，以“左图右文”形式在报纸发表。之后由花山文艺出版社、山东画报出版社出版《老子与书法艺术》《老子与书画》，填补了《道德经》与书画创作专论的空白。

《老子与书画》前言介绍了著述缘起的主要思想，此摘其要如下：

> 《老子》的美学思想对中国美学思想发展影响巨大。特别是它结合自然、社会等审美对象而从本体论与方法论上展开对美与审美的探讨与把握，精湛且深刻，实乃人类人文存在的重要认识，基本上确定了中华民族运用美来把握世界的独特方式。中国的书学、画学、诗学，在审美取向及艺术品鉴上，都接受了《老子》的思想与原则，从而展现了东方形式的美韵与风采，不同于西方。
>
> 《老子与书法艺术》的写作，缘起是读《老子》而觉得于学习、创作，乃至人生释惑，有启发，有助益，有提高。后举烛探隐，似有所悟，遂集腋成篇。故而本书之写作，不为释义《老子》，只是感悟《老子》。是由《老子》而生发开去，再对诸对象作审美观照。至于会否“歧路寻羊”，则不得而知。唯愿日后诸君有读到此书者，不吝

赐教。

《老子》是昆仑山，是长江、黄河，是我们民族思想的源头。我们若可作东奔大海的滚滚洪流中的一片飞沫，那切勿忘记东去中再西向回首，望一望我们的源头。

人老当读经。何也？使人知何处来，又归何处去。

《书法报》主编兰干武为该书作序称：“它与旭宇先生另一件力作，即《寄给历史之书札》，都是集艺术性、文学性、思想性于一炉，填补了当代书法的空白。仅此一件作品，便足以支撑起一座博物馆。旭宇先生穷一生精力研究《道德经》，颇有心得，对人生世事，洞若观火，已而一身正气，无欲无畏。但对艺术却有谦卑之心，矻矻以求，以小学生自居，正是这种敬畏之心，成就了旭宇先生的大事业。其实，纵观当代书坛，真正能称得上学人的又有几人？特别是在世的书家中，如旭宇先生这般老而弥坚，老而弥笃，老而弥秀，老而弥壮者，又有几人？是故，以我从业几十年的眼光，可以负责任地说，旭先生作为文人书家，在当代可说是秦砖汉瓦、硕果仅存，能望其项背者不多了。”

诗词新古典主义

旭宇在诗歌文学上，早期以创作现代诗为主，对古体诗也有一定创作和研究。其于20世纪80年代初支持朦胧新诗的创作，组织学术研讨会，还撰文《古体诗写作新议》《现代诗应走新古典主义道路》，对古体诗、现代诗的创作方法和方向都提出了自己的见解。

对于古体诗创作，其《古体诗写作新议》中谈到“唐诗精练、宋词精练、元曲洗练”，值得继承，但他不赞成完全按古代格律形式写诗。他认为“继承传统要服从时代的需要”，“我们以为要把旧体诗词解放出来，才能繁荣我们的诗词创作。既讲语言精练，又含蓄；既讲抒情，又有民族特色，又有味道”。“有人光强调韵、律，没有味道，没有境界，光强调韵、律而伤诗意，那是不分主次了。诗，主为情，次而律、韵。律、韵是为抒情服务的。抛弃了主要的东西，过多注意次要的东西，那就舍本逐末了”，“今人在写旧体诗词时，不要因形式而伤内容，应着重注意内容和抒情性，以诗有没有味道为主要标准”，“有诗味，有美感，有境界，思想健康，内容充实，读起来给人愉悦，大体上押韵，大体上合格律，那就是好诗”。

旭宇的主张是诗歌亦当随时代，要与时俱进，主张诗的形式要符合内容，“不要戴着镣铐跳舞，需要解放，真正自由，在诗的味道、情感上，在诗眼上、魅力上，多下功夫，就能重新弘扬传统诗词”。他指出：“唐以前的古风，越古就越不讲对仗。现在可以把旧诗看作古风，不必标律诗、绝句，写古诗就行了。形式拿来，可用就用，不可用的、束缚思想的就扬弃。”旭宇的古体诗创作思想就是为了继承传统诗词言志、抒情达意之本质。真正使当代古体诗写作复兴起来、繁荣起来。

在新诗写作上，他纵观当代新诗创作现状，首先指出了存在的两个不良弊端倾向，即“一是散文化倾向，一是艰涩难懂”。过于散文化、大白话，就把诗庸俗化了。他指出：“绝不是说所有白话都是诗，不是什么语言都可以入诗。诗是从生活、情感、语言中提炼出来的精华，是思想的精华，情感的精华，语言的精华，时代的精华，是我们时代水晶一样的东西，宝石一样的东西，是生活中的玉，玉还是美玉。”写得艰涩难懂、不知所云是朦胧诗的倾向，是脱离社会大众的误区。针对现代诗创作存在的弊端误区，他提出了“新古典主义诗词”创作主张。

那么，新诗应该走什么道路呢？

我觉得就是走现代人加古典诗风的道路，就是新古典主义道路。

新古典主义诗的特点，语言精练、情感真诚、民族形式、时代生活，还包括我在谈古体诗创作中的一些看法，这样大家在读的当中容易接受，同时又不是白开水，它有味道，像茶水一样，是一杯清茶，而且应该相对地能够上口。

我觉得新诗应与演唱结合起来，与古典诗的美结合起来。与古典诗的美结合起来，就是在精练上，在美的创造上，在语言打造上下功夫。和歌曲结合起来，新诗就长了翅膀，就有了位置、地位、市场，就能普及起来。新诗必须走向精练。新诗要鲜活起来，不要成为纸面上的文字。新诗要走向人群，走向生活，走向社会需要。新诗要和社会需要结合起来，不要成为少数几个诗人自己互相欣赏的工具。

可以看出，作为一名对古代诗词和新诗都有研究和创作体验的诗人来讲，其主张都是围绕继承传统、表达性灵、跟随时代、反映时代、突破束缚、繁荣创作、服务社会、服务民众为指向。是有益社会、有益民众、有益时代、有益发展的，具有深厚学术创作基础，具有前瞻性的艺术创作思想。其必然会为时代、为广大诗词创作者和鉴赏者所接受，成为对当代诗词发展具有重要贡献和影响的理论。

第三章　旭宇的诗文创作与成就

旭宇作为当代著名诗人，其创作题材涉及现代新诗、长篇抒情诗、童话诗、散文诗、古体诗等，而且都取得了很高的成就。

现代新诗

如果，我是木柴，它将让我燃烧；
如果，我是矿石，它将把我冶炼；
如果，我是寒水，它将要我沸腾；
如果，我是机器，它将令我启动。
因为我要燃烧，
火是我的生命。

——旭宇《火》

旭宇幼受庭训，学书习诗，学龄前即能执笔挥洒，吟古诗百余首。少年旭宇的同窗尹风文曾记载了这样一段轶事——小学老师尝讲述故事云："南朝诗人谢灵运独赏前人曹植的文才，称：'天下有一石，子健独占八斗，我占一斗，天下共分一斗……'"言毕，师环顾诸生，顷问玉堂："曹植才高八斗，我辈当作何感想？"玉堂对曰："若果有才，何须车载斗量，只需一粒种子也。"师生一时皆惊。果真，旭先生由幼年埋下的学书习诗的种子，终于发芽成长为今日成果丰硕的著名诗人、书法家。

旭宇先生1958年考入师范学校，1960年以优异成绩留校任书法教师，1964年被保送至河北大学深造，毕业赴内蒙古建设兵团。莽莽草原、苍苍大漠，骏马奔腾的塞外生涯不仅磨炼了其勃勃向上的坚强精神意志，而且也激发培育了其丰厚、火热、鲜活的诗心书情。《军马来了》《军垦战士见到毛主席》《红日照茅屋》《小红梅》《雨夜激战》等反映军垦生活的诗篇先后发表于《兵团战友》等报刊上。1973年，旭先生第一部诗集《农垦新曲》（与火华等合著）由人民出版社出版，在当时诗坛引起极大反响。

1976年，旭宇先生由边疆返回河北，并到河北省文联工作，随着改革开放新时期历史发展的进程，其先后参与创办大型文学丛刊《长城》，担任诗歌组长，创办《民间故事选刊》，主编《诗神》杂志八年，并使其成为全国富有影响的三大诗歌杂志之一。其先后担任河北文联常委、副主席、名誉主席等职。在繁忙工作的同时，先后出版了《醒来的歌声》《春鼓》《云・篝火・故土》《天风》《白阳吟草》《旭宇短诗选》等诗集。

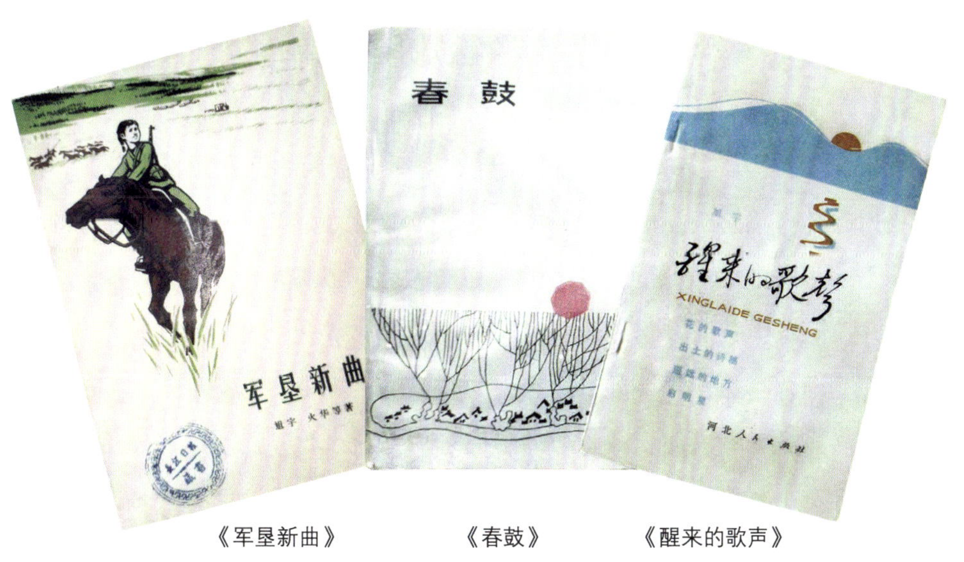

《军垦新曲》　《春鼓》　《醒来的歌声》

《醒来的歌声》是旭宇于1981年出版的第一本诗集，他用隽永、飘逸的诗行，抒发从严冬醒来的心音，色彩明丽，春意盎然，并用“韵律的长鞭”挞伐“角落里的残雪”，如悼念张志新同志的《启明星》，读来令人回肠荡气，凛然正气溢于行间，旭宇的作品本来以清新秀逸见长，这是他少有的发出痛心疾首、有着血泪呼号的诗篇。

《醒来的歌声》歌颂了复苏，歌颂了新生，歌颂了光明，它“带着春意盎然与料峭，献给了读者”，以其真、善、美陶冶人的心灵，给人以鼓舞，给人以力量。

是谁在那里呐喊，
让万物不再沉睡？
醒来的只是种子，
枯枝败叶在角落里腐去。

——《春雷》

随着新时期春天脚步的迈进，春雷在天空炸响，大地上一片浩荡春风，空气里一派春意盎然。于是，诗人呼吸着春的气息，追踪生活的足印，感应时代的脉搏，谱下了一曲又一曲充满阳光的、激越的时代春歌。1983年4月，洋溢着旭宇的青春豪气和对时代春天的讴歌，《春鼓》，又一时代性诗集出版。他曾说：“我是属于春天的。我的诗应当是春日的溪水。” 而这诗之春溪，奔流欢唱，亲吻大地，辉映天光。“第一片嫩绿的叶子，啊，第一面升起的／春的旗帜！”（《第一片叶子》）；“土地举起了生命，生命正呼唤理想。未来的季节属于新绿”（《新苗》）；“太阳旋转着金轮”，纺织“朝霞的彩锦”（《春的裁剪者》）；“春风的铜号在长空书写雄韵”（《春鼓》）。在他的笔下，不论是城市的黎明，田野的笑声，新生的草原，还是老人的感慨，火红的青春，童稚的心灵，都昂扬着一种时代奋发向上的精神。诗集的情调是冲腾的、明快的，诗集的色彩是清新的、鲜丽的。这正是社会变革、时代精神在诗人心灵上的独特折光。

是的，还有抽泣和险路，
但，我应是面春鼓，
祖国，你擂吧，
我敞开金色的胸膛，
这里有强音，
只为春的世界，
不为冬做狂吼。

刘小放说，旭宇是一位早醒的诗人。他的早醒不仅表现为人生的时间上，更表现在其往往领时代风气之先。在20世纪80年代，朦胧诗还被许多人质疑时，它不仅率先创作了大量新体朦胧诗，还在《长城》诗特辑上刊发和推出众多青年诗人的朦胧诗作。并举办诗歌创作研讨会，为当代诗歌的发展、诗体的扩展、新诗人的推出等起到了极大的推动作用。

1991年，先生以农民模范付显忠事迹创作了长篇抒情诗《阳光下的泥土》，长达2000行，《诗神》以特别专号刊发，并荣获了党魂征文奖。这首长篇诗还具有一定的报告文学特征，是时代之声、时代之音。

散文诗

《白阳吟草》是先生进入新世纪后出版的一部散文诗集。散文诗较之诗，更自由、更灵活、更从容地梳理展开思绪情感，但它又不失诗之精练与韵味。作者由诗到散文诗，盖如唐宋文人由作激昂蓬勃的青春诗到作沉潜从容练达、述志述理的辞赋之演进。其乃诗境之演化，亦为人生之演化。读先生诗文的第一感觉是辞章华美，细读之，则感其内容之曲折、苦涩、悲凄与壮烈，进而乃识诗人豁达坚强之意志，火热赤诚之爱心、情怀，不屈不挠之精神。

《吟草》首篇《家乡的太阳》，反映了诗人对儿时故乡的深深眷恋。其中对多年乡间生活的细致描写，更反映了作者虽人到中年，历尽沙漠草原和城市生活荣辱甘苦之后，仍保持着一颗赤诚的童心。老树下光滑的青石板上听老爷爷讲故事，打谷场上观看牵牛织女星，向人们描绘了农家儿童质朴纯真、快乐无邪的画面。而在这些快乐无邪中，其往往又透出一种苦涩。如《亮晶晶的冰凌》摄取了贫寒的农家孩子，将严冬雪融后于屋檐凝成的冰凌含在口中，当城市里的冰糕取乐的一瞬："举起一枚这冬天的赐予，连同冻红的小手在嘴里品尝，冰糕呦，冰糕……"这是一种苦涩的快乐，一种酸酸的美。诗人正是由苦涩的童年长大，而从中磨炼了坚强向上的品格。"苦难的往事总会过去，坚强从磨难中诞生。"豁达向上使先生的诗于苦涩中又趋向了深刻与超越。先生的这一散文诗风格还突出地描绘了家乡勤劳的石匠、铁匠、挖井人、盲人、哑人等人物。

透过先生的华章诗句，我们还可以感受到先生充满着对自然社会和民族文化的热爱，对人生信念的执着："生命的潇洒是志士登高丘以望沧海，是勇士持长剑而临八方，慕鸿鹄之志而高翔，让生命轰轰烈烈地燃烧一次。""我们不会哭，哪怕歧路，哪怕鲜血从胸膛里喷出。悲泣，只能属于黄昏和三秋后的落叶，我们是顶天立地的青松，砍掉一个头颅，又长出十个。""人生有幸将生命为事业而燃烧、发光，为他人做铺路石子，该是一种骄傲，一种自豪。"这就是旭宇的胸怀和他对待事业的态度。

中国历代文人自有以天下为己任的传统。所谓"修身、齐家、治国、平天下"者，修身、齐家是本，而更高的目标为"平天下"之"道"。自唐代中国的文人就提出了"文以贯道""文以载道"的思想。先生诗作，无论是激情岁月的《军垦新曲》，还是进入欣欣向荣新时期的《醒来的歌声》，以至近岁出版的《白阳吟草》，皆绝少个人的儿女情长，多为反映时代、反映如火如荼的社会生活。每每读之，使令人励志、激奋、壮怀。乃其胸中怀有雄心伟志所致。而作为其诗外化物象的书法，自然为表现其心志增添了一翼，诗书双翼的共振，使其飞翔的“载心载志”“ 文以载道”之天空更高远，更辽阔。

童话诗

保持童心是诗人的重要品质。2006年，旭宇先生在担任中国书法家协会副主席、河北省文联名誉主席、河北省书法家协会主席事务繁忙之际，创作了《会飞的黄鼠狼》童话寓言长诗，由河北少儿出版社出版。该书出版后深受少年儿童的喜爱。主管河北省少年活动中心的河北省妇联副主任裴世欣闻讯和旭宇先生联系，旭宇先生为少年活动中心捐赠2000册，发放全省。石家庄市裕华区小学，以及西安市的一些小学也纷纷将其排练成节目在学校演出。

石家庄裕华区教师程英哲读到此书后甚为惊叹，她著文称：

“一本《会飞的黄鼠狼》捧在手中，我心中充满了好奇。首先好奇的是黄鼠狼怎么会飞呢？再看到作者是旭宇，难道就是那位令人仰慕的当代诗书大家？怀着好奇翻开扉页，一脸温和儒雅的笑容映入眼帘，果然是他——虽已年过花甲，但仍有一颗童心的旭宇老师。读着这些通俗易懂、朗朗上口的诗句，原来这是作者专为孩子们写的一首寓言叙事诗。

“这是一本很单纯的书。单纯得没有前言，也没有后记；单纯得两三岁的孩子都能听懂；单纯得只有一首长诗，讲了一个故事；单纯得就像孩子们的心灵一样天真无邪，没有功利，没有污染，只有一片向善、向美的赤诚。真为孩子们高兴，能有如此秉承社会责任感的文坛名家为他们创作精神食粮。”

《会飞的黄鼠狼》诗句很优美：“绿水池里荷花开满。池边草地格外青绿，青蛙喊着刺猬，花狗叫着白兔，一边说啊唱啊，一边跳舞……”诗人正是通过这些诗句描绘了黄鼠狼的偷窃、虚伪、自吹、不听劝告，以及鸡、黄牛、小花狗、青蛙、刺猬、小灰鼠等众多动物群像，教导孩子们要有正确的荣辱观，要诚实、正直、勤劳、守纪，对坏人坏事要敢于批评，要与好人交朋友，等等。旭宇用优美的诗句简述了深奥的做人道理。

旭宇的童心也为诗界同行感动，河北省作家协会副主席高洪波欣然为该书作序。这种大家倾心为儿童创作的举动，感动了少儿、感动了学校、感动了社会。

古体诗

相对于现代新诗，旭宇所写的古体诗相对较少，为社会所知也鲜。但随着年龄的增长，特别是愈到晚年，旭宇于古体诗创作愈丰。2019年，《文化河北》专门刊出《白阳诗钞》古体诗专刊，发表了旭宇用毛笔书写的30首古体诗。

旭宇所写的古体诗，从风格上来讲是恢宏豪放的。让我们读一读他为故乡唐山所作的《苏幕遮》一词，大致可领略出其风采格调：

碧云天，京东地，燕山叠翠，清川南流去。冀东平原宽无际，繁华竞逐，书画难收笔。　　思乡情，忆往昔，昨日震灾，历历在心绪。残墟今日高楼起，唐山人杰，铁肩担道义。

优美、壮烈、振奋，这是大江东去之声，这是黄河滚滚之音，是作者的心声，也是时代的巨响。

1987年担任《诗神》杂志主编与编辑部同仁合影

旭宇八十岁之后研究老子，并以老子思想创作了一百多幅文人山水画，且每幅作品都题诗，共创作题画诗约240首。这是先生于文人诗书画进入通慧之境的集中爆发时的创作。河北教育出版社出版的《诗与远方——旭宇文人山水画》以画作加题诗文字形式排列，使该书增加了可读性，深受读者喜爱。旭宇这些融诗书画为一体的文人山水画于2023年先后在保定河北大学、唐山工人文化宫、石家庄美术馆举办巡展，获得社会广泛赞誉。当代著名文艺评论家、中央美院博士生导师邵大箴评曰："厚文养艺，大器终成。"当代著名文艺评论家、人民日报社民生周刊主任桑下称："如果说诗词和书法是旭宇虔诚的心、炽热的爱，那么诗词、书法辉映的山水则是他抑制不住的灵性绽放。正是因为抑制不住，才让他展露了风神，独上了高楼，看到了灯火阑珊。"当代诗人、河北省作家协会副主席郁葱盛赞旭宇晚年所作古体诗和为其文人山水画所题诗："近年来他又专注诗词写作，主张诗言其志，讲究炼字炼句，讲究意境和哲思，严谨而不拘泥，细腻亦显大气。"其评旭宇一幅画的题诗句"相侃仰天只一笑，身倚危岩作龙吟"："大气厚重，性格性情尽在其中。"他尤喜欢《归来》画所题诗：

人生归来鬓未霜，诗书不应愧斯堂。
西风古道披肝胆，孤篷落木过大江。
曾睹芦蒿萌春绿，抑或清雨赏新篁。
此生只因一支笔，劈开鬼门向汪洋。

他阐释道："旭宇先生把古人的思想融会贯通为自己的生活姿态，演化为一种境界，使之成为笔下的水墨与诗歌，所以，欣赏这首诗，是由于这首诗展示的品质、定力和语言的功力，也更加感受到，这首诗作渗透了悲天悯人、道法自然、天人合一的理念，也是画家、诗人、书法大家旭宇先生的生活与艺术的真实写照。"

第四章　旭宇书法创作实践与成就

诗书互化

黑白的韵律从灵性的黄河里
荡出　直下磨难的三门
穿越金石的三千年古风
树一株黄山松奇采
相识它　只有雄鹰的翅膀
寻找那条风神　中国龙
在枯藤奇岩中思索
我就是那支紫毫
一支抖动的不老的长江

——旭宇《自题诗》

东坡书评王维诗书云："味摩诘之诗，诗中有画；观摩诘之画，画中有诗。"而此评又成为中国文人画之标准，人们据此又尊王维为文人画之鼻祖。当代文坛泰斗臧克家评旭宇诗书云："融诗为书，化书为诗。"此为"文人书法"之确评。而旭宇先生确为当代书坛在传统文化精神普遍失落的境况下，能够得继古风、富有影响的典型文人书家。

书法自古是"固义理之会归，信贤达之兼善者"的艺术。旭宇耕耘于诗歌文坛，而未间断自幼喜爱结缘的书法艺术，而且随着其诗歌文学艺术的精进，其书法也日渐走向成熟、辉煌。他自幼遵父命研习颜真卿书法达十年之久，参加工作后担任书法教员，“文革”期间，他开始了自己的朝圣访碑之旅。北海的“三希堂”法帖刻石、西安碑林、泰山摩崖开阔了他的书法视野，使他走上宗晋、崇碑和碑帖结合的正途。当20世纪80年代初传统文化得以复苏时，他积极参与了河北书协的创办工作。1990年举办“旭宇书法艺术展”。1993年赴日做书法学术交流，出版《宋词行书字帖》。1997年当选河北省书法家协会第三届主席，组织承办“全国第四届新人书法展”“第七届全国书法展”“第五届全国书学讨论会”。2000年，当选为中国书法家协会副主席。2005年，再次当选中国书法家协会副主席并担任楷书委员会主任后，他又创造性地提出了发展打造当代楷书的“今楷”理念，并主编《今楷论丛》，当选2009年度书坛十大人物，成为当代书坛最具影响的领军人物之一。

臧克家为旭宇题词手稿

在我看来，旭宇先生书法的主要特征有三：一曰化魏融唐，碑帖结合；二曰书入晋格，古镜照神；三曰笔随时代，诗书互化。

先生幼承家学，自六岁即习颜真卿达十余年之久。既长期受燕赵、魏碑丰厚历史遗产的熏陶影响，又潜心研习魏碑数十年，并以其丰厚的文化修养，着力扬弃民间工匠刻凿的粗糙成分，致力以碑的奇异和帖的蕴藉与时代精神相结合，丰富书作形式和文化内涵品位。经由数十年沉潜、锤炼积淀而成的书法，呈现给读者的是唐楷颜书的端庄、凝重、醇厚和北碑的质朴、率真、奇异，以及文人书法的清逸、温蕴、明净与时代的鲜活、开放、生动之美。简言之即化魏融唐，碑帖结合。

我们赏读先生书法可以发现其诸多作品明显地取法魏碑、唐碑之特征，但其内在的根底却是帖学的。细品之，自可隐约感觉到二王的细腻、雄强、飘逸，颜真卿的浩荡大气，宋人札稿的精雅，王觉斯的恣肆及近世赵之谦、于右任化碑入帖，将碑体行草化的影子所在。先生幼学颜体为基，进而钟爱魏碑，缘于故土燕赵本就是魏碑的主要产生、分布的地域。再则，魏唐雄强、粗犷、质朴、浩落的气息，奇崛、高古、野逸、丰茂的结构形式，恰恰反映了北方人的精神品格和气质。自清乾嘉碑学中兴，学碑者众多，然俗众仅识其面，徒取其形，为仿金石刀刻状而抖擞造作，皆成恶札。先生取碑妙在能得其趣旨、气息、神理，化而活用，与流丽精雅的文人书相结合，很自然地别创一新境界。在先生的眼中与笔下碑帖互异，但并不矛盾，正因为其碑碣与翰札、方正与圆润、生涩与流丽的差异恰可达于互补，互补臻于协调、丰富、清新和统一。这三百年来的魏唐分隔、碑帖矛盾、诉讼、纷争与困惑，在诗人腕底轻松地获得了破解。

而作为文人书家的旭宇先生在境界上无疑是以晋韵为旨归的。他曾著文指出："不入晋格，便成俗品。"他认为魏晋是中国文学等艺术的觉醒源头，只有妙得晋韵才能得其要旨。而作为理念直觉的艺术，书以载道，书以体道，反映熔铸时代审美和精神则是先生执意所倡。先生以学悟书，锐意创新，在当代楷书式微的情况下，以其身为中国书法家协会副主席兼任楷书委

2008年与中国书法家协会楷书委员会委员在山西五台山召开楷书研讨会

员会主任之责任感和使命感，毅然提出了打造时代楷书——“今楷”的创新理念。在当代书坛产生了广泛而持久的影响。被誉为21世纪书法创新理念之时代巨献。而“今楷”的要义不在体式，而在“今”之时代精神。

在古代，诗书兼善之书家多矣。而今书坛虽空前火热，但能诗、能书者实在寥寥。现代工业化社会是一个分工日益细致的社会，工业生产的专业化保证了工业产品向高精尖发展，而艺术家的过于专业分工，却只能导致艺术创作手段的狭隘和内容的干瘪。厚积薄发，博览贯通，才能造就真正的艺术家。自古以来，中国的诗书创作和理论都很发达，相互借鉴、渗透、影响是自然而然的。然近世诗歌文学借鉴西方现代文学理论，早已建立了现代理论体系，而书法因为没有西方的参照物及其他原因，其现代理论迟迟没能建立完善起来。因而使当代书法创作与理论发展的最便捷方法，便是向其他成熟的现代艺术门类借鉴。不同艺术门类的借鉴化用，书法理论要靠艺术家艺术学养的积累和悟性。旭宇先生自幼兼习诗书，大半生驰誉诗坛，近年其书又以独特的风貌注目于世，应该说是善于化诗于书的结果。读先生书法，我们可以品味到其笔墨、线条、行气、布白结构上的节律、夸张、对比、衬托、排比、递进、穿插、揖让、开合、敛放、浓淡、枯湿、粘连、聚散等，这分明是文学修辞创作手法在书法上的运用。1998年，当我深感书法创作理论的匮乏，而尝试借鉴文学修辞理论，建立书法修辞创作方法理论的时候，却惊奇地发现旭宇先生的书作早已在实践上进行了探索应用。这样的共鸣不免使我深感激动。它一方面加深了我对先生书法的理解和认识，同时也坚定了我建立书法修辞学的信心，也坚定了我对书法现代性发展的信心——书法创作终于走出了朦胧的感悟时代。丰富的历代碑帖、民间书法、文人书法遗产，深厚的民族文化传统，扎实精湛的笔墨功夫，科学的书法创作方法，以及火热蓬勃的现代生活和时代精神，必定可以造就出更为生动迷人的现代书法艺术。而旭宇先生正是这一时代书法的先行者。这就是先生与一般摹碑、摹帖、摹文人书或民间书的不同和高明处。

艺术境界的高下，最终还是应由生动清新的形式所反映出来的意境来决定。诗的境界是一切艺术的最高境界，而诗人的赤诚、坚韧、浩落和对自然、社会、人生的热爱则保证了这一境界的高远。

诗书幻化处，那原是诗人的品格与精神。

而先生《书法家》之诗自可让我们领略为书家的修为与理想：

春云似柔软的宣纸，瀑布一般在眼前抖开。

千斤狼毫开拓着群峰和险峡，随后是万里洪峰的奔泻。

平滩。急流。或山石般凝重，或鸥翅般轻盈。月的清辉，霞光的幻影，在九曲的江流之上，如爱情诗的迷离。

他将自己注入笔端。灵魂在九昊之上。风韶在漓江之畔。

涛声，虎啸，在笔墨的走动时，历历可闻。

大江长城，五千年雄浑俊逸，都在这不足尺的竹管里凝聚。

一生的悲欢和耕作，也都在这洁净的原野里收获。

咫尺间，他作着一生艰难的旅行。

今楷探索

楷书兴，则书法兴。当代书法的繁荣复兴与当代楷书的复兴繁荣密不可分。

旭宇的书法历程经过少年的颜体学习，青年对王羲之帖学和北碑的拓展，融汇诗意创作，形成了化魏融唐、碑帖结合的刚健流丽的风格。其书法创作游于颜楷、魏碑和行草帖学之间。自其2007年在中国书法家协会楷书委员会工作会议上提出“今楷”理念后，其书法实践的一个重要方面即是对楷书现代性、艺术性的探索。

《旭宇楷书千字文》《旭宇楷书岳阳楼记》《六德轩楷书古诗源稿存》《旭宇楷书作品集》等一系列楷书创作作品，呈现出旭宇不仅善于思考，敏锐发现了当代楷书书法的历史发展脉络，更敏锐地感知发现了楷书在当代发展的趋向。并且旭宇还勤于实践，以实际的砚田耕耘来探索今楷的可能性。虽然他指出今楷是一个时代理念，不局限于某人某书，甚至极力推崇一些具有深厚功力、创作探索精神和实力的当代中青年书法家，但其自己从未懈怠对今楷理念的实践探索。以他创作的《今楷千字文》为代表，他已可以用笔墨语言表达创作出具有鲜明的现代性和艺术性的今楷。

先生的楷书新作每每呈现出复兴古典的意味。旭宇先生自六岁学习颜楷十年，后转移多师，研习柳公权、二王、魏碑等，加及其诗文学养，数十年诗、书、学、藏及编辑、协会工作的人生修为，使其笔下往往出现诸体兼容之面目，内涵丰厚之意蕴。观其书，《滕王阁序》，静穆高古，沉厚天然；韦应物《高阁渐凝诗》，茂密绚烂，散淡方整；王昭君《有鸟处山诗》，洞达圆润，虚和凝敛；韦应物《群木昼阴诗》，刚柔并济；《光生天道联》，俊雅俏丽。观其书，可见颜真卿之中实、端庄、饱满、雄浑，可感柳公权骨力、劲健、挺拔、峻伟，可赏魏碑之质朴、洞达、舒宕、奇逸。其不仅深得诸种古典意味，又具今人之风发意气，生动、活泼，充满时代气息和精神风貌。其诚为颜、柳、魏、今之结合，诗、书、学、情之流泻。

然而，许多不谙书法艺术审美的书匠人士，视今楷为否定其机械僵化书写模式的丧钟，恐慌之余，对旭宇先生进行歪曲、诬陷、攻击。但实际上，纵观当代各类书法大展，能够被大多数人喜欢认可的楷书无一不是运用今楷理念进行创作的佼佼者。不仅楷书，早已为旭宇先生点破的隶书、篆书等正书，无一例外皆是运用今楷理念所提出的“可以有墨色变化、粗细、大小变化，可以是立正，也可以是稍息，也可以像模特一样摆一种姿态，进行站立，还可以加一些行书笔意”等创作手法。今楷理念已在当代具有艺术创作观念的实力书家手下灵活运用，取得了丰硕的成果。

“目前人们学习楷书之迷茫，不知如何前进，既不能完全回到唐朝，又不能任意书写。如何解决在继承前人基础上写出时代面貌，为时代服务，是摆在书法界面前的一大问题。既不能把楷书写成印刷体，复制古人，又不能无法地任意涂写。需要像颜真卿、宋徽宗一样进行有源之水的探索书写。我提出今楷理论，尝试以今楷理念进行创作，只是抛砖引玉。我的书作很不成熟，只能算是抛出的一块砖头，我希望，也相信会有更多的书家参与或投身到当代楷书的创新探索，我相信我们这个伟大时代的楷书 定会逐渐成熟，进而涌现出代表这个时代的楷书大家，也就是今楷大家。我们这个伟大的时代，今楷不能缺席。”旭宇先生对于今楷探索如是说。

旭宇的今楷探索，毫无疑问，已然取得了令人瞩目的成功。其融汇颜楷、魏楷，又加入墨色、凝放、姿态等笔意，使其楷书创作已远远超越明清台阁、馆阁体书法和简单的碑帖去向，成为当代楷书创作的一种新范式或今楷的代表性创作之一。当然，欣赏旭宇的今楷探索作品还要和其诗文修养联系起来，只有领略了其意境、品位境界，才能真正读懂和欣赏其今楷楷书的探索创作所达到的艺术成就。

行草书札

旭宇的行草创作不像其在楷书方面提出了一种理念名称，但其艺术成就之高，大概会成为其个人和时代的一种标志。为旭宇数十年文人生涯流泻于书法之必然。2016年，河北大学“旭宇艺术馆”开馆并举办旭宇捐赠书法作品展，一册《寄给历史之书札》引起与会人员的关注。《书法报》兰干武先生指出，这件书札作品极为精彩，仅这一件作品足可撑起整个艺术馆。随后《书法报》连载了扩充为三十件的系列书札在《书法报》连载刊出，最后由河北教育出版社结集出版。次年，《寄给历史之书札草稿》被发现后，又于石家庄举办了“石门雅集：旭宇《寄给历史之书札草稿》研讨会”，来自全国各地的评论家现场鉴赏，一致认为是比于《书法报》连载的誊清稿更为精彩，体现了其深厚的文化修养，蕴含着历史文化思考的文人手札精品之作。兰干武再次评说：当代书法没有代表作，但此作的诞生，宣告了当代书法代表作的诞生。旭宇不仅属于当代，更是属于历史的。

手札历来就是文人书法的专享。旭宇的手札早在2007年于河北省博物院举办的书法展时开始显现端倪，比如其创作的《节录小窗幽记》及其时代表作。继《寄给历史之书札》之后，先生又陆续创作了《白阳评议唐诗卷》《旭宇读书手札选》《旭宇书庚子消夏记》《宋代碑帖题跋十四则》《白阳书菜根谭清言》等，旭宇的书札创作已然达到自然娴雅、写心表意、随手点墨著春之状态。《文化河北·白阳诗钞》和旭宇文人山水画题跋，那些无意书法创作的挥洒，更体现出常年文人生涯的深厚文化修养和兼容碑帖的深厚笔墨功力，终于造就出当代文人书法笔墨写心写意的时代高度。近现代文人书法，白蕉之后，岂非白阳先生乎！

第五章　旭宇的文人山水画创作与成就

书画家有衰年变法之现象，齐白石五十五岁进京，初所画不为人识，后师青藤、雪个、缶翁，变法创新，遂成一代宗师。变法成为其晚年创作的始终追求。其八十八岁尝题画款云：“今年又添一岁，八十八矣，其画笔已稍去旧样否？”黄宾虹亦于六十岁至八十岁进行山水画变法创新，其山水焦枯淡润墨并用，开一代新风。林散之六十岁后专心草书，成一代草圣。而旭宇先生以诗书名家驰誉当代四五十年，忽于去岁醉心笔墨山水，乃八秩拓新，承古文人诗书画艺术之传，亦当世之奇也。

自孔子时代，中国文人在心怀天下的同时，即有“浴乎沂，风乎舞雩，咏而归”，“仁者乐山，智者乐水”，陶然于造化之传统。至魏晋，有竹林七贤啸傲山林，王羲之诸贤流觞曲水、诗书雅集，卧游畅神的文人“山水画”也随之肇兴。南朝宗炳作《画山水序》，以“竖画三寸，当千仞之高；横墨数尺，体百里之迥”，并提出“澄怀味象”“披图畅神”之山水画功能说。唐张彦远称：“拟迹巢由，放情林壑，与琴酒而俱适，纵烟霞而独往。”山水画成为文人于诗书之外的另一种怡情自适的休养方式。唐王维不仅以诗咏山水，感悟大自然的空灵禅意，而且达到了“诗中有画，画中有诗”文人画意境之理想。及至宋代，大文豪苏轼则纵横诗文墨竹、枯木怪石，提出“文以达吾心，画以适吾意”，“凡物之可喜，足以悦人，而不足以移人者，莫若书与画”。文人画成为“士大夫词翰之余，适一时之兴趣”之艺术。

文人画讲究画者的学问、才情、修养。“窃观自古奇迹，多是轩冕才贤，岩穴上士，依仁游艺，探赜钩深，高雅之情，一寄于画。”“画之为艺，世之专门名家者，多能曲尽其形似，而至其意态情性之所聚，天机之所寓，悠然不可探索者，非雅人胜士超然有见乎尘俗之外者，莫之能之。”文人画自南朝肇始，经五代发展，至宋元达至成熟，于明清随浪漫心学之兴起达至高峰。随着封建社会的终结，传统士大夫阶层消失，传统文人画也走向了终结。纵有陈师曾于20世纪初倡导新文人画，以及在新时期以来东西方文化再次碰撞交流中，有识者再呼吁、再倡导，终因具经史子集文化学养和诗、书、画综合艺术修养的文人群体的缺失，始终难有典型成功的、传承文人画的新文人画艺术代表艺术家出现。

旭宇先生以深厚的诗书学养和数十年文人生涯的阅历，于晚年醉心诗书，寄寓笔墨林壑，其当代文人画之复兴乎？

以诗书名世的旭宇先生以短短的一年多时间浸染山水，其作品甫一面世，即获得了广泛认可与好评。其笔墨之娴静、清逸，自得益于数十年笔墨锤炼，其诗人的气质和心境保证了其格调的超尘脱俗。我尝询问先生，为何在晋唐以至明清跨越千年的历史传承中独取宋元林泉呢？先生笑答：我经过一番研究，发现宋元山水既是文人山水画之根脉，也是文人画意境之高峰。晋唐山水未免太简略，明清山水则过于讲究逸笔草草，玩弄笔墨技法而流于粗疏。唯宋元山水笔墨精微，意境悠远，师之即取法乎上。

宋代郭熙《林泉高致·山水训》云：“世之笃论，谓山水有可行者，有可望者，有可游者，有可居者，画凡至此，皆入妙品。但可行可望不如可居、可游之为得……君子之所以渴慕林泉者，正谓此佳处故也。故画者，当以此意造，而鉴者又当以此意穷之……”明代唐志契的《绘事微言》评宋元画云：“宋、元人画愈玩愈佳，岂今人遂不及宋元哉？正以宋元人虽解衣盘礴，任意挥洒为之，然下笔一笔不苟。若今人多以画糊口，朝写即欲暮完。虽规格似之，然而蕴藉非矣；即或丘壑过之，然而丰韵非矣。又常见有为俗子催逼，而率意应酬者，那得有好笔法出来？始信‘十日一水，五日一石’，良有以也。”可居可游正是宋代董、巨所创，为士夫文人所接受的山水画图式。文人画的意趣由宋前的造境到宋元的书写表达，为文人参与发展绘画提供了方便。旭宇先生丰厚的诗书造诣，为其拓展进行文人山水的研究创造，打下了深厚的基础。

《诗与远方——旭宇文人山水画》封面

这里我们对旭宇先生几幅山水画试作浅赏。

《乐水》镜心，远处山林以董源平远法出之，绵绵脉岭，郁郁丛林，意境幽深。近处空湖泛舟，于空寂中平添旷朗逸趣。

《相看两不厌》《窗含西岭》皆取古诗之意境，以马远、夏圭法勾勒山水青松草木。其跋云：“世言仁者乐山，智者乐水。吾以八旬后始画山水，乃其晚也乎？以乐山水之心而授笔传其道也，虽迟亦正。”其为先生染笔山水以仁智之乐和传道之志述，亦反映了先生得文人山水之正源的自信。

《访友不遇》画面大面积留白，以石桥小径，平台茅屋、岩头新草、房后疏木，以可居、可旅的图像营构出极为空寂之境。

《六君子图》显然是倪云林手法，远山平湖中六株劲松挺然耸立，各呈姿态。其配诗云：“山居踪已定，君子款款风。土坡凝恭气，清姿肃穆容。远眺怀高朗，近期落征鸿。秋深自浓淡，气韵留史雄。”其又跋曰：“绘画之要在境界，以其高妙构思写出作者之高怀，以思想感人。而世人所言之笔墨，诗画一体，以诗之境界论画，乃中国画之传统。”可知先生诗画之思想。

旭宇先生耄耋之年，以无功利之心，潜心传统文化与中国书画艺术之研究。不仅出版《老子与书画》学术著作，而且践笔文人山水，取法宋元精髓，融汇时代精神，在其数十年诗书和学术研究基础上又拓耕出一片艺术新天地，是其对中国当代文人艺术的又一创造贡献，令人高山仰止。不才学浅，难窥其奥，感佩之至，因作诗赞曰：

半生诗书两肩照，八秩新趣山水描。
摩诘坡翁叹绝响，松雪玄宰惊新标。

旭宇先生三年闭关雅斋坚持创作的一百多幅文人山水画，由河北省文联、河北省委老干部局、河北省关工委、河北省人大文化交流促进会、河

旭宇文人山水画展在石家庄美术馆开幕

北省作家协会等单位联合主办的“诗与远方——旭宇文人山水画巡展”，于2023年先后在保定河北大学、唐山总工会文化宫、石家庄美术馆先后举办。河北教育出版社同时出版了《诗与远方——旭宇文人山水画》并举办发行仪式。旭宇的文人山水画获得美术界、诗书界和社会广泛好评。

对于旭宇先生的文人山水画成就，当代著名学者、画家、美术理论家、中央美院博士生导师邵大箴的评价较为恰切：“文人画是历代画家的最高境界，也是历代画家的毕生追求，诗、书、画相互结合是历代文人画的主要特征。旭宇早年从事诗词、书法创作享誉大江南北，80多岁又开始从事绘画创作，并创作了一大批绘画作品。从中可以看到书法的节奏、诗词的韵律，而他的书法也愈加富有画意。诗、书、画交相辉映，人愈老，气愈壮。厚文养艺，大器终成。”

第六章　社会评价

名家书法集评

臧克家（著名诗人）：融诗为书，化书为诗。其诗，清新自然，独树一帜；其书，刚健流丽，自成一家。

孙家正（中国文联原主席）：德艺双馨（为旭宇艺术研讨会题词）。

赵实（中国文联原党组书记、副主席）：古代的书法家注重文学与书法的结合，使中国书法艺术的品格、文化内涵都达到了很高的艺术境界，蕴含着中国传统文化的精神。旭宇先生就是当代继承这一优良传统的典范人物。他出版有10部诗集，在诗歌创作上取得了很高的成就，享誉诗坛。在书法创作上，楷行草诸体都锤炼出独特的艺术风格，出版了近20部书法作品集。他在诗歌与书法的理论方面也多有建树，如其提出“新古典主义诗学”“兰亭精神”“今楷理念”等观点影响很大。旭宇先已经年过古稀，仍然孜孜不倦，深研传统，锐意创新，用书法艺术弘扬我国优秀传统文化，走出一条值得中青年书法家值得借鉴的艺术之路。旭宇先生积极组织书法展览、学术活动、教育活动以及各项社会公益活动，带领河北书协跨入大省行列。他大力提携后学，培养了一大批很有成绩的书法艺术人才。旭宇先生德艺双馨的艺术品格为广大青年书法家做出了榜样。

张海（中国书法家协会原主席）： 旭宇先生是一位勤奋、高产，艺术学术视野广阔、造诣高深、成就丰硕，在诗书两界和社会上都具有广泛影响的书法大家。《诗书杂感》是他诗情、才思的笔墨流露与迹化，是他综合学养和诗书哲思的凝练结晶，堪称是旭宇先生诗书思考和行书实践的代表作。他的行书宗法晋韵宋意，既得二王萧散、飘逸之美，又得宋代文人书家娴雅、书卷之气。同时又兼攻北碑，在其行书流美之外，又增其笔墨线质的刚健雄强和结字的自然、活泼之美。旭宇先生在担任中国书法家协会副主席及楷书委员会主任期间，他以高度的社会责任感和艺术家的使命感，通过对中国书法的发展规律、当代楷书创作审美诉求和创作实践进行分析，创造性地提出了“今楷”理念。对包括楷书在内的各种书体的当代书法艺术化、创新创作发展起到了积极的促进作用，在书坛影响深远。

陈洪武（中国书法家协会原分党组书记、驻会副主席）： 旭宇先生是当代书坛领军人物之一。数十年来，旭宇先生在书法创作、学术研究以及组织活动等方面取得了丰硕的成果，具有广泛的社会影响力。他以诗意文心入书，升华出一种天地氤氲之气象。旭宇先生学贯古今，在继承传统的基础上不断探索，追根溯源，探寻流变，凭借广博的学识和睿智的思考，锤炼创造了体现深厚文化和人格修养的诗书艺术，他提出的“兰亭精神”“今楷”等书法理念，从某种意义上说，为逐渐沉寂的楷书观念和创作注入了活力，也为当代其他书体的创新提供了积极的启示。旭宇先生多年来在诗歌、书学、楷书、行书等多个领域所取得的成果已属不易，而其在古稀之年又豪情勃发、挥翰云烟，以宽阔的视野进行着古代经典草书的研究和创作。他的草书圆通自然、境界高妙。这种进取不止的艺术创新探索精神令我们感动、钦佩和敬仰。

张飙（中国书法家协会顾问）： 看旭宇先生的文章和诗歌，经常可以看到那些对家乡非常细腻的挚爱之情。旭宇先生对我们中国的传统文化有非常深入的研究， 无论是《大学》《中庸》，包括《道德经》，包括一些很偏僻的理论他都有一些研究，这些也构成了对他艺术的一个支撑。 旭宇先生从很小就研习书法，从颜体楷书入手，从帖入手，最后又从碑上吸取大量的营养，这样形成了他自己独特的风格，他的作品被称为当今艺术的代表作，这是他的功力所在。从他提出“兰亭精神”开始，到提出“今楷”这个概念，这些都是独到的创建。旭宇先生以行书、楷书见长，然后又学草书，不断地在进步，这些很难说像一个70多岁人的作风。旭宇先生正是以不断探索、进步的精神，不断地丰富自己，不断地在成长，所以我觉得旭宇先生是一个当之无愧的中国书法艺术大家。

申万胜（中国书法家协会原副主席）：我和旭宇是老朋友，我对他的艺术成就也比较熟悉。他有四个方面令我印象深刻：学养丰厚，诗书大家；熔古铸今，自成面貌；不断探索，善于创新；为人真诚，品德高尚。

聂成文（中国书法家协会原副主席）： 旭宇先生是当代书坛卓有建树的艺术家。他的书法气格清醇、格调高雅、温文天成。尤其他矢志不渝、老而弥笃的艺术追求和精神境界更是令人感佩，给人以激励和启迪！

胡抗美（中国书法家协会原副主席）：旭宇先生的世界观和价值观继承了古代文人的优秀传统，对于修身齐家、治国平天下这传统的价值观，旭宇先生用自己的思想与行为赋予了新意。首先，他严格要求自己，做艺先做人，在艺术界，他的为人具有一定的范式价值。其次，他有强烈的责任感，有作为，敢担当。旭宇先生接任书协主席后，提出了用二王精神统一大家对书法的认识，以及作为书法工作的重点来突破的思路。在他的思路影响下，河北书法发生了巨大变化，而且，二王书风至今在整个书法界盛行，从而使书法艺术的整体水平有了很大提高。在此基础上，他作为中国书法家协会副主席楷书委员会主任又提出了“今楷”的概念。他站在文化复兴艺术进步的高度，分析和研究书法的生存环境，同时，他对自己的艺术追求实行了由楷入草的转型。

张改琴（中国书法家协会原副主席）： 旭宇先生渊博的学识、高尚的人格和创新的精神给我了很深的影响。旭宇先生根据楷书的发展历史和当代楷书的发展现状，高屋建瓴地提出打造“今楷”的宏伟设计，这是一个具有历史内涵和重大现实意义的理念，明确了现代楷书的审美方向。旭宇先生的楷书取法源自碑帖两大领域，他从二王、颜鲁公、苏轼和米芾等大师的经典中汲取文质的滋养，在魏碑中寻求风骨的存在。他的楷书就有了晋唐的内在质感，有了魏碑的欹侧、率意和自然的表现，打破了“古代楷书”的封闭范式，赋予了丰富情感的承载，有着强烈的时代审美情趣，其楷书完美地体现出了“今楷”魅力，这种“知行合一”的创作为当代楷书创作树立了一种全新的范式。其行、草书飞扬畅达，连绵贯通，有晋人的韵味、唐人的法度和时代的意趣，达到了形神兼备的完美境界。

何奇耶徒（中国书法家协会原副主席）： 旭宇先生之意义既在于我们如何确认先生所取得的成就和影响，也在于我们今后面对书法如何思考。如何继承、如何创新。先生的诗文、先生的书法、先生的做人，均一一在证明着：诗为心声，字如其人。先生代表着文化艺术的优良传统，即尊重传统、学习传统和继承传统。旭宇先生是传统的优秀代表的代表，因为先生的品德才能，符合中国书法对传统继承者的要求。

钟明善（中国书法家协会顾问 ）： 旭宇先生是海内外声名远播的学者、书法家、诗人，是当代书坛有影响的文人书法家。旭宇先生继承了中国文人的优秀传统，其诗书文三绝，书法作品浸透着浓郁的文化气息。

陈振濂（中国文联副主席、中国书法家协会原副主席）：旭宇先生谦谦君子，读书人出身，绝少书法界常见的江湖气，足可引为知己同道。近年领导楷书委员会在楷书方面倡导新风，证明是一位有冷静的创新思维者，非唯守成而已。

高洪波（中国作家协会原副主席）： 他的鼎鼎书名掩去了诗名与藏名。以我入诗，以己为笔，紫毫白阳，书写大江。旭宇旭宇，旭日东升的“旭”，响彻寰宇的“宇”，而那个曾经叫过“许玉堂”的燕赵汉子，该是另一种前生今世吧！旭宇其人，值得认真研究，更耐反复探讨。

朱增泉（原总装备部副政委、著名诗人）： 我觉得旭宇同志的诗歌和书法，一个共同特点是弥漫着浓浓的文人气、书卷气。接触其人，品读其诗，欣赏其字，一股温文尔雅之气扑面而来。无论楷书、行书，他都写得面清目秀，款款可人，雅俗共赏。尤其他的楷书写出了自己的面貌，让人耳目一新。最近又见到他的草书，锋芒初试，出手不凡。他的草书飘逸中见沉稳，挥洒中见斯文。草书能做到不“草率”是很难的，但旭宇做到了，因为他有楷书、行书功底做基础。在我这位南方人眼中，旭宇比南方人还南方人，他书法的“刚健”是寓于“柔美”之中的，是“刚柔相济”之美。

吴合春（原内蒙古军区政委、著名诗人）：要说旭宇的艺术价值，我有四点粗浅的认识和看法。第一，旗帜鲜明的政治性。第二，勇于探索的创造性。第三，基础功底的扎实性。第四，突破一般的独特性。旭宇的艺术价值就在于他以深厚的文学功底和敢啃硬骨头的精神，研究个性，突破一般，创造特色作品，打造经典之作，艺术水平不断上台阶，不断有力作。

张同吾（中国诗歌协会名誉会长）： 旭宇把书法的节奏美、灵动美、章法美、体式美，都融入他的诗歌当中，那么他的诗歌就更有风骨了。旭宇先生的作品，不管是书法，还是诗歌，对于整个文坛、书坛、诗坛树正气、树正风都有很好的作用。旭宇的诗歌，我觉得是他人格精神的外化，是他性格的外化。古雅，但是内刚外柔，非常有中国文化的风骨，正好表现中华文化的性格、中庸、平和、飘逸。还有一个特点就是，20世纪80年代初的作品，我看了看，写春天、春鼓，等等，表现了一个时代的朝气，也是他个人成长的一种朝气。而到20世纪90年代末，更多的是写秋风，秋雨等，从春天到秋天，正表明他个人风格的成熟，思想意识的成熟。秋天更高远，春天更蓬勃。

刘润为（中国红色文化研究会会长、原《求是》杂志社副总编辑）： 其诗其书互为营养、互为映照，都贯穿着一种清新刚健的艺术风格。从旭宇的诗歌我们不难看出他对中国古代诗歌、现当代诗歌和西方现代主义诗歌的借鉴。在他的清新诗风里，明显有王维、孟浩然、韦应物、柳宗元的影子；在他的刚健诗风里，明显有贺敬之、郭小川的影子；对于西方现代主义诗歌的借鉴，主要表现在对于时空顺序和艺术逻辑的适当打破。

张旭光（中国书法家协会原理事、草书委员会副主任）： 旭宇先生则是当代文艺界具有多项突出成就的大家。这是基于先生诗书学三绝式专、精、通的文艺成就，以及其德艺双馨的品德和广泛的社会影响。其书法追求诗书结合、碑帖结合、古今结合。我曾经提出过“激活唐楷”的观念。他提了两个字“今楷”，而意义就截然不同了，这是很伟大的学术贡献。用“今楷”的概念发展楷书，其所指就更加宽广了，它包括小楷、晋楷、魏楷、唐楷等楷书传统的继承和发展。而其本人骨子里是文人书家，其行书则体现了浓郁的文人书卷气息。旭宇诗书学三绝成就的取得，首先在于其品德修为之高洁，然后再成就其艺术事业。旭宇不仅是当代河北书法界、文艺界的一面旗帜，也是当代全国书坛、诗坛，以及文艺界专、精、通之大家。

刘金凯（中国书法家协会第七届副主席、河北省书法家协会主席）： 旭宇先生是文艺界公认的艺术大家，是河北艺术界的一面旗帜。他的三种精神，始终在激励着我们前进。首先，旭宇先生指出的团结、和谐的“兰亭精神”，是多年以来河北书坛繁荣发展的法宝。其次，旭宇先生倾心提携后人的精神是河北书坛全面提高书法创作水平的重要动力支撑。最后，旭宇先生严谨的学书精神，为我们提供了宝贵的学书经验。经验是实践的结晶，理论是实践的升华。旭宇先生的书学精神，成为河北书坛的旗帜，成为我们后人学习的典范。在这个旗帜下，我们将一直走下去。

《大家旭宇·旭宇艺术研讨会纪录》封面

诗书画综合集评

大器终成

邵大箴丨著名学者，画家，中央美院博士生导师

文人画是历代画家的最高境界，也是历代画家的毕生追求，诗、书、画相互结合是历代文人画的主要特征。旭宇早年从事诗词、书法创作享誉大江南北，80多岁又开始从事绘画创作，并创作了一大批绘画作品。从中可以看到书法的节奏、诗词的韵律，而他的书法也愈加富有画意。诗、书、画交相辉映，人愈老，气愈壮。厚文养艺，大器终成。

文人与山水对话、诗词与绘画辉映

桑干丨当代著名艺术评论家，人民日报社《民生周刊》主任

20年前，笔者就开始与旭宇打交道，他的诗词、他的书法、他的人品，犹如浩瀚的星空，吸引着我。向往之心、崇拜之情，让我常常留恋于他的艺术世界。

年初，旭宇将他的60张绘画作品发到了我的邮箱，后来又发来28张作品，这让我很惊讶，有花鸟、有山水，尤其是山水，更让我感慨、激动。有纯笔墨的，也有青绿的；青绿中，有重彩的，有金碧的。这些山水，有取法“吴门画派”的，有拟“元四家”的，也有写“清四僧”笔意的，一幅幅，一卷卷，种类众多，而又极其深入，让人叹为观止。

自唐王维提出“借山水、花木写性灵”的文人画思想以来，从宋、元、明、清到近代，经过历代文人画家的演绎，呈现各个时代的高峰。然而，艺术发展到今天，随着经济浪潮不断晃动着艺术家的画案，画照片、抄袭、以工为美、以像为妙的画家趋之若鹜，甚至各种怪诞的、扭曲的艺术形式也应运而生，形形色色，千奇百怪。那些为了换取钱财，打着变革与创新旗号的所谓“画家”，不断通过不知所云的符号，炫耀卖弄，从而彰显与众不同，他们不顾审美导向，不顾美术功能，制造出各种哗众取宠的噱头，招摇过市，一窝蜂地向社会输送着焦虑的情绪，严重误导了大众的审美情趣。很长时间以来，大众都苦不堪言，但凡有着社会担当的艺术家无不扼腕叹息。在中国美术的混沌和转型时期，忽然，有一些作品，带

着心府灵境、带着田园的诗意、带着悠远的书卷气映入视野，那一定是一种精神的盛宴，十分奢华。旭宇的山水，视觉的审美洋溢着诗词的意境，散发出沁人心脾的爽朗，随风而动。

旭宇山水，具象与意象辉映，含蓄中孕育醇厚，隽永中洋溢磅礴，山河与遐想神遇迹化，韵律感、节奏感恰到好处，艺术张力带着感官审美、带着心灵慰藉，以无与伦比的穿透力，在古朴和雄放之间激荡。美景在飘动，诗意在飞扬。纵览旭宇的绘画，如果笔者把他界定为新文人画的开创者，可能其他评论家不认同，可能旭宇本人也不认同，但是作为一个评论工作者，当面对旭宇的山水时，笔者有着自己的感受和理解。从旭宇的山水中，笔者读到了传统文人的思想境界，也读到了当代身处快节奏都市人所向往的山水美学。当然，旭宇的山水绝对不是传统意义上的文人画，尽管他从沈周、文徵明、唐寅的绘画中汲取了笔墨技法，尽管他暗合了赵孟頫的“作画贵有古意”“书画本来同”的理念，尽管他也参考了倪瓒、吴镇等元人的清幽逸气，但是他并不局限于传统文人画的范畴，因为旭宇并没有像很多画家那样临摹传统而落入某家某派技法的窠臼，也没有高举一面传统的大旗而沉溺于某个巨匠的某种思想。旭宇的山水是以当代文学诗词之心去体会自然山水的审美取向，是新时代高级文化知识分子崇尚自然山水之心的观照万物、妙悟万物，而追求物我两忘的境界。当然，旭宇的山水也不仅仅局限于现代，因为他的山水是神会古人之时的新诗词、新画境、新意趣，是握手前贤之后，汲取精华、涤尽现实俗尘的清爽，他的山水史应该是新时代、新思想所阐述的新画风和对前辈巨匠大师的致敬。也可以说，旭宇的山水是一种融合、一种发展，是恪守古人之路的延伸和探索。

透过旭宇的山水画形式，可以出看他的技法特点和艺术语言。在具象描绘方面，遒劲老树、策杖仙人、巨石沟壑等眼中之物，他不渴求照片式复制。画得逼真，不是他的意趣所在，画出肌理效果更不是他的终极目标，以书法入画的笔意，对景造意，不取繁饰，却能写出真山、真石、真树的形骨，才是他以形取神而神形兼备的艺术理念。在意境渲染方面，峻岭凌云、风波浩渺、群鹜翔集等带有诗性的场景，他多以淡墨、淡彩相互呼应来调节画面的节奏。虚与实，挥洒自如而妙趣横生；静与动，平淡率真又韵味天成。苍茫的意境，景少而气壮，笔简而意远。画面给观者一种近视如千里之远，远望而不离坐外的感观。山山水水意韵丰厚，又散发着清雅秀润的气息，具有很强的代入感。

旭宇讲求笔墨情趣，却不是蜻蜓点水，一抹而过；他强调神韵气质，却不是简单的拟古临摹，更不是空陈形似，笔力未遒，而是风致韵度与精神气质融为一体，进而达到生命力和感染力汇聚的美学境界。他写胸中丘壑，不是空山悠悠；他注重意境表达，不是内里所无，而是思接千载，仰观宇宙的哲理思辨。同时，旭宇几十年的书法功力、积学厚养的文学沉淀自然而然地流淌于画面，使其画面洋溢文人的骨力、雅士的气质。

旭宇的绘画传递的是“不求形似而直追逸品的格调”，这正如他诗词的蕴含一样，温馨、畅达、秀润、蕴藉，以及质地洁美的情感流露。但是，旭宇的绘画绝不拘泥于自我的内心观照，他中得心源，抒怀达意，通过“人生当有正气，笔墨当有正情”的担当，把自己的血脉偾张的激情灌注于山水形式，并以深入魂灵的创作，发洁美之幽思，颂时代之崇高，描绘时空交错下超越现实的视觉山水，比真山、真水更能震撼人心。

纵览当代画坛，有借助科技手段把自然之物画得比眼中之物还要细致的超写实派；有描摹传统，东拼西凑，远看都像，细品都无的复制派；也有以符号代替所有艺术的抽象派。能功期造化，创意自我，以山水之境写自我胸怀的画家，属实凤毛欧伯，但是旭宇位居首列。旭宇是诗人、书法家、教育家、编审，他的绘画是他艺术集大成之后的自然过渡，也是人格修为的渐变升华，浓缩着洁美的人品、深厚的学养、卓远的才情、哲学的思辨、通达的思想。

笔墨交响，诗情生辉，旭宇以诗人的思想情感、书法家的飘逸洒脱、文人的宽博学养，相映成趣，在辞章妙句之中彰显处世哲学，在广阔丰美的山水空间里洋溢着人生感悟，在审美意识形态中诠释出纯真的艺术真谛。这才是一个心系卓远艺术家的典型代表，也才是一个时代领路人应有的艺术表达。

阔步伟大复兴之路，时代需要巨匠，也一定能够产生巨匠，艺术家旭宇正以“不忘初心”的时代使命，通过激越的情愫抒发雄浑阔美的高雅。

一杯清茶、一首抒情的音乐，欣赏着旭宇的绘画，犹如品读旭宇的诗词，沉浸其中，仿佛神游浩渺的星际，神往、仰慕；似若步入精彩纷呈的殿堂，留恋、回味，意蕴醇厚。

感慨旭宇不知疲倦地创作，感慨旭宇的艺术和他的艺术人生。

旭宇：当代诗书画三绝的文人画家

张三铁 | 国学家 艺术评论家 《走近旭宇》作者

文坛佳话：大器晚成的文人画家

旭宇是当代文人艺术家中不断创造传奇的探索者。

年届八十的他已是誉满华夏、彪炳时代的著名学者，集诗人、书法家、思想家、美学家、收藏家和艺术理论家等于一身。

我有幸成为旭宇先生的学生之一，并在旭宇先生的指导下完成了《走近旭宇》一书的编著。我也曾草率地认为，之后的岁月里，功成名就的旭宇老师大概率会守成，在既往倾洒心血的领域轻松惬意地吟诗作文、挥毫泼墨，安享晚年。但是，《诗与远方——旭宇文人山水画》横空出世，“诗与远方——旭宇文人山水画展”在旭宇先生的母校河北大学隆重举行，颠覆了我的认知。

旭宇先生用无愧于历史、无愧于先贤、无愧于时代的一幅幅文人山水画作，继承弘扬了上启王维、盛于宋元的中国画主流——文人画的优秀传统。

旭宇先生八十岁方涉足画坛，如今的文人山水画已达到诗、书、画完美结合，其作品的审美取向和艺术成就得到了学术界广泛认同、充分肯定和普遍赞赏。这完美地诠释了老子“大器晚成”的哲学思想。

从艺术形式发展的角度来看，旭宇先生的文人山水画，是承载和内蕴着他的丰厚学养、人生感悟、哲学思辨和美学思想的大器。而老师把创作文人山水画，放在他已在画面内外所需的各种元素蔚然大成之后，应该是一种合乎艺术发展逻辑的理性安排。

《诗与远方——旭宇文人山水画》中每一幅作品，都是三种艺术相映生辉、珠联璧合的杰作，都是传统和时代交融激荡的恢宏“交响乐”。

《走近旭宇》封面

表面上看，旭宇所走的以文人山水画去升华所有的思想文化和艺术成果是水到渠成，但是，我们更应该看到，绘画于先生来说，从技法上是一个全新的领域。旭宇先生以八十岁高龄，在这么短的时间里，就达到了技法娴熟、随心所欲、我用我法的艺术自由，让我们看到了一位永葆艺术青春的、有着为中华民族伟大复兴事业奉献优秀精神产品为使命担当的学者“大器晚成”的不懈进取。

耄耋之年，扬帆起航，自由遨游在文人山水画的海洋里，掀起一波波绚丽的浪花。闪耀着夺目光辉的思维火花，永不停歇的寻美之旅，不断在传统文化的肥沃土壤中汲取营养，为时代艺术的守正创新不懈探索的使命担当，是旭宇先生创造“桑榆未晚，为霞满天”艺术奇迹的内生动力；流光溢彩的时代光华，盛世年华的滚滚车轮，强国建设的时代洪流，全面建成社会主义现代化的宏伟事业对文化软实力的刚性需求，是产生“植根传统，守正创新，探幽索微，老而弥笃”的“旭宇现象”的外在激励。

其实，在旭宇先生所著的《老子与书画》“大器晚成”一节中，就列举了中国书画史上那些大器晚成的例子，如齐白石、黄宾虹、刘海粟、傅抱石等，并对他们衰年变法所取得的成就做了鞭辟入里的分析，限于篇幅，我们不再解析，有兴趣的读者，参详原著，必有收获。

现在想来，旭宇先生专门提到这些大器晚成的例子，又何尝不是他自己在耄耋之年转身投入画坛的心声流露？

我们这里需要注意一个细节，《老子与书画》问世之后，旭宇先生便全力投入文人山水画创作，并完美实现集诗书画之大成。这种转变的脉络，引用旭宇先生在该书“大器晚成”一节的注解里的一段话来印证：“而松柏者，千年之木，必晚成矣。艺者，不求其速，而求其大。”细心的读者在这里应该看出，在著述《老子与书画》时，旭宇先生就已经做好了向山水画转身的全面准备。我们完全可以把这段话当作他进军文人画坛的宣言。

在《诗与远方——旭宇文人山水画》里，有一幅《古柏》图，是以嵩阳书院内传说曾被汉武帝刘彻封为“大、小二将军”的两棵古柏为物象，经意象加工而成。还记得是在2012年夏天，在我多次坚邀下，旭宇先生到访河南，在我和朋友余世轩陪同下游历嵩阳书院。在那里，我们看到了现在出现在旭宇先生笔下的古柏。画面上，这幅被封为将军的古柏，铁干虬枝，结节骨突，伤痕累累，斑迹重重，但依然根繁叶茂，傲视苍穹！旭宇先生作此画，已在题诗小序中言明其创作主旨：“吾今书之以颂老也。”

颂老，是一个永恒的、外延宽广的主题。“老吾老以及人之老”，是继承和弘扬中华民族传统美德；“余幼好此奇服兮，年既老而不衰”，是坚持节操、老而弥坚的气节操守；“朝闻道夕死可矣”，是追求真知、老而不辍的学习精神；“莫道桑榆晚，为霞尚满天”，是“老骥伏枥，志在千里”的人生追求。

在这株据传已有五千年树龄的古柏面前，我们显得如此渺小。旭宇先生便不吝笔墨，采用古体诗，洋洋洒洒七言十四句，满怀激情来赞颂这株古柏。诗意隽永，与画面交相辉映，加之以公认的居于时代高峰的书法，此画足以和旭宇先生“大器晚成”，在耄耋之年完成了诗书画三绝，是当代文人山水画家完美蝶变的文坛奇迹。

作品赏析：诗书画俱佳相映生辉

让我们打开《诗与远方——旭宇文人山水画》共同来欣赏先生的部分作品，感受诗书画俱臻的作品给我们带来的艺术享受，用心灵去品味东方艺术的独特魅力和审美意趣。

（一）真挚情感的宣泄——《千里一扬音》

这幅画，借高天飞鸿抒发思念故友、寻觅知音的高士情怀，化自鲍照《日落望江赠荀丞诗》中的名句：“惟见独飞鸟，千里一扬音。”

画面上，独立于皇天后土的一名高士，仰望苍穹，凝眸飞鸟，思绪飞扬。似在寄语独自飞翔的鸟儿，请它向远在千里之外的同道者送去深情的思念和眷恋——虽然关山阻隔，但思念之情依然如故，且因经久不见而感情愈加炽烈！朋友易得，知音难觅。多么怀念那些与高朋相聚的时刻：交流学问，切磋技艺，畅想古今，纵论文坛，以五千年文明之绵延不断、博大精深、辉映世界而自豪骄傲，为新时代文化气势磅礴、生机盎然、融于世界、和光同尘而竭尽绵薄。

先生淡泊名利、温文尔雅、从容淡定的表象下，涌动着岩浆般的激情。他以老子的思想为修身楷则，达到了相当高的精神境界。虽然已在多个领域取得令人难以企及的成就，但旭宇先生始终保持一份赤子之心，时移世易，初心不改，待人真挚，至情至性，“一片冰心在玉壶”。这一点，我是深有体会的。我视先生如高山仰止，始终执之以师礼，但先生总是称我为“贤弟”。每逢佳节，必有诗词以短信发我，有时打来电话亲切问候，浓浓情意，感人肺腑！我有时也不揣浅陋，偶有唱酬。无他，只为回应先生的真挚情感。

《千里一扬音》的画面简洁萧疏、淡远恬静，半角山水画法，明显取法于两宋。一只孤鸟，独出心裁地置于画面右上角，给它远飞千里留了足够的空间，鲜明地衬托出画家思友的炽热真情。源自两宋的半角构图法，被先生运用得恰到好处。看到此处，谁会想到这位画家是在耄耋之年才涉足画坛？同时，画家所营造的高古清丽、疏朗淡雅的画境，不由会让人生发出宇宙万象之辽阔无垠，人生之渺小，生命之短暂，“念天地之悠悠，独怆然而涕下”之感慨。先生耄耋之年神游画坛，以郁郁乎文哉的笔墨语言，独步当今文人画坛，应该就是对这种向天之问的铿锵回答。

我们可以理直气壮地说，先生的文人画是千余年文人画精神的薪火相传。先生的文人画创作实践，是呼吁，是呐喊，呼唤着当代中国画文人精神的全面回归。

（二）诗书画三绝更有力的佐证——《短松冈》

细细品味《短松冈》的画面，我们不得不折服于先生功底之深厚。他以洗练的笔墨语言、深厚的诗词功底，凭借着独步当代书坛的书法造诣，以书法为桥梁和纽带，实现了诗词的意境和画面、画境的完美结合。让诗书画交相辉映，协奏出一曲中国传统文人画、诗书画各擅其美且美美与共的“交响曲”。

其中的题画诗以恬淡的语言，用暮秋、西风、飞鸿、钓叟、孤舟等意象构成一幅意境深邃、悠远、恬静的山水画。诗句所营造的意境正是诗人“高天与人俱，放怀可长吟”的闲适恬淡、高士之风的外溢效应，也是“百烦愁心谢，一闲去职身”那种脱离于名利世俗困扰之外，神游在旷达高洁的艺术海洋的精神写照。

画面的笔墨语言酷似倪瓒的逸笔草草，简洁疏朗。秋树几株，水天一色，正是云林子“一湖两岸”画法的活用；鸿飞万里，蓑翁垂钓，好一派秋色风景。短松下、亭子里、土岗上，一位高士正站在亭子里欣赏着这苍茫恬静的远山近水，飞鸟钓翁，展示出无欲无求的精神境界。不是“乱花渐欲迷人眼”的春天，不是“赤日炎炎似火烧”的夏天，也不是“孤舟蓑笠翁，独钓寒江雪”的冬天，高士眼中，无俗世之诱惑，有浩然之正气，磊磊落落，坦坦荡荡，一如这秋色之萧疏静谧、恬淡悠远。

宗炳《画山水序》中提出“澄怀观道”的山水画宗旨，为文人山水画明确了借山水画营造精神家园的发展方向。这种文人画传统，在王维那里又升华为“意在笔先”的明确旨归。

而在画面上实现这种文人山水画宗旨的表现手段，应该是诗书画的完美结合，相映生辉。这种诗书画完美结合，是一种最能体现文人画之文人精神的画面语言的美学要求。但是，达到这种境界的画家却因要求过高而寥若晨星。

似乎王维的《蓝田烟雨图》达到了这种境界，实现了“诗中有画，画中有诗”的美学互补，得到了东坡居士的景仰：“味摩诘之诗，诗中有画；观摩诘之画，画中有诗。”可见，文人画的画面语言如能达到“诗中有画，画中有诗”便是至高境界。

正因为这种境界难以达到，苏轼又对这首诗是否出于王维存疑，他说：“‘蓝溪白石出，玉川红叶稀。山路元无雨，空翠湿人衣。’此摩诘之诗。或曰非也，好事者以补摩诘之遗。”

其实好事者补遗之说更为可信，因为绘画与诗歌的结合，应是一个渐进过程。王维创立文人画，主要是因为他以极高的文学修养、丰富的文化涵养和高洁的文人精神投入水墨山水画创作，开文人山水画之先河，并不能苛求他已达到诗画完美结合的艺术高度。甚至在他之后，绘画题款还大多隐在画面之中，东坡居士提出的“诗中有画，画中有诗”，只能是一种艺术美学的积极主张，之前并没有确凿证据。在尔后的绘画史上，虽然文人画成为引领绘画方向的主流，但诗书画三绝的文人画家仍如凤毛麟角，少之又少。

创文人山水画鼎盛时期的元四家，虽然都在文人画历史上做出了彪炳史册的贡献，而真正被称为诗书画三绝的，则只有吴镇一人。这固然是因为四家各有侧重，我们并不因此而判定高下，但至少说明三绝确属难能可贵。

文人画作为引领中国画发展的主流，诗书画三绝者自宋元以降，虽代不乏人，但绝非信手即可拈来。时至今日，因为主客观原因，在当代称得上文人画家中间，堪称诗书画俱佳或者诗书画三绝者，除旭宇先生外，难觅比肩者。

（三）数千古风流人物——《范蠡放舟》等

“大江东去，浪淘尽，千古风流人物。”以诗人和思想家的独特视角去客观地评价史册的千古风流人物，是旭宇先生对待历史一贯严谨的、独出心裁的治学态度。2018年1月出版的《寄给历史之书札》，是旭宇先生以信札形式，与叱咤风云的历史人物的对话。三十位历史人物，如果以点连线，便可以粗线条地再现中华文明史。该书出版前，我也应邀出席了在石家庄举行的“文心墨象——石门雅集·旭宇《寄给历史之书札草稿》艺术研讨会”，旭宇先生出席活动并介绍了创作该手札的体会，也再次阐述了“诗书载道”的艺术主张。进入绘画领域，可以说，他又找到了更高层次、更全面、更直观、更能起到教化作用的载体——诗书画“合奏”传播优秀文化传统和时代精神的“交响乐”。

这种用诗书画互相印证，立体化展示历史人物形象，挖掘历史人物对中国思想文化、艺术等方面所做出的重大贡献，抒发画家对历史人物的诗意评价和画境解读。从而感受中国传统文人画的独特美学价值，在心灵上引起与画家的共鸣。回顾五千年文明史中绽放异彩的各种风流人物，画家精心选取他们在历史长河中的“高光”片段，再用闪耀着太阳般夺目光辉的诗歌唱响他们的颂歌。这些题材的作品，收入集子的有《范蠡放舟》《屈原游于江泽》《陶氏豢鹤图》《东坡夜游赤壁图》《李清照南渡》等。

《范蠡放舟》通过范蠡挂冠归隐、放舟五湖的历史典故，诠释了老子

“功成身退，乃天之道”的哲学思想。

旭宇先生尊老子的思想为师，《道德经》是他的智慧源泉。范蠡是《诗与远方——旭宇文人山水画》中最早刻画的历史人物。范蠡集政治家、军事家、谋略家于一身，既能积极入世，也能潇洒出世；既懂谋略权术以保身，又能经天纬地以生民；既能在官场进退自如，又能在商海纵横捭阖；进可以居庙堂之高，退可以处江湖之远。范蠡用他波澜壮阔又出神入化的生命历程，演绎了圣人老子身后的又一个人间奇迹。

《范蠡放舟》的画面中，湖光山色，水波浩渺，近树几株，远山层峦，大片水域，足够范蠡和西施放下羁绊，放飞思想，自由逍遥地游荡在山水之间。两只自由飞翔的鸟儿，是画家神来之笔，象征着范蠡挂冠归隐，与西施“执子之手，与子偕老”。

此幅构图是云林子的逸笔草草，是比肩吴镇的诗书画三绝，交相辉映，但绝不是简单的临摹，更非“邯郸学步”。湖光山色，倒影起到了烘托景色的作用。阳光从山后射来，近树不是无影，而是照在画面之外。层峦之下，树木琳琅，大片树影晕染在水中。延伸在画面外的两岸，斑斑驳驳，若明若暗，正是明暗关系在画面上的传神表现。可见，画家已经跳脱倪瓒“一河两岸”的构图程式，走向“我用我法”的大胆探索。

这就是旭宇艺术的特色，“师古而不泥古”。诗歌如此，书法如此，绘画亦如是。旭宇用他的创作实践，树立了在诗书画领域“守正创新”的典范。

《屈原游于江泽》与《范蠡放舟》的意境截然不同。范蠡和屈原虽然都是名垂青史的风流人物，但前者功成名就之后，挂冠归隐，携情侣五湖放舟，快意人生；后者日睹国破家亡之危局，不能“挽狂澜于既倒，扶大厦之将倾”，虽耿介敢谏，奈“燕雀乌鹊，巢堂坛兮。……腥臊并御，芳不得薄兮”，面对颠倒黑白、混乱不堪的朝廷，民不聊生、生灵涂炭的国民，愤而投江，“纵身一跃万顷波”“端午千载鼓救棹”。屈子的碧血丹心、耿耿忠魂已化入中华文脉，被赋予纪念屈原爱国主义精神的文化内涵。

我们把《屈原游于江泽》与《范蠡放舟》放在一起简单加以比较：

画家把诗歌当作生命的太阳，他的诗句始终折射出灵魂之光。从《屈原游于江泽》的款识来看，画家在端午节这天连续挥毫泼墨，作诗四首，以纪念屈原这位伟大的爱国主义诗人。考虑到画面布局的美学需求，只留两首作为画面款识。因此，从题入画中这两首诗中，我们可以体会到诗人感念和尊崇屈子的炽烈情怀，感情真挚，铭感五内，发自肺腑，慷慨激昂。

《范蠡放舟》的诗，却是截然相反的情调，轻松自然、余味悠长、遵从大道、顺其自然，很有老子哲学思想中“无为而无不为”的意味。

诗既不同，书法也有很大区别。

《范蠡放舟》的书法，温润中和、轻松自然，营造出一片祥和的意境；而《屈原游于江泽》的书法，多次看到枯笔，频繁露出锋芒，画家意图营造“杜鹃泣血”“五内俱焚”的氛围。

再看《范蠡放舟》的画面，构图简约、画面疏朗、逸笔草草、水波浩渺，不啻“人间仙景”；而《屈原游于江泽》中，参天大树衬托着屈子的伟岸，层峦叠嶂，苍莽厚重，寓意山高水长，万古千秋铭记屈子的忠魂和感天动地的爱国主义精神。

从诗书画不同角度，比较分析了《范蠡放舟》和《屈原游于江泽》，可以看出，旭宇先生已经把他所熟练掌握的诗、书、画三种艺术形式，在抒情的艺术共性上把它们各自的美学特性尽量发挥出来，完成一个整体的意境营造：前者轻松惬意、自然飘逸，后者苍莽厚重、浑厚华滋。

学海无涯　艺无止境

《诗与远方——旭宇文人山水画》横空出世，这是旭宇先生捧给神圣的艺术殿堂又一光彩夺目的瑰宝，标志着旭宇艺术进一步走向成熟，也是文化艺术瑰宝在时代精神的滋养下的“创造性转化，创新性发展”。

旭宇先生把睿智、激情、思辨，和穿越时空的对自然、社会、人类思维的文化学思考融于诗词，把文化长河和时代浪潮的交融、碰撞化入书法，把思维中迸射出的智慧之光，把中华民族中和之美的独特的审美观念呈现在绘画里。要而言之，就是旭宇先生倾其所学，百川汇海，聚沙成塔，在我们这个诗书画艺术万山磅礴、群峰争秀的伟大时代，矗立起一座郁郁葱葱、雄视群峰、巍峨耸立的高峰。

这座高峰之所以郁郁葱葱，是因为文化传统和时代精神融合成旭宇艺术的鲜明底色；是因为旭宇先生以文化挑夫的历史使命感，在不断地向这座高峰培上新土，植入新绿。

《诗与远方——旭宇文人山水画》的问世，是旭宇先生向传统文人画的历史发展交上的合格的时代答卷。他用孜孜不倦的努力追索，以文化为根脉和滋养，为达到文人画技法的理想状态而孜孜不倦，在耄耋之年登上了令人仰望的艺术高峰。“合抱之木，生于毫末；九层之台，起于累土；千里之行，始于足下。”旭宇先生诗书画三绝艺术成就的取得，绝非偶然。

那孩提时代父母亲立德、立志、立言的耳濡目染，那少年读书郎白天勤奋学习、夜里牛圈里借煤油灯苦读熬成的近视眼，那伴随他终身的《道德经》，那激起他心弦激烈震荡、诗意喷薄而出的长河落日、大漠旷野——点点滴滴，春风化雨，成就了今日诗书画三绝的文人画家旭宇。不仅成就了他难有比肩的艺术造诣，更成就了这个时代尤为难得的一位学者。一位学养深厚、德高望重，既具有强烈的家国情怀，又心性本净、自然自在、仁德宽厚的学者。

《诗与远方——旭宇文人山水画》画册中有一幅《长河落日圆》，这幅画可以部分地反映出旭宇先生的艺术成长过程，或者说这幅画是他心路历程的部分写照。

画面上，近景是黄土高台，峡谷嶙峋，几丛稀稀落落的绿树；中景是浩渺无垠的黄河，河面上有两只帆船漂荡；远景是连绵起伏的群山，与无边无垠的大漠相连，天空中，两只雄鹰展翅翱翔。在黄河岸边看去，一轮血红的夕阳正在徐徐降落在大漠深处、群山与黄河相衔接的地方。画家笔简意赅，逸笔草草，以绰绰山影、渺渺大河、滚滚大漠，衬托黄河落日那似火的辉煌。看到这里，肯定会油然想起王维那“大漠孤烟直，长河落日圆”的千古名句。而这种感受，正是画家五十年前的亲身所感。

那时，旭宇先生在大学毕业后投笔从戎，在内蒙古乌兰察布屯垦戍边。《长河落日圆》寄托着他对火热青春和军营生活的深刻记忆。

两首诗作为款识。第一首穿越千古，气势磅礴。写出登临黄土高台，乍一看脚下，大漠横断，峡谷嶙峋，惊心动魄；远望去，四野旷朗，长风万里。抚今追昔，更激起壮怀激烈。由追溯黄河源头莽昆仑，联想到中华文明的绵延不断、光辉灿烂、生生不息，从而骄傲地引吭高歌，抒发画家回报母亲河养育之恩的赤子之心。

第二首，满怀深情地回忆了奉献出青春芳华的军垦生活。五十年前，茫茫草原、滔滔大河、火热的军旅生涯，催生了旭宇先生第一部诗集《军垦新曲》。从此，诗歌就像太阳一样，荡涤着他的灵魂，启迪着他的智慧。诗性，化作他的心性；诗心，已成为他的本心。所以他的书法作品在章法布局上起伏跌宕、气韵贯通，整体观之，诗意盎然。

诗书画作为旭宇先生绘画作品的三种元素，在文化学意义上被统一起来，锤炼出意旨，和谐地安排三种元素，营造特定的意境。我们说旭宇先生是诗书画三绝的文人画家，固然是比较客观的评价。但是，我们更应该在欣赏其作品时，学习他怎么样十个指头弹钢琴，用三种元素的和谐统一去营造意境、表达思想、抒发感情、传播文化服务。这才是我们欣赏旭宇文人画作品时，最该凝眸之处。

《诗与远方——旭宇文人山水画》所收的画作，每幅都是诗书画完美结合、和谐统一的文化瑰宝，是欣赏当代诗书画各自独特又美美与共的一部宝典。所有诗歌、书法、绘画、美学、哲学、文化学诸领域的耕耘者，都能够从中汲取营养。若能深入研究，就会体会到旭宇先生从诗书载道上升到诗书画协同载道的全面升华，体会到一位文化学者继承传统、守正创新、不懈进取的使命意识和责任担当。

大家可能注意到，画集以“旭宇文人山水画”名之，而笔者一直以“旭宇文人画”述之。只因以我之见，按照旭宇先生不断求新的治学态度，以他扎实的三绝功底和厚重的文化底蕴，先生必定会在文人画领域进一步撷英采珠。所以我料定，旭宇先生必将会在不久的将来，在文人画的阆苑里再绽奇葩，在艺术文化的海洋里再注清流。

我们期待着！

2023年10月4日

天地之心

——诗人、书法家旭宇先生的文人画

郁葱丨当代诗人、编审，河北省作协副主席

跟旭宇先生认识四十多年了，印象中的旭宇是那种心有底蕴、处变不惊的性格。他不抽烟，不喝酒，没有更多其他的嗜好。读书、写诗、写字，文人气、书卷气、学者气，处事稳重而机敏，有气度、有风范，心地良善，为人宽容。他对世态世事的超然，心底里的安静，是一般人所不能比拟的，这也是后来成就他成为著名诗人和书法大师的一个重要条件和基础。1988年，我从《长城》调到《诗神》编辑部，跟时任主编的旭宇有了更直接的接触。他平和、朴素、真实、不世俗。1994年，旭宇先生为了推年轻人，对我说："我向省文联党组推荐，你来做主编吧。"他宁肯让自己闲起来，也要离开当时正是红火时期的《诗神》编辑部。之后的两年，他基本赋闲，在办公室里读书、写字。旭宇在大事上有主意，拿得起放得下，就这么"闲"了两年。一直到1996年河北省第六次文代会，他担任了河北省文联副主席，1997年11月，又被选举为省书法家协会主席兼秘书长。

旭宇先生在艺术上求新求变，即使后来成为了书法大家，他也没有放弃艺术上的探索。先生在河北诗歌界具有很高的声望，几代诗人都视他为知己和至交。他的诗集《醒来的歌声》在河北诗歌创作中独树一帜，具有很高的艺术品位和价值，是应该被写入当代河北诗歌史的著作。旭宇先生与国内诗歌界的朋友关系都非常好，诗坛泰斗臧克家称旭宇“融诗为书，化书为诗。其诗清新自然，独树一帜；其书，刚健流丽，自成一家”。近年来他又专注诗词写作，主张诗言其志，讲究炼字炼句，讲究意境和哲思，严谨而不拘泥，细腻亦显大气。旭宇先生是诗人、书法家，因为有了对大自然的热爱和潜心观摩，诗文皆得朴厚的自然之趣。而且旭宇先生对生活有独到的感悟和大彻大悟的境界，聊天时他多次对我谈到“知止”，《礼记·大学》中说“知止而后有定，定而后能静”，《道德经》中说“知足不辱，知止不殆，可以长久”，这是他的遵循，渐渐就成为了他的性格，也显现了他内心深厚的人文支撑。

辛丑年春节，我去看望旭宇先生，他拿出新近创作的一幅画对我说：“这是我最近一幅满意的作品，其他人难得见到，送给你。”那幅画淡雅高洁，着笔古拙，画面上两位对坐的雅士，文气神韵十足，其中“相侃仰天只一笑，身倚危岩作龙吟”的诗句更是大气厚重，性格、性情尽在其中。之后，旭宇先生一发而不可收，创作了大量国画精品。旭宇集诗书画于一身，诗歌、书法自不必说，他的画作意境高远，神韵宏阔，其中的赋诗也几乎首首都是精品，我称之为当今国内融诗书画为一体的第一人，也是当代文人画的经典代表。八十岁以后开始绘画创作，当今书画界绝无仅有，这源于旭宇先生多年的艺术积淀和性格修为，也源于他对历史、自然敏锐的感知能力。旭宇先生认为“文人画是中国绘画的精髓”。这几年，我陆续读到他的画作《千里一扬音》，读到了《独守》《登临》《屈子游于江泽》《一江春水》等系列文人画精品。《千里一扬音》落笔不凡，勾勒精致、刻画严谨，构图时出新意，自得天机造化的真趣。我们知道艺术家的经历、修养、心性，以及对物象的领悟各不相同，创作的作品自然会呈现出不同的趣味和品位。旭宇先生的画作借物达意，更多的是出自画家心性的灵光，是境界与学问的结晶，也是旭宇先生在绘画美学上的理想和探寻。画画其实也是在画境界、画品位、画内在的学问，所以他的每一幅画都注入了纯粹属于艺术的个性化思维，渗透出一种安静、平和心态下的深度，人们可以通过欣赏这些佳作，来体悟中国文化的精神内涵。当今绘画缺少内在的学问，雷同、摄影化、世俗化，更多装饰性，很难进入到学术的范畴和艺术研究的领域，而旭宇先生在八十岁高龄能够在文人画创作上达到了如此之高的水准，是因为有经历和学问的支撑。老子说大器晚成，若在艺术上有高度、有深度，必大器晚成，晚年对天地人的认识深刻了、独特了，如果再饱有创作激情，才能够成为艺术的传世者，才能成为思想的大家，而且越有深度越超然，越有思想越超然。旭宇先生深得老庄思想的精髓，他的画作也因此成为当今文人画的经典范本。他的《松荫午睡图》，看似闲适，但闲人亦贤人，意境通神，旷达高远，浑厚、笃实、温良，“品其味，会其意，明其志”。这让我想到山水画的开创者宗炳，他的《画山水序》倡导“畅神写意”，山水画应该成为有意义的存在，走进人的精神世界，成为一种意象和思想，成为人的性情、寄托以及文化深度和审美趣味，从而使画作形成对人的精神世界的熏染，这正是旭宇画作的精妙之处。他不喜欢那些画得很满的、连诗也题不下的绘画作品，他认为没有意境的画无论如何不能算是好画，那样的作品，把应该传递给人的情感空间搞得很僵硬、很受限制，不从容。技法固然重要，但展现自己无限广博的内心世界更是正道。所以在毫无功利之心的时候，绘画创作才能随心所欲，从容自如。我开玩笑说：“你身上有很多的偶然，最初是要做诗人，偶然又成了书法家，又偶然成了画家，但是这些偶然中，大致都有一个成为必然的、深层的内在规律。”“艺术笔墨的结构美，构图的境界美，内涵的蕴意美。中国文人画实际是中国画的核心与灵魂，也与诗同源。对于画家等艺术家说来，不懂诗难有高境界的作品。”这是旭宇先生说过的话，他也是这段话的实践者。

前面说过，旭宇的艺术特点之一是“一生求变”，看似写字、画画，实则心有乾坤。他诗歌、书法的成就都达到了让人仰望的高度，其画作更是别树一帜。每每读到旭宇的系列文人画，都能感受到先生画作古风朴厚、不拘技法、洒脱宏阔、清静无为的魏晋风度，更为独特的是，每一幅画都有自己的题诗，诗、书、画融为一体，一派“烟云水气”而又“超然绝俗”的气度。旭宇先生把绘画、书法、诗歌都当成是人融入天地的一种方式、一种状态，如同李白在《送裴十四》中的诗句：万里写入胸怀间。你看他的《桐叶松风忆旧年》，其中的诗作写道：“握别驿亭去远天，桐叶松风忆旧年，难言江湖一夜雨，且说笔墨十年轩。”画有风骨，诗读沧桑。这幅画虽然没有直接画出夜雨，但通过诗的表达，让人觉得雨生风声，如有丝洗。这幅画空灵静谧、着色温和、动静协调，尺幅虽然不大，但在我看来，诗画皆为精品。同时，先生的诗书画都是有内在联系的，都需要有独特经历的融入，都需要有内蕴和积淀做支撑，看似随心所欲，实则靠道行、品位的积累，诸多艺术大师的成功大多有此规律。

书画界都知道“师造化，师古人，得心源”，旭宇先生主张第一师古贤。人说是师古人，他说古人太多了，画得很俗的也太多了，师古人要师贤人，所以他改了一个字：师古贤。第二师造化。古人讲造化，是说世界之大，自然之阔，万物无尽，造化是大自然的精华、精神所在，而大自然的精神所在是山水，大自然的造化，天地间的精气，只有山水才能表现。第三得心源。要悟自己的心，从中得源。惠能大师说“我心自有佛，自佛是真佛”，不觉悟，作品就显得小家子气。觉悟了的是圣贤，不觉悟的是众生。第四师学问。没有学问，没有学养，知之甚少，永远走不远也走不高。旭宇先生认为师古贤，就是要先能欣赏和理解古代圣贤大师的思想。比如他的画作《古柏》，气势博大，枝如龙腾，颇得古意，诗作亦深亦浅，入表入里。诗中写道：“只将清香滋华夏，敢殇只身扶厦倾。与世无争去荣辱，百代净身尚春荣。”这首诗写出了旭宇先生诗以载道的情怀，融入了先生对经历和世事的深刻感悟。旭宇先生在画作中赋诗，诗不仅仅是在诠释画作，既要契合画本身，又不能拘泥于其中；内在、深刻性与画作衔接紧密，又都是独立的诗词佳作，其功底和高度难以复制。

黄宾虹有道：“江山本似画，内美静中参。”晚年的旭宇，是一位把世人和世事悟透了的贤者，他更加相信天人合一，相信顺天应人，因此就更加内涵和温和、超然、智慧、性情润泽。旭宇先生曾经送给我一幅刚刚画就的山水画，清秀的山影，平静的水面，上面的题诗是“家住松林清水边，日日晴川好放船，一网打尽西江月，挑灯炉旁品海鲜——写于辛丑之初夏”。画面的那种闲适和恬淡，与旭宇先生当下的心境相当吻合。旭宇先生对我说：“我现在画画、写字、写诗不为别的，就为养心。”旭宇先生还在信息里发给我他的一组近作诗词近作，谦称：“无事闲吟，抒情即是，朋友一笑。”我最喜欢其中的《归来》一诗，旭宇先生写道：

人生归来鬓未霜，诗书不应愧斯堂。
西风古道披肝胆，孤篷落木过大江。
曾睹芦蒿萌春绿，抑或清雨赏新篁。
此生只因一支笔，劈开鬼门向汪洋。

旭宇先生把古人的思想融会贯通为自己的生活姿态，演化为一种境界，使之成为笔下的水墨与诗歌。欣赏这首诗，是由于这首诗展示的品质、定力和语言的功力，更是由于这首诗作渗透了悲天悯人、道法自然、天人合一的理念，也是画家、诗人、书法大家旭宇先生生活与艺术的真实写照。

2022年5月30日再改

百年才觉古风回

——评旭宇先生的文人画创作

李世琦 | 人文学者，文艺评论家，资深出版人

习近平总书记强调，中华优秀传统文化是中华民族的突出优势，是我们最深厚的文化软实力。习近平总书记进一步强调，要处理好继承和创造性发展的关系，重点做好创造性转化和创新性发展。

在文艺界学习贯彻习近平总书记重要指示精神的工作中，旭宇先生的山水画册《诗与远方——旭宇文人山水画》的出版堪称一项重要成果。

耄耋之年的升华

在近年来的书法界，“旭宇现象”成为公众热议的话题——在书法界相当一批人成名后名利双收，名气很大，却越写越差，年逾古稀的旭宇人书俱老，却越写越好，表现出旺盛的艺术创造力。《诗与远方——旭宇文人山水画》的出版更是石破天惊，以望九之年一步跨入国画创作，而且达到相当的艺术水准，刷新了中国书法史的纪录，笔者认为可以称为“旭宇现象”第二期。

“九层之台，起于累土。”2022年，《旭宇诗书画选》的推出令外界颇感意外，熟悉作者的人却知道其来有自，这是作者近年来深入思考的结果，是其近年来艺术探索的结晶。作者笔耕不辍，相继出版《书法近作·诗书杂感》《寄给历史之书札草稿》《河北大学旭宇艺术馆馆藏书法作品集》《老

子与书画》《白阳评议唐诗卷》《白阳诗钞》等，对中国传统文化、对书法与国画进行了广泛而深入的思考，尤其对当代书法界、绘画界存在的问题进行了反思，对如何解决问题提出了自己的观点。

当代书画界相当长时间以来存在书画家不读书，热衷于宣传和炒作的现象，一些人将精力用在搞“社会活动”，联系官员和富商，目的是借力他们提高自己作品的售价。这本来是一条歧路，但因为有诱人的名利效应，许多人趋之若鹜。而中国古代书画艺术家的优良传统被冷落，少人问津。除了创作态度的浮躁，更有“文人不文”的问题。书法家、画家应该是文人，文人的书法和绘画才会有文化含量、艺术含量，更进一步应该有人文含量。而时下的书画家相当一部分不能静心读书、研究，不能继承古代书画家博大精深的艺术传统，而是企图以所谓的“创新”来震动书画界，暴得大名。

旭宇先生浸淫书画数十年，对当代书画家存在的问题洞若观火，不仅察而思，更可贵的是起而行，以崭新的文人画面貌出现在画坛，实现了耄耋之年对艺术的升华。

接续中国文人画的正脉

改革开放后，“新文人画”曾在一段时间风靡画坛，风头无两。现在回头再看，他们的作品在艺术上价值几何，在绘画史上能占多少分量，实在很难说。中国文人画源远流长，成就辉煌，大师如云，远不是他们这般模样。

中国文人画由唐代大诗人王维开宗立派，至宋有苏轼、米芾，元代赵孟𫖯及元四家，明代则有沈周、文徵明、董其昌、唐寅等，清代则有八大山人、石涛和“扬州八怪”等。中国文人画的核心特点是苏轼评王维的两句话：“味摩诘之诗，诗中有画；观摩诘之画，画中有诗。”他们最根本的特征是集诗人、画家、书法家、篆刻家于一体，具备全面而高深的艺术修养，掌握娴熟而高妙的艺术技巧。他们的作品融诗、书、画、印于一体，具有巨大的文化艺术含量，是中国艺术史上的瑰宝。那些风靡一时的“新文人画”与古代艺术家相比实在是判若云泥，一个“新”字即可看出他们的底气不足，而他们的作品也难以看出“文”在何处。

旭宇先生《诗与远方——旭宇文人山水画》的问世，以不同于“新文人画”的崭新面貌横空出世，当仁不让，接续了中国文人画的正脉，此即笔者借用元好问“百年才觉古风回”之意。

旭宇中国文人画的意义

旭宇先生中国文人画的最显著的特点是融诗、书、画、印于一体，相互生发，具有深厚的文化艺术含量、人文含量，给读者以巨大的精神享受。以《诗与远方——旭宇文人山水画》为例，诗歌中有诗有词，有律体，有绝句，有歌行；绘画以山水为主，有人物，有花鸟；书法则以作者擅长的行书为主，辅以行楷和小行草，易于辨识，为读者提供了巨大的想象空间和思考空间。

赵孟頫有言：“作画贵有古意，若无古意，虽工无益。”这是一代宗师的思考结晶。甫一打开《诗与远方——旭宇文人山水画》，便感觉古意扑面而来，天地高远，山水静谧，很有宋元山水画的意境。这是作者多年浸淫宋元山水的收获。细读画中的诗词，则可看出画作似古而实新。因为旭宇先生的理念、主题是立足当下的，可以看出先生的忧世之心与现实关怀。这是需要读者注意的另一方面。

细读《诗与远方——旭宇文人山水画》，书中的内容相当广泛，有对古代先贤的敬仰歌颂，有对古代典籍的阅读感悟，有对友情的颂扬，有对美景的欣赏。主题都是高雅的，画面都是安静的、引人思索的。隽永的诗歌，怡人的山水，雅致的书法，加上名章、闲章，丹青、乌墨、朱印，有方有圆，相映生辉，是一场巨大的艺术享受。

概括而言，旭宇先生的山水画不仅仅是山水画，而是诗、书、画、印融为一体的新时期中国文人画的再次复兴。

有境界则自成高格

王国维在《人间词话》中提出：“词以境界为最上。有境界则自成高格。”而一切艺术无不以境界高低决定其成就大小。旭宇先生从事文人画创作时间不长，却能一鸣惊人，就因为其作品的境界超凡脱俗而自成高格。

首先，他的作品蕴含了中国传统文化的精髓。从大的方面而言，其视野开阔，融会百家，打通三教。在他的作品中，有儒家的忧世、佛教的彻悟、道家的无为。

在与高僧静慧大师交流时，他曾这样说过：“我学书法、读书、写文章，无不是为了求道。包括我每天必拿出一些时间清思。用儒家的话是慎独，吾日三省吾身；用道家的话说是归于本真；而对佛家而言，则是放下执念，明心见性，达到无我无他的境界。”由技而道，融通三教，这是数十年由修而悟的结果。他虽然已到耄耋之年，依然自称是“中国文化的小学生”，每天研读古代典籍，精进不已，令人敬佩。

其次，在艺术手法上，师法古代大师，诗歌、书法、绘画三位一体，融合无间，相辅相成，互相生发。他青年时代以新诗出道，久得诗名。中年倾心书法，成为深孚众望的书法大家。耄耋之年，以典雅的古体诗词，雅致的行书书法，富含诗意的山水，“兴上下千古之思，得纵横万里之势”，以古雅的境界，独特的风格，自成一家。

再次，具备守正创新的理念。作为成名已久的书法大家，作者无意与当代画家一较短长。他观察当代书画界有年，对当代山水画技法的程式化、同质化，理念的陈旧老套深不以为然，因而在望九之年大胆跨入山水画创作领域，知行合一，强化写意的手段，勇敢地进行艺术探索。他作品的题材常常让我们想起卫贤的《高士图》一类的古画，气息雅致，让人内心安静，体现出对正念的追求，为中青年书画家树立了良好的榜样。

旭宇先生从事文人画创作的时间不长，却已取得了有目共睹的成就。他在题画诗中写道：“孤舟无恙晴方好，醉写青山留后人。”“丹青亦是悟自性，千山万壑出心源。”可以看出其艺术雄心和高远追求。

民族复兴需要与时代匹配的艺术，笔者期待看到他更多的重量级新作。

2022年2月27日初稿

2023年5月28日修订

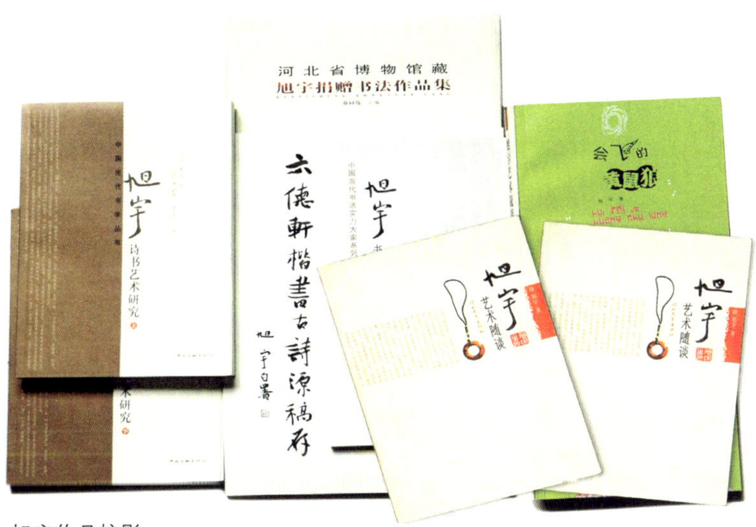

旭宇作品掠影

旭宇山水画的时代审美意趣与历史文化品格

郗吉堂 | 文艺评论家

旭宇先生的画秉承宋元明文人画派的艺术传统与美学精神，以蕴含着极高人文意趣与精神的审美，捕捉审美对象作为鲜活生动的生命形式的典型特征，以简洁而简练的笔意、笔趣概括表现审美对象作为客观存在的本体意义与美学意义。在这个意义上，旭宇先生的山水画创作可谓古代文人画画风的现代的延续与延伸。

旭宇先生的山水作品中，情节性构图因素构成其绘画艺术审美的普遍特征。这种特征的艺术典型性就在于它通过以景观景的结构方式，消融审美客体与审美主体融合化一过程中的形式转换与距离，巧妙地实现化主体审美为客观审美，当然也是化审美客体为主体审美内容，从而既为山水蒙上抒情性的情感色彩与格调，也是借山水作为自然事物的属性、属性特征、属性美来充实并张大绘画构图中那些与山水作感情、感觉方面相呼应的人物的人文存在，借以突出、强化山水审美中主体审美的灵动性、趣味性、鲜活性（古代画论称此为“可居之地”）。而在这样的多重审美架构中，旭宇先生一“笔”中的，给出一个恰当且宜于表现的节点（也是切题的角度），以实现创作目的。《古柏》之作，不写老子上山，不写老子拜树，而是写仰望至高至伟的那一刻，以彰显自然的伟大与伟力，及人的有限与局限。此一定格，就其艺理而言，在于避开了“上山”的“单调”（目的直接性）、“拜树”的“乏味”（矛盾冲突的顶点），选择既联系人之在，又联系天之道的“仰望”，以作为有与无、具体与抽象、行为与精神的聚焦。此刻，不论是“拜前”或“拜后”，一缕清思、清心升达于天。或许，那醒世数千年的《道德经》即将由此萌生——故其意味是要更为含蓄且深邃。而就绘画形式的艺术味道而言，此一含蓄既为画家题诗提供了诗情淋漓、诗意纵横的机会，也为每一个读者预留了释放心理期待的机缘。是在这个意义上，旭宇先生的景中观景之妙用，厚重了山水画创作的美学意趣。当然，在旭宇的绘画中，画家置身于画外，但画家的眼睛作为审美审视的尺度是存在的。

旭宇先生绘画的画面结构，固然与他的重在表现民族文化精神有关，但就山水画构图原理而言，如此布置宜于化静为动，更宜于动静之间寄意广阔。古代的文人山水，也多有引入人物以活跃画面，但意趣指向是不同的。倪瓒的《渔庄秋霁图》，树是孤独的，水是空旷的，人是寂寞的。三者固然因物物关系的客观性而构成一种依存关系，然三者的依存关系却又只是一种联系性，彼此之间存在着一种冰冷的隔膜与疏离感。这与倪瓒的为人与现实审美关系所决定的审美心境是有关系的。他可以肯定山水作为客观存在的美，但这种感觉只具有客观意义，却唤不起亲切、亲近的情感存在。旭宇先生的山水有现代的人生意趣与审美意趣，近景的山或树是挺拔的，即使盘曲也是倔强的，这体现在造型的俯仰角度，以及作为形式审美因素的彼此勾连关系上；而人物，无论是处于近景或中景，都分别表现出或姿态上的、或精神上的积极品格。《雅集》中的划船人取姿前俯，与《溪亭高卧意自清》中的人物取态后仰，都体现出肯定性的情感评价。而《涤污秽兮存正灵》中背山面水的打坐者、《相契双松亭》中的林下同道者，都以静态而表现内心、内蕴、内力的恒定与稳健，这同样展现了旭宇先生在易存形而难以存意的绘画形式中，非常善于把握有形的具体以写无形的丰富。即其画笔高致在于抒写人在自然中的感受，写自然给人的感觉，及人与自然的相随相得、相遇相安、怡然而存之境。

旭宇先生的绘画，其艺术创造性在于擅长把优秀的文人山水绘画形式与时代审美意识紧密结合，进而更好地彰显了他坚持已久的创新民族文化形式的历史性努力。而这一切都得力于旭宇先生早年的诗人情怀及驰骋诗坛时所形成的思维品格。毫无疑问，那是一种积极的思维品格，想象瑰丽，自由自在，时代的感觉与历史的感觉融为一体，人文意识与自然审美意识融为一体，在那样一个倡导“大我”的时代，旭宇先生的个性化意识中更多融入的是时代感、责任感。于是，在他的抒情诗中，青山秀水、田园庄禾、风雨霜雪、春光秋色，皆成意象，每有寄托；老农问墒，文人问水，骏马奔腾，天风浩荡，是心在远而意切近，抚无形以叹有形。可知旭宇先生对自然事物、自然事物的属性、属性特征与属性特征美，以及人与自然事物之间的物物关系与审美形态皆有深入认识与把握。这构成了他热爱生活、热爱自然、热爱进取的思维品格。而在这样的生活态度中，旭宇先生既能着眼于自然与人的依存关系，也尊重自然作为客观事物的本性。即他不认为人是自然的统治者，一如他不认为人是自然的奴隶。因此，旭宇先生的诗中，自然、自然美生机勃勃，充满生命力。同样，在他的画中，自然、自然美崇高而伟大，人在自然怀抱中，坚定而自信，友善而相安。此种审美品格，类于庄周观鱼梦蝶，近于仲尼川上之曰，似有我而实无执，复以道而作我。民族人文早期的朴素的唯物认识论，那种直面真理的、开豁的、尊重一切存在的，也是以天地为师的精神品格，在人的感觉与欲望被膨胀之后复于旭宇先生的画作中重现，或可视作人对“类本在”的认识回归，当然也是他山水画作的美学原则。

若说，是20世纪五六十年代积极进取的时代与生活，培养了英姿勃勃、神采焕发的诗人，唤起了诗人对新时代、新生活的热情、热忱与热烈情绪，进而纵情吟咏，放声歌唱。旭宇先生的这种审美时代感，与他对民族文化的执着追求则是一致的，二者共同体现着特定文化时代的民族精神与民族审美精神。如社会性与大众性，历史感与现实感，及形式与形式审美的纯粹性与自由性等。具体及于他的诗之外的创作，就是于传统文化的历史存在中汲取精华，以创作更有时代感的审美形式。由诗而书法再到“今楷”与山水绘画，很好地表明旭宇先生的艺术思维中，美感认识的时代性与历史化了的人文存在作为形式审美因素，总是在激烈地碰撞，而他的艺术思维的积极品格于其间更发挥着重要作用。尤其是化想象与联想的具体性为抽象性，以便创造形式。旭宇先生的艺术，至少在他典范性的今楷形式创作上，获得了具有艺术教育的意义与价值。而他的山水画创作，本意上直接承续他的今楷体所拥有的创造品格与原则，及其所体现的必有的艺术与美学期待，进而成为这种期待的别样形式。旭宇先生的山水绘画创作，已历经数个对他来说具有较大历史文化意义的形式审美跨越发展阶段，也就充分实现了审美的时代性与文人山水绘画的历史文化品格的衔接与紧密联系，进而浑然一体为一种精深博大的审美感觉。《泛舟碧湖》《千里一扬音》《有朋自远方来》《山中访贤》《桃花潭》《古渡》《六君子图》等，充实的近景与苍茫的远景构成一种上下贯通、四处流动的“宇宙意识”（宗白华语），成就了旭宇山水绘画的精神品格。而在这样的作品中，旭宇先生压缩了中景在古代文人山水画中的主体性存在，而在情感格调上走出了宋元明文人画家舒缓有致、从容不迫的“士大夫”气，以具体特征的比邻、比对关系流露出现当代高级知识分子的时代感与现实感，以及在人与现实审美关系中的主动性。这种美学意趣也与旭宇先生画作取材上较多直接撷取于古代诗歌、古代文化史上凝聚着民族文化精神的精粹节点或民族情感品格的典型性存在有关。旭宇先生于古代文化、古典文学深有造诣，《老子与书画》深湛认识《老子》艺术——美学思想，以疏解现代书画审美与创作之困惑；《白阳评议唐诗卷》精到把握唐诗艺术要义，以传统文化精粹的诗道、诗意。而旭宇先生的绘画题材，恰是取道于历代民族人文精神与审美精神的鲜活、鲜亮之妙在，以此为审美意象，形成寓意深广、余味深长的山水妙作。非山水之广大，不足以寄寓先生哲思之宏远；非诗心之纯朴，不足以见大道（天地）之清爽。显然，旭宇先生的画，精要处是通过绘画形式，展现艺术家对民族文化精神与审美精神的崇尚与追慕。以此而言，旭宇先生的包括绘画在内的艺术创作，其所表现的景与境，与古代文人的忘我、忘物、忘言还是有区别的，即不是着眼于“忘”，而是感受存在。所以，这里没有人生际遇的“达”与“不达”，及“入世”与“出世”之别，是以类生命形式的发展，从而展现不同阶段的生命形式与存在状态，展现作为存在的客观性与客观化状态，以领略人作为类生命体的前进步伐。这也是先秦诸子的审美风格。

《老子与书画》封面

旭宇先生襟怀恢宏，气度清越，性情雅淡。其思在深而言在浅，心守朴而意求真，在一代文士中，可谓至雅且通脱。故虽有卓姿，亦每以“普通人”自居。而这也正是典型的时代人文品格。其实，《老子》中的老聃、《论语》中的孔子、《世说新语》中的魏晋名士，其言行所示亦都是那个时代的“普通人”所为。若有不同，那就是做人的天真与纯粹。当岁月成为“逝者”，现实性为历史性取代，他们曾经拥有的天真与纯粹便以“普通人”的不普通之处呈现，并成为历史的记忆。

旷朗襟怀大泽中

——旭宇先生八十岁后文人山水画创作所见纪实

李国伦 | 评论家、收藏家

我与旭宇先生是忘年交。2017年我主编《旭宇寄给历史之书札草稿·艺术研讨会文集》由中国文联出版社出版后，一直交往密切。2020年春天，我去拜访旭宇先生，看到他正在聚精会神地画一幅《归来兮》图，感到很惊讶，原来只知道旭宇先生的诗和书法写得好，没想到画也画得这么好，更没想到八十多岁的老人还拿着狼毫小笔非常仔细地勾描画作的细微之处。先生看出我对他的绘画创作感到意外，便说他从小就喜欢画画，对诗、书、画之间的关系及意境有过长时间的思考，只是过去忙于主持诗刊、书法创作和书协的领导工作，没能全身心地投入绘画创作。说着，他拉我坐到沙发上，谈起了他的绘画创作。

旭宇先生谈“师承”

先生说，他画画首先得益于家庭的熏陶和学校的启蒙。父亲虽然上学不多，但能画水墨芦雁挂在屋内墙上，并题写漂亮的毛笔字，受到串门乡亲们的称赞。姑姑不识字，却经常被村里人请去给新婚用房画炕围花卉类的画。小时候，父辈们从事的这些艺术活儿对他影响很大，使他对绘画产生了浓厚的兴趣。读中学时，一位从抗美援朝文工团复员回来的美术老师，让他画过一幅山水画，老师看后大加赞赏，说他是画画的人才，就让他参加了学校美术组。班主任知道后，以共青团的活动更重要为由，又让他回班里做团支部书记的工作。读大学时，正逢“文革”，他却钻进学校图书馆观摩了大批古帖、古画，古人的画风在他心里留下了深刻的烙印。先生说，真正启悟他创作这批文人画的“导师”是老子。他说，他在大学读书时，就偷偷研学老子的《道德经》，这些先哲们都是他一直追的“星”。过去人们对老子的研究，多专注于思想和哲学范畴，很少从书法、绘画的艺术角度去探寻，在这方面他有很多思考。从2018年开始，他谈《道德经》的思想，阐述老子思想与艺术的关系，并邀研学《老子》多年的学者郗吉堂执笔整理文字，应《书法报》之约开辟专栏连载，反响很大。后来山东画报出版社以《老子与书画》之名，花山文艺出版社以《老子与书法艺术》之名先后出版。这是首次从书画艺术的角度阐述老子的哲学思想。这两本书出版后，在社会上，特别是在书画艺术界，产生了很大的影响。2021年底，天津《中国书画报》又申请转发一年。有学者说，旭宇先生的壮举（指《老子与书画》的出版）填补了老子研究的空白。谈到这里，先生说，这些都是别人的评价，其实真正受益的是他自己。写这本书之前，他早就思考老子的哲学思想与书法和绘画的关系，有意识地用老子的哲学思想指引书法、绘画创作。他这批山水画作品，就是在领悟老子哲学思想的前提下创作出来的。如果要说“师承”的话，老子的哲学思想就是他创作这批画的导师。这批作品他没刻意追求笔墨技法，而是在境界的高度上努力追寻。他虽然才画了三年，但研学老子的哲学思想已有五十多年。艺术“载道”，境界是“载道”的深刻体现，也就是说，这批画是他近五十年哲学思考的表现形式。

听了先生这番话，我明白了先生没进过美术院校，八十多岁才开始作文人山水画，一出手就诗、书、画并举，给人带来文人画新鲜气息的真正原因了。站起身来，再读先生正创作的《归来兮》上“此生只因一支笔，劈开鬼门向汪洋”两句诗时，我就明白，旭宇先生晚年将要在《老子与书画》思想的指引下闯出文人山水画的一片新天地了，他的思考已投向了远方。

此后，他每有新作就打电话约我去共赏。他先期画出的六十多幅画，都向我做过详细的讲解，不仅讲述他在绘画技法方面的探索，更多是他在创作中的情感寄托和对老子思想的阐发。他的画是诗的再升华，是自己一生思与想的表现形式，故书名叫“诗与远方”。据我所知，本书中编录的百幅作品是他三年来创作二百余幅作品中的一部分。为便于读者了解旭宇先生这批作品的创作情感和细节，在本书出版之际，将我了解到的一些故事叙述于此。

饱蘸笔墨忆乡情

本书中泥金团扇《山溪人家》，是旭宇先生2021年夏天较早画出的一幅忆家乡鱼耕情景的山水画。他在向我讲解这幅画中最后“只待夕阳一招手，家家灶台鱼香多”的两句诗时，很激动。先生说，他小时候生活在燕山南麓还乡河畔冀东平原玉田县的一个乡村，每当夕阳落山，村庄里冒出缕缕炊烟时，孩子们或在溪边，或在田间，都企盼着母亲呼唤着自己的名字，喊一声：“娃啊，回家吃鱼了！”每当一家人坐在炕上、围在桌前吃着贴饼子炖小鱼，是非常幸福的时刻。六七十年过去了，那时的情景仍很难忘怀。于是先生就先写了这首诗，又画了这幅画。先生说得动情，我听得也动容！是啊！八十多岁的老人，再回忆童年时娘喊自己回家吃饭的情景，谁人不动容。谁人不把此两句视为经典金言！先生此诗此图每一句、每一笔，都是思乡的流露、情感的寄托。先生创作此图选泥金做底色，淡墨勾勒，轻皴浅染，淡青、淡绿、淡绛交融并辉，深沉秀逸，清丽典雅，既明静古朴，又极富烟火气息。时隔两年，2023年春天，先生又创作了多幅表达乡愁情怀的作品。其中的《乡愁》就是先在自己的笔记本上写下两段诗，后画的画。先生跟我谈起这首诗和画时说，这首诗是回忆童年家乡困苦情景的写实诗。村前有一条茫茫的大河，小时候自己就用搬网逮过鱼。家里的几间房屋每逢连续阴雨天就漏雨，如同“茅屋为秋风所破”一样。河边有些滩地洒汗不少，收获不多。图中刻意画棵老榆树，是因为小时候经常爬到榆树上撸榆钱充饥。每每回忆起那些往事，就想用画笔表达出来，于是诗的后两句是“终究岁老故土梦，残笔涂情此画稿”。先生说，新中国成立后，党领导全国人民过上了幸福生活，旧社会的苦难乡愁不能忘，家乡故土的根不能忘，为祖国、为事业奉献终生的初心不能忘。此图构图爽朗、笔墨简练、萧疏旷远、萧条老辣、勾染遒劲。反映了先生晚年思念家乡、报效祖国的拳拳之心和宁静淡泊的心境。

书中的《双老图》也是先生2021年夏天创作的，此前还写了一首类似的诗配了幅类似的画，诗名是《忆旧》。先生在诗的序文中写道：“六十年前，吾于玉田师范任教，常与老友一起论诗，而不远处还乡河奔津门南下，每忆起其情景，甚感愉悦。”那幅画的落款注明是辛丑年（2021）立夏后三日作。先生在向我讲解这幅画时说，诗中提到的老友是他在玉田师范读书任教时的同事、诗友，叫李作仁，他们少年时因诗结下的友谊保持了一生。先生告诉我，他初中未毕业被保送到玉田县师范就读，1959年放寒假时，校领导就把他和李作仁、张洪三位优秀的文学青年留下不放假，突击学习大学的文学课程，进行诗歌创作，用诗歌的形式讴歌人民群众的精神风貌。当时他创作的诗曾在诗坛大会上朗诵。那时的诗虽然是时代的产物，但充满了人民对美好生活的憧憬，听众很受鼓舞，后来他的诗刊登在了《唐山劳动日报》上。先生说，那时他确实有诗人梦，留校后经常与朋友一起讨论写诗。后来他在诗坛成了名，还念念不忘“万人诗坛”时期那段意气风发的岁月，他经常与李作仁通信、谈诗，一起为引领他们步入诗坛的已故初中老师赵宜民先生整理出版了诗集。李作仁去世后，旭宇先生又组织同学召开座谈会怀念他。了解了这些过往之事，再品先生的诗与画，自然会有不一样的感受。《忆旧》是春天画的，《双老图》是秋天改的，此诗开篇点明主题："老友席地话当年，六十甲子逝如烟。"《忆旧》诗中还有两句："怎忘与君两相坐，词锋斜阳互纵横。"《忆旧》中两位人物相对，身后有四棵松树，《双老图》的修改突出了两棵苍松，强化了两位人物服饰的颜色。先生常跟我说，他一生喜松、爱松、咏松、画松，是因为苍松迎霜斗雪，不畏严寒，傲然挺立的坚贞与高洁，表现出了文化人的浩然正气，也表现了老子道与德的思想。《双老图》老友对坐论诗，细笔勾勒横卧或峭立的山石，红色的凉亭衬托高士的服色，先生精心刻画的重点是两棵苍松，松干沧桑，雄伟挺拔，虬枝如铁似钢，神采飞扬；新枝生机蓬勃，清雅秀丽，表现的是道法自然的精神，是对远方的向往。

"承贤""载道"焕文华

旭宇先生晚年这批山水画创作，不是为画而画，是为抒发情感、弘扬文化精神而创作。关于《山恋》图，先生也先后创作了两幅，前幅名为《相看两不厌》，是2022年夏天创作的，并在画上方写了长长的十八句诗，诗后附言："世言仁者乐山，智者乐水。吾以八旬始画山水，乃其晚也乎？以乐山水之心而授笔传其道也，虽迟亦正。"当时写这段话，是先生八十岁后开始创作山水画两年中的感受和体会。诗的内容是他多次与我谈话中一些思考、感悟的归纳。创作《相看两不厌》写下的十八句长诗更是他近几年以正气、正念、正命为主旨进行诗书画创作的感悟。关于"正气、正念、正命"，他解释说："我觉得人生要有正气，要有正念，归根结底要有正命。正命，就是自己应该坚持终生进取，遇到困难的时候、遇到诱惑的时候，也不要离开自己的这种正确的坚持，也就是我们现在说的初心。"写在《相看两不厌》中的十八句长诗是他将自己这种思想认识运用到山水画创作中的深化，如诗的前六句："天地有正气，杂然赋流形。下则为河岳，上则为日星。于人曰浩然，正气凌天庭。"是他对"正气"的思考和阐述。"吾今习书画，沛乎感苍冥。涤污有江河，激扬乃山灵。

岂为名利误，丹青当正声。”这六句是先生近几年在山水画创作中，对老子道法自然的理解，感悟到大自然可以荡涤心灵，丹青笔墨可以弘扬正念。最后六句：“承贤焕文化，启后弘正气，小技亦载道，耿耿存天性，哲人逝未远，以笔续正命。”表达了先生晚年沉醉丹青的使命及自励精神和对“承贤”“载道”精神品质的追求。

2020年秋，天先生再次创作的这幅表现李白《独坐敬亭山》的《山恋》图，以抽象的笔法画山峰，用夸张的手法塑造人物，笔笔彰显出书法家线条的深厚功夫，诗仙白色衣裤的点缀生发了画面的灵性，诗仙面对敬亭山的专注眼神，将“独赏秋尽处，忘却老石寒”的诗意表达得淋漓尽致。

刻画杜甫“窗含西岭千秋雪，门泊东吴万里船”的诗意图，构图高远：远景，高山用白色覆盖山顶，淡墨过渡之后，浓墨皴点，产生了高山植被生机顽强的效果，再往下用侧锋蘸赭红皴擦，整座山峰苍茫灵秀；中景，线勾墨擦峰岭，似钢壁铜墙；近景，两座茅屋居中，高士身居草堂，思接千载，视通万里，屋旁江水茫茫，帆舟停泊，房后树木茂郁，屋侧鲜花盛开，左侧双松秀拔，右侧孤松苍劲。远景，“千秋雪”覆盖山巅，意境宏旷壮伟；近景，树茂花盛，春意盎然。全图工写兼用，着色鲜丽，咫尺之间绘就了一幅山河壮美图。最后，先生将诗题于上方画面正中：“杜诗连春梦，一吟绿千年。帆落蜀江暖，号子碎吴天。游子乡梦旧，官退忆钓船。好月钱难买，只需心扬帆。”既赞美了诗圣对后世文学的深远影响，更表达了后世文化人对先贤情操的坚守，表达了先生晚年利用画笔“承贤”“载道”的使命精神。

闲话“三贤”续“五典”

先生在讲解他画的泥金团扇《放目》一图时，特意讲述了“荡胸常忆谢灵运，草狂还推素与颠”两句诗中，三位历史文化名人的故事。他说，谢灵运是东晋至刘宋时期的著名诗人，出身名门，自幼聪颖过人，是位心性十分复杂、“矛盾达于极点”的人物，也是很有造诣的佛学家，玩出花样的旅行家，连李白都羡慕他发明的“谢公屐”，他在目录学也很有成就，是创作山水诗的第一人，被称为山水诗的鼻祖。“草狂还推素与颠”则是中国书法史上被公认为草圣的唐朝代表人物怀素和张旭，合称“颠张醉素”，他俩形成了唐代草书双峰并峙的局面，是中国草书的两座高峰。怀素自幼出家为僧，经禅之暇，锐意草书，经常在墙壁上、衣服上、芭蕉叶上练习书法，留传下许多“痴”的故事。现在人们看到的“怀素学书”图，一般都是怀素面对芭蕉叶练习书法的形象。张旭比怀素大五十多岁，家庭出身和生活环境都比怀素好，当时的名望也比怀素高，吴道子、颜真卿都向他求教过笔法，既是“吴中四士”之一，又在“饮中八仙”之中，早期张旭的草书与李白的诗歌、裴旻的剑舞并称长安“三绝”，后来与怀素并称“颠张醉素”，名气大过了“三绝”。聊到此处，我想到了李白的《峨眉山月歌》，就说，李白一首二十八字的蜀江行旅诗，镶入了十二字的五处地名，被传为千古佳话。诗仙一诗用“五典”，先生两句推“三贤”，又是一段佳话啊！听罢，先生急忙打断我的话说：“可不能那么比！诗人写诗是内心情感的抒发，没有刻意镶入什么，意境既自然又深刻就好。”听了先生的讲解，再品《放目》，感到诗境洞开，笔下有万象，如表现“双松忧思岸水浅”意境的双松，扎根于石壁之中，傲然凌空，是具象的，也是拟人的，双松与凉亭中的两位高上相映衬，松似人，人如松，胸怀达天，平羌如烟，岸水自然浅，浅到画家一笔都不用表现，意境自然高出了画面。图中的岩石、荷花画得虽抽象，但笔墨古朴典雅、气场浑厚，表现出先生尊崇道法自然的表现形式。

再如，《知君久居洞庭边》一图，注明是写寄友人的诗意，四句七言，同样巧妙地镶入了两处名胜，一个“知音”的典故。两处名胜一处是洞庭湖，一处是龟山。前者在湖南，后者在湖北。两句诗写出了从洞庭湖出发，乘扁舟披星戴月到湖北龟山拜见友人的情节。龟山在武汉市汉阳区，与武昌区蛇山隔江相望，站在黄鹤楼上可远眺龟山全貌。古代龟山重武，蛇山重文。毛主席一句“龟蛇锁大江”形象地写出了两山的神采。巧的是，龟山旁边有月湖，湖畔有琴台，传说此处是周代弹琴高手俞伯牙与钟子期相会的地方。俞伯牙善鼓琴，钟子期善听琴，伯牙想什么，子期便能从琴声中领悟到伯牙之所想，子期死后，伯牙就把琴弦折断了，因为伯牙觉得再也没有像子期那样的“知音”了。先生隐晦地将这个故事镶入了诗中，表达了为寻知音不畏艰辛的情怀。先生创作的此图，山不是龟山的形，水非洞庭的水，琴台也非月湖的琴台，松不也是长江岸边的松，一切都是他心中的景物。先生说，诗人作画，不是画家写生，主要是表达艺术境界。我问，艺术的最高境界应如何概括？先生回答，他在《老子与书画》中说过，艺术的最高境界应是老子说的“善行无辙迹”。并补充说，中国绘画自古以来都讲“气韵生动”，但书画中的“韵”是什么？似乎都没讲太明白，至少还没见某人说“韵”就是某个东西、某种状态。其实，细细想来，老子说的“无辙迹”，就应是“韵”的归处。先生还说，文化人的创作，都是自己的所思所想，好的想法融入形式，借助手段表达得很好，使人感悟，就是艺术的“无辙迹”，属于“善行”范畴。凡成大器的书画家，都是“善行无辙迹”、艺术有佳境的。领悟了先生这些话，我们就可品赏到先生这本诗意图创作的“气韵”所在了。

《礼青山》背后的故事

了解旭宇先生的人都知道，先生参禅不打坐，以静修心。多年来他不仅研读诸子百家、深悟儒学精髓，与佛学也有缘。他说，他接触佛学很早，小时候就常听父亲讲《六祖坛经》的故事，十岁时迷恋过《济公传》，后来又读《金刚经》，但没有深入研究。他和柏林禅寺方丈净慧长老相识相交，那时柏林禅寺重建不久，净慧大师在一天晚上与旭宇先生到禅房吃素斋，边吃边谈，话题自然是禅与书法。净慧大师认为坚持礼佛授经相缘，要达到般若境界，而旭宇先生则主要阐述书法与参禅相通的道理，说明书法在某种程度上与参禅类同。旭宇先生对净慧大师说：“书法能使我进入一种忘我的境界，而忘我会使自己很心静，祛除杂念。”净慧大师听后说：“我此生此世能皈依佛门，对我来说绝对是一生修来的一种福分，也不是一世之缘。旭宇先生你此生此世能与书法结缘，也不是一生一世修来的。”这次会面后，旭宇先生创作了一幅书法作品：“书法是清静的事业，与禅等同。应该清思而为，才能得其真谛。”媒体曾找旭宇先生做过“书法与禅”的专题节目。先生还说，学佛的人讲究功德积累，文化人要追求知识学问的积累。其目的不是为了个人的利益，而是为了提升自己的境界。以六祖为代表的南宗主张参禅就是参悟，强调反观内心、明心见性，通过内心自省参透佛理。先生认为，把高深的佛理化为行动，行动化为精神，就是一种境界，是“道”与“德”的内涵。

先生告诉我，《礼青山》就是在这么一种参悟的状态下创作的。听了先生的讲解，再细品此图，感到空灵玄虚、天人合一的禅理得到了幻化。松成为人格精神的象征，孤傲高洁，昂扬向上，遒劲从容；山则是先生个人心中的山，是山是佛，由悟者自参。居于画面正中的红衣人，是僧是道，是跪是坐，此时已不重要，先生刻画的是一位纯粹的人，他是在“长揖青山礼碧苍”，在修心向善。先生的诗，道尽了诗意画境。两方钤印也别出心裁，“天风朗朗”置于画面上方正中，“古镜照神”镶于灵峰之间，禅气滚滚，佛性浓浓。先生说，他创作此图，是在读《六祖坛经》时受到的启发，一位字盲成为祖师，靠的就是修行，回归本真，五蕴皆空的悟性。先生还说，现在有人在手机上发帖子，专门解释《心经》，这本身就是一种误说。《心经》和《道德经》一样，是让人悟解的，而不是让谁说清楚的。能讲清楚的不是“真经”，只能是自己的“经”。《心经》和《道德经》只能自己去感悟，在感悟的基础上去修行，从思想上归一到行动上，与“真经”的契机就越来越近，最终达到大道至简。讲过这些，先生说，诗书画与佛道修为融为一体，是文人画的一个特征，它不仅仅能起到“成教化，助人伦”作用，更重要的是能起到陶冶人性的作用。

《悟了自度》一图及诗，表现的是禅宗五祖弘忍大师与六祖慧能大师（慧与惠佛语意同）法嗣传承的一段佳话。先生写的“金经一句了悟禅，辞师自渡去岭南”前两句诗，讲的是唐龙朔元年（公元661年）冬天，弘忍法师用公开竞争的方式公选“法嗣”（继承人）时，首座和尚神秀作出了“身是菩提树，心如明镜台。时时勤拂拭，莫使惹尘埃”的偈文。与神秀资历相差甚远，从广东来寺里不久的役僧（即后来的六祖慧能）作的偈语是：“菩提本无树，明镜亦非台。本来无一物，何处惹尘埃？”令弘忍大师刮目相看。加之慧能初进禅寺与弘忍大师对话时回答过一句“人有南北，佛性岂有南北”的话，使弘忍大师“见人见性”看到了慧能对佛理非同一般的悟性，夜间便秘密将衣钵传予慧能，为预防不测，令慧能渡江南去。十六年后，弘忍大师圆寂，慧能遵师嘱在广东授讲《金刚经》，主张“见性成佛”，成为“印度禅”到“中华禅”转变的关键之人，后被尊为南宗禅创始人。先生写的后两句诗“丹青亦是悟自性，千山万壑出心源”，则是先生自己近几年钟情丹青后的自悟。《悟了自度》的咫尺之间，先生采用斜对角的方式构图，山寺、景物均细笔勾皴，色阶用中锋层层擦染，严谨中见气韵。远山淡黛轻染，近石焦墨重写，远景一高一低，一浓一淡，呼应相呼，衬托出画眼中两位人物千叮万嘱、不忍作别的神情，小中有大，逸气自发，这岂不是先生“外师造化，中得心源”的倾心之作？

富有禅意的诗意图，先生作过多幅。先生在给我讲解没有收入此书的一幅题为《菩明上人》的禅意图时说，菩明上人是他的佛界好友，诗和画都是回忆与这位友人友情的。他说，历代不少文人倾心参禅悟道，参得最透彻的当属北宋文豪苏东坡。苏东坡参禅悟道有“三重境界”：一是

"见山是山，见水是水"，是执着的世界；二是"见山不是山，见水不是水"，是虚无的世界；三是"见山只是山，见水只是水"，是淡定的世界。先生说，普通人提升心情，不在刻意逃避外在的世界，而贵在用淡定的心情看待客观世界，有了这种心性，画起画来则心接天地。

倾情《古柏》做学生

本书多幅作品都表现出了旭宇先生对松柏的钟爱。从《古柏》诗中便可看出先生对古柏的景仰，从对古柏的精心刻画更可看出先生创作此幅作品付出的心血。先生对我说，三年来他创作的二百多幅画，都是站着画的。我问，为什么要站着画？他说，人老了视力不好，站着画便于左右调整视觉，坐着画有时就兼顾不好。我说，八十多岁的人了，站着要比坐着累多了。他说，做学问马虎不得，多大岁数都是学生。对先生永远是学生的说法，我感受是比较深的。我与不少老画家有交往，一些岁数比较大的画家，晚年画画就是为了打发时光，旭宇先生则完全不同，作每首诗画每幅画都是处在激情创作之中。有时兴致上来，站着一画就是一两个小时不休息，有时画得不满意就一画再画，有时一幅画画到三四张才满意收笔。他作画时那种全神贯注的神态完全看不出是八十多岁的老人在作画，倒像是十八岁的高考学生在迎考。如他画《古柏》主干时，树瘤和树脉完全是用笔尖、侧锋一点一点雕写出来的。他还告诉我，他画此图时如此全身心投入，是把古柏作为中华民族的图腾气质来刻画的，并说龙是中华民族的图腾，是中国人的精神符号，有容纳宇宙之机，吞吐天地之志。为此，特意将树干的顶部刻画成龙头，龙嘴朝天吐舌如焰，龙角在龙头后弯曲向上，从视觉上给人巨大的冲击力。先生还告诉我，他曾专程到位于河南省登封市的嵩山书院瞻仰古柏，先后创作过三幅同一题材的作品，最后一稿加入了瞻仰古柏的人物，是为强化"老聃趋步感礼遇"这句诗意，弘扬老子见古木趋而以礼的美德。听了先生的讲解，再细品此图，不仅能感受到画面恢宏、神韵喷发、气势磅礴，更能感悟到每笔每画都饱含昂扬向上、虽苦犹争的精神力量。

旭宇先生说自己

旭宇先生是著名的诗人、书法家。20世纪70年代初，他大学毕业分配工作后，作为内蒙古建设兵团的唯一代表，参加了内蒙古自治区首届书画大展。1983年作为河北省两名代表之一，参加了香港华人著名作家书法展。1990年在河北省博物馆举办了首次个人书法展，是全省举办个展的第一人。20世纪八九十年代，他主编在诗坛颇有美誉的《诗神》刊发八年间，培养了一大批在全国广有影响的青年诗才，出版了多部诗集。其中，《军垦新曲》发行量达二十万册，北京大学中文系专门为此诗召开了研讨会，他成为一级作家。后来他担任了河北省书法家协会第三、四、五届主席，中国书法家协会第四、五届副主席，兼楷书委员会主任。2007年在中国书法家协会楷书专业委员会上，旭宇先生第一次提出了“今楷”的理念。2010年出版的《今楷论丛》，2017年出版的《寄给历史之书札草稿》及《寄给历史之书札》，2019年出版的《老子与书画》，等等，均产生了广泛的社会影响。著名诗人臧克家评价旭宇先生说：“融诗为书，化书为诗。其诗，清新自然，独树一帜；其书，刚健流丽，自成一家。”

《寄给历史之书札》封面

大多数人认为，旭宇先生最出名的是书法。面对近三年来，先生创作的二百多幅文人画作品，我曾直接问过先生，对您创作的诗书画，您自己怎么评价？先生不假思索地说：诗第一，画第二，书法第三。

先生曾画了一幅《临轩》图，图中诗曰：

临轩八旬一老翁，览山亲水与谁同？
咏诗笔墨青霄上，旷朗襟怀大泽中。
深夜长望惟畿辅，年丰感恩乃渔耕。
岁老凭栏无限意，一生孤旅不尘封。

这首诗是旭宇先生的自我写照。笔者引用其中一句作为本文标题，既想表达先生一生对古贤思想的领悟如沐浴于大泽之中，又想用来印证这位终生为学的不老翁八十岁后的精神追求。

多年前，旭宇先生的同事、诗友著文说：“十分庆幸，中国的诗歌界有这位老人。”我借用一下说：“十分庆幸，中国书画界有这位八十岁后开始创作文人山水画，大器晚成的文人画家！”

旭宇先生的雅士风流

崔志远

我与旭宇先生相识已有十余年，常将他的书法作品集放在身边，感受那种从容、优雅的灵动之气，近年又偶尔看到他的国画作品，画中题诗，诗书画三绝，充满高古的妙趣。我的脑子里生出一篇文章的题目“旭宇先生的雅士风流”。此前因手头资料不够丰富，未能成文。2023年10月，“诗与远方——旭宇文人山水画展”在石家庄市美术馆举办，我认真浏览了四个展厅，感受那“满目书香生大雅，四厅文气凝国风”的诗情画意，后又得先生惠赠画册《诗与远方——旭宇文人山水画》，细细研读揣摩，渐成此文。

文人画在中国绘画史上占有重要的地位，从宋代苏轼到明代董其昌，逐渐形成完整的理论体系。它萌芽于东晋之戴逵、顾恺之，南朝之宗炳、王微；创始于唐代之王维、张璪；奠基于五代、两宋；大备于元、明、清三朝。取材多在山、水、松、竹、梅、兰，表现形式多采用水墨写意，重视笔墨情趣和诗书画的结合，人物画也有异于一般画工。清盛大士《溪山卧游录》云：“画有士人之画，有作家之画。士人之画，妙而不必求工；作家之画，工而未必尽妙。故与其工而不妙，不若妙而不工。”作家画即院体画。北宋建立皇家画院——宣和画院，宋徽宗亲自主持，讲求形似和法度，发展精工细刻的作风，南宋绍兴画院承继之。两宋画院创造了“东方写实艺术的巅峰”，但过于强调写实难免有胶柱鼓瑟之弊，苏轼等具有广博文化修养的艺术家便发现了这一弊端，提出了文人画的理论。盛大士所云之“妙”即“妙趣”，即苏轼主张的强调神韵，追求意境，重视寄托，借以表现洒脱率真的思想品格。文人画对创作主体有很高的要求，必须具有陈衡恪提出的“四个要素”：人品、学问、才情、思想。

旭宇毕业于河北大学，大半生从事编辑、文学创作和学术研究工作，先以诗名世，后以书法蜚声全国，是具备“人品、学问、才情、思想”四大要素的学问家。他的文人山水画重寄托，讲神韵，追求意境，深得传统文人画真髓。

《舟行出峡图》画面正中偏上是一轮红彤彤的太阳，醒目、抢眼，给人以振奋、昂扬之感。红日下两山峰突兀对立，峡底一叶扁舟漂泊水上，游人屹立船头，仰望红日，无限向往之至。题诗八句，前四句写峡深月寒，游人桨孤旅苦；后四句则写峡开见日，雀跃鼓呼。我总感画家是在游长江三峡，不免想起刘白羽的散文《长江三日》。第一日通过航行的夜幕，“战斗、航进，穿过黑夜走向黎明”的壮阔道路。第二日从木船过险滩得到了“从汹涌浪涛中掌握了一条前进途径”的启示。第三日从读《狱中书简》，思考牢记使命、创造未来的理想。刘白羽是从战争年代走过来的作家，他的思考充满了“火药味”。旭宇先生虽已剔除了战斗性和“火药味”，但他也在思考人生道路的“进取、航进，穿过黑夜走向黎明”，思考在坎坷起伏的人生中“掌握一条前进途径”，他的心中永远有那颗醒目、抢眼、催人奋发的红日，因此他“穿峡如再生，鼓呼在人间”。

如果说《舟行出峡图》强调的是对人生道路的自信，是对那颗理想“红日”的向往与追求，那么，《山环水复》则是隐喻人生道路的曲折与艰辛。画面由近而远是三层山峦，渐远渐淡；一条长河水随山转，山重水复。三位好友载酒泛舟，畅游在叠峦复水之间。作者由山水深处“山逐清波晴忽阴”从而联想到“世风变态迷物欲”，既有大自然无常的阴晴变化，又有人欲横流的复杂世风，充满着神秘莫测的自然风险和社会风浪。作者鼓励人们，要勇于战胜这些风险和风浪，在千难万险中“掌握一条前进途径”。他在八十年的人生经历中，寻到了这条途径，因而像亘古矗立的山峰一样，“我心不动任船转，水复山环作笑吟”。

旭宇先生喜松，在画集的99幅画作中，有松者77幅。这些含松画可分为四类：一是松与其他树木交织，共同形成烘托人物的一种景观，自身无独立意义，约计30幅；二是作为主要景观，对人物有强烈的烘托作用，颇似我国传统诗学“赋比兴”中的“兴”，计15幅；三是人、松交映，形成一种耐人寻味的幽邃意境，如王国维说的“意与境浑”，计26幅；四是以松为主体，寄予象征意味，计6幅。最有分析意义的是第三类和第四类。

第三类如《松山读书图》，悬崖之上，一棵劲松龙踞虬曲而下，与其相交映的是茅屋中专心致志的苦读者。松生于崖石的顽强、盘曲如铁的坚劲，与人偏隅孤独的苦读、胸襟坦荡的持守相映生辉，形成深邃意境：“敢问人生如此松……立足世间有坚石。”再如《双老图》，据说是为诗友李作仁而作，此画作于辛丑秋，该年夏初曾作《忆旧》，崖峰下，四棵松树相对，松间二人对坐论诗。小序云：“六十年前吾于玉田师范任教，常与老友论诗。而不远处，还乡河奔津门南下。每忆记其情景甚感愉悦。”松树自然象征友谊的长青，但画中峰崖、低屋、远山、近河，乃至浅草、坡石，有不少写实成分。《双老图》中的峰崖变成低石，远山、近河全无，多屋变成独亭，四棵相对生长的松变成两棵枝叶交织的高松，在画面的中心耸天而立，两位老人在树旁相对而坐，谈趣正浓。画面中虚化了具体的场景，题诗也不再提及具体的人物事件，突出的是枝叶交织的高松和对坐交谈的双老，便更具有了典型性和概括性：几十年风风雨雨形成的友谊，如松之坚定不移，地久天长，正是“面对双松枝仍健，亦将坚贞献于天”。

第四类如《高标》，一株巨松顶天立地，虬枝茂叶如伞如盖，雄视四方，层峦叠嶂已被它踩在脚下，化作几条淡淡的曲线，更突出松的伟岸。这使我想到“现代绘画之父”塞尚的《浴女图》，蓝天、白云、大地、树干、枝叶，都做了模糊处理，画面中心是一群各具形态的浴女，画家从正面、背面、侧面、半侧面等角度描绘女性形体，为了突出骨骼肌肉之美，他并不关注女人们的脸，甚至不画她们的眼睛。如此看来，《高标》在中国传统的文人画中渗入了现代绘画之元素，以此画出自己心目中的高松。隐喻着人格的“高标”，巍然屹立世间，饱经风雨雷电，俯视千峰万山，胸中鼓荡着蛟龙之志。再如《快雪时晴》，王羲之《快雪时晴帖》题跋中有一幅张若霭作的梅花图：一树梅花在山石中自左向右盘曲而出，枝干粗壮，梅花盛开，山石、枝干、花瓣上覆盖着厚厚的白雪，肃杀的寒气中蕴含着蓬勃的生气。旭宇先生似从这里获得了灵感，不过他画的不是梅，而是一株由左下到右上盘曲而上的松，树干坚劲虬曲，枝叶斗折盘行，上面蒙了一层白白的雪，在金箔底色的衬托下，显得格外鲜明夺目。画面的左上角，迎着雪松走向的是一轮红日，给人的感觉是雪松向着红日飞腾。这雪松岂不是一条腾飞的龙？那坚劲虬曲的树干，是腾飞的龙身，那斗折盘行的枝叶，是挥舞的龙爪。活脱脱一条向着太阳飞腾的中国龙。龙是中华民族的图腾，中国龙正向着光明和理想腾飞，以开放包容的雄姿融入人类命运

《旭宇传》封面

共同体。

在《诗与远方——旭宇文人山水画》画集99幅作品中，有人物者88幅。这些人物虽是古装，展示的却是画家的行踪和生活状态。大致可分为四类：独处、会友、旅游、摹名诗意境。独处类的作品数量最多，约计30幅。独处方式有独居、独卧、独行、独守、独读、独恋、独酌、独赏、独听、独思……人物独处苦守，甘于寂寞，逐渐进入一个空、净的境界。这种空、净只是暂时的杂念离异，它使艺术家“心忘于笔，手忘于书，心手遗情，书笔相忘”，进入一个汹涌奔腾的艺术想象世界，以平如大漠的胸怀去拥抱勃郁奔腾的大千，去迎接腾挪不绝的美和喷薄而出的灵感。如同苏轼所云：“静故了群动，空故纳万境。”于是，他见古柏而思老子曾趋而礼之，汉武帝封为大将军，杜甫赋诗颂之，亲历帝皇百代，成为中华民族精神之象征；观秋叶飘落而思唐宋骚客感秋之文，与他们“此刻秋声共心头”……可谓思接千载！他仰天长啸：“吾心浩如海，日月可承载。”他临轩远眺：“夜深常想畿辅，年丰感恩渔耕。”他仰望天狼星而渴望飘蓬天际，自由飞翔……岂非心游万仞！在心游万仞、思接千载的情思驰骋中，获得人生真谛，“涤污秽兮存正灵”“忘我心广大，人生为众荫”。

旅游类约计20幅。这些画作均是悠游山水，即使画广州农民运动讲习所旧址，楼台后面也是一抹层峦，可见画家对山水之钟情。画集中专有《山恋》《乐水》篇，“息卧恋群山……忘却老石寒”“泛舟与水乐，诗桨共一呼”，可见画家爱山水之深。古云“仁者乐山，智者乐水”，可见他既是一个仁者，又是一个智者。“仁且智，夫子既圣矣”，正体现中华文化的人格理想与“内圣”追求。如果说独处类展示的是画家对人生道路和人格精神的思考，那么，旅游类则是对人生旅程的模拟性实践。他从山环水复中感受世事复杂和人生艰难，从舟行出峡中感受“穿过黑夜走向光明”的信心和理想。仰望征鸿，顿生腾飞致远的豪情；放眼秋景，感受日新月异的新时代……此类中有三篇写古人的作品《屈原游于江泽》《范蠡放舟》《东坡夜游赤壁图》，三者寓意为“忧国忧民精神”“人生选择智慧”“艺术的江山之助”，这实际是作者与先哲的心灵对话，借古人甘霖，浇自己块垒也！

会友类约计20幅。有来自海外的远朋，有隔水相呼的近邻，有六十年前的旧友，有儿时相戏的发小，有隐居深山的大贤，有常来常往的布衣，有谈诗论书的诗友，有秋江对弈的棋友，有梦牵魂绕的乡谊……方方面面，林林总总，构成一个丰富复杂的小社会。如果说旅游篇是画家对人生旅程的模拟性体验，会友类则是对人生经验的沟通和交流。与诗友交流诗心，与棋友交流棋艺，访山贤体验高节，遇乡谊倾诉乡愁，与老友回忆人世之沧桑，与同事共叹命运的风急浪高……《相契双松亭》与挚友相契寂静处，漫论九州、海山、三界、真性、鼎彝、人生、贤圣、青史、天机……潇潇洒洒，坦坦荡荡，无话不谈。正是在与各色朋友的交流中，加深了他对社会人生的认识和理解。同时，他“友吾友而及人之友”，关心邻里，热爱家乡；喜欢新交，不忘旧友；敬慕山贤，亲近布衣……闻诸多长者离世，他痛感“紫秋裁月寒，黄花雕泪痕”。他邀友相聚，高吟“此聚胜蓬莱”，可谓“先天下之忧而忧，后天下之乐而乐”！

摹名诗意境类约计10幅。在这些画作中，诗情与画意的异质同构，显示着画家与古今诗家的心灵感应和情感共鸣，这些感应和共鸣既体现着中国文人画的精神传承，也展示着画家的精神个性：钟情世间田园山水，热爱祖国大江大海，仰慕英雄，重视友情，虽已高龄，仍思“到中流击水”“千里一扬音”！

由上所述，我们看到了一个孜孜不倦的当代文人形象。他深得中国文人画精髓，借景抒情，托物言志，创造着优美深邃的书画意境；他善独处，在独处中进入空、净境界，迎来汹涌奔腾的艺术想象，思接千载，心游万仞，发掘着世事人生的深层奥秘；他喜旅游，在旅游中感受着复杂多变的世事人生，激发豪情，增加信心，砥砺前行；他爱交友，在交友中进行着人生经验的深入交流，进而把握社会人生哲理和真谛。“友吾友以及人之友”，表现出他悲悯天下的博爱胸怀。他以古今名诗入画，既传承着中国文人画精神，又展示着自己的精神个性。他独处得优雅，旅游得潇洒，交友坦荡，创作纵情，尽显雅士风流矣！

他就是旭宇先生！

名家散评

祁海峰（河北省文联党组成员、副主席，河北省美术家协会主席） 旭宇先生是一位非常睿智、有智慧的文化大家，他不仅仅在文学创作上多有建树，他还从文坛转到书界，书法直指魏晋，取法“二王”，站位非常高。他把我们的传统书法发扬光大，引领着我们的书法健康向上地发展，培养了一大批书法家，在我们河北书坛，包括全国书坛，都占据着很高的位置。当他的书法造诣达到一定高度的时候，他又转入文人画的创作中。通过他的文人山水画，我们感受到旭宇先生在文学、书法、美术上全方位的修养。他把诗和画有机结合，在简洁空灵的画面当中，传达了他一个文人的精神状态。旭宇先生的作品是空灵的、深邃的、高远的，他的画直指宋元，宋画的高远境界在旭宇先生的作品上有充分的体现。他的作品境界是很高的，他的这种诗性的传达，书法作品和画的结合，提升了画的境界。因为书法独特的形象和面貌与画的有机结合，形成更高艺术境界的诗书画。

陈冬至（天津美术学院中国画教授，天津艺术学院原教学院长，当代著名文人画家） 旭宇先生身处燕赵，胸怀八方。随改革开放大潮之兴起，其诗兴勃发，潇洒挥毫于砚田纸素之上。其诗情铿锵寓婀娜，其书法端庄杂流丽。正在我沉醉其诗情、欣赏其书法之际，忽闻先生八十老翁画兴突起！初闻此讯，我尚狐疑不信，及至翻阅其寄来画册时，吾惊叹不已！丹青泼墨跃然纸素，诗情画意穿越古今。其文人山水画风古不乖时，今不同弊，自成一家！此次旭宇先生华丽转身，实乃一篇精彩的生命华章，实可佩也！

江枫（河北省画院副院长、当代著名山水画家）我的好友旭宇兄曾任《诗神》杂志主编，又担任过中国书法家协会副主席，诗书俱佳。他花了三年时间在家中研究创作文人山水画，从宋元入手，非常深入。数年前他曾出版过《老子与书画》一书，影响甚广。他将老子之学与传统画结合，诗书画三位一体，内容直指人心，实乃绘画上的一大突破，并出版了精美画册并作河北三地巡展，好评如潮。八十高龄后始作诗书画三绝者，古今鲜矣。

下编

旭宇诗、论与书画代表作品选

第七章　旭宇诗选

论书·现代诗

自题诗

左肩是诗歌的太阳
右肩是书法的月亮
灵魂的全天候照耀
生命在宣纸的积雪里
生长汉字的魔方

黑白的韵律从灵性的黄河里
荡出　直下磨难的三门
穿越金石的三千年古风
树一株黄山松奇采
相识它　只有雄鹰的翅膀

寻找那条风神　中国龙
在古藤奇岩中思考

我就是那支紫毫
一条抖动的不老的长江

1989年10月

书法家

春云似柔软的宣纸，瀑布一般在眼前抖开。

千斤狼毫开拓着群峰和险峡，随后是万里洪峰的奔泻。

平滩。急流。或山石般凝重，或鸥翅般轻盈。月的清辉，霞光的幻影，在九曲的江流之上，如爱情诗的迷离。

他将自己注入笔端。灵魂在九昊之上。风韶在漓江之畔。

涛声，虎啸，在笔墨的走动时，历历可闻。

大江长城，五千年雄浑俊逸，都在这不足尺的竹管里凝聚。

一生的悲欢和耕作，也都在这洁净的原野里收获。

咫尺间，他作着一生艰难的旅行。

悬挂于宏大的楼馆，得到的是一片雷鸣般的礼赞。而在挚友斗室，三尺条幅，竟是他六尺身躯在那里踱步，沉思，侃侃而谈。

登踏数千年墨海云烟，他是一条东方龙。

1985年6月

书法家的自白

面对这六尺宣纸
面对我茫茫的人生

这　七寸的紫色云烟
在我紧拢的五座山峰之上
歌唱着　起舞着
戏谑着模式的生活
野性不曾泯灭
在明暗起伏的心野
奔跑着雄性的自由

这原野　是一块净土
了却俗情　或许
只有佛心才可理解那片空白
那片空白的人生
等待瀑布跌落九霄
等待飓风吹过悬崖
小夜曲　交响乐
在春林里细细流淌

只有流血的心
才理解伤痕
风暴雕刻的思考
枯根盘绕的郁结

线条的曲直　传递
曲直的心音
枯老的成熟
谁人理解
变形的艺术　心迹变形
书到稚幼才见精神
一时遭到众多白眼
历史也许流下热泪

月满而亏
我的笔需要思考
留下一段段飞白
不要代替别人大脑
一时冷落
空白的妙用
人生　不需计较
这是大书的妙笔
看转折后的长锋
大河直落
溅起一串雷霆

在云霄之上　有白鹤仙居
在幽幽潭底　有蛟龙蛰伏
或喜　或怒　或荣　或辱
全交付这七寸紫毫
无弦的琴　有秋风伴奏

唱一曲高山流水

面对这崎岖的峰峦
这汹涌的大海　我
做巡天的畅想
刮出一颗芳心
带着烈血和芬芳
挂在这白色的天壁
情感燃烧
思索不落
任毁誉的浪涛扑打
它将永不褪色

1987年10月

篆刻家

在老茧树皮般的指上
激情鼓荡着心火
古老而新奇
从商殷直下秦汉魏唐
涉过龙门与渭水
追逐一方古远的太阳

冲刀与青田对语

朝阳升起　新月又上
嫩柳绿了窗前微风
竹影瘦了瑞雪造访
有谁扣过你思索门环
真卿　抑或王冕
告诉你流走的时光

日复一日守着三尺方桌
将情爱雕成寸许骄阳
阴阳相济　追寻老子行踪
从函谷直至刀石的吟唱
一刀下去　如惊雷劈开泰山
有九曲长河奔驰而出
扬子江穿过三峡
地平线在刀下坦荡豪想
初升朝霞携手暗夜
共舞在寸章之上

草莽之石因此风靡
惠风丽日　或笔墨寄思
只一方小小的灵石
让文思焕彩　夺目芬芳

石头疯了
鸡血田黄
疯了的是那些天生灵手

还有乾隆　与才子的华思
让今人　以及厚厚青史
痴迷于名石　畸形与梦想

1995年8月

高山之松

春雨淅淅，我穿行在书法的园林，清新与多彩激荡着我的兴奋。在奇石之畔有一株古松如蟠龙而上，将豪情与诗意泼洒于万里晴空：他那神奇的力量让我充满着景仰。

啊，书坛的奇松云龙，一首陈子昂前无古人、后无来者的历史诗篇。

在大河之畔，携一身雪浪，他从多少个春秋风雷激越的日子里走来。那钟鼎文的奇绝在肩头，那汉隶的古拙在双臂，那魏碑的苍劲在足下……吟着大江东去浪淘尽的诗句，如东坡居士穿行在风雨打叶声的林莽。

尽管数十载风雨的磨砺，不老的紫毫仍然如刀，一路砍着生命的裸岩，和着《诗经》的国风，铸造着属于自我原始生命的书法神殿。他将自己的执着和刚烈，挥洒成一幅幅呕心的书作，字字有风骨，篇篇有神韵，让西风烈马驶过，如银河垂下九天。成书于满腹经纶之体，泼墨于崎岖生命之纸。

岁月的原野尽是荆丛，天生我才偏爱踏浪而行。暮色里，拄杖笑看浮云，裸开赤胸，任风簇射来，不老的风景里站成一座山岳。

饱蘸生命之情，一支巨毫在握，秋风横扫茫茫的宣纸原野。

一只雄鹰立于天地之间，伴着古松与奇岩的神采，融会成属于他的书法风神。

这只雄鹰翔出宣纸，在神州书坛之上搏击，九万里长空如意，中华历史的一幅杰作。

1991年7月

泼　墨

清虚中长风乍起
突过青萍之末
卷起酒的故乡
如椽之笔醉了
嬉戏中　跄跄踉踉

我的右手　从墨海中拔升
云龙盘于九霄
我的左手　将惊雷抚平
让长江铺展在
古铜色的案上

玄思进入梦境般奇异
空气似也凝结
双睛中有彩凤飘忽高翔

风从八面吹来
掀起眼帘　衣袖和妙想
澎湃赞誉之词
我轻轻压在掌上

登上黄山　任松涛起落
踏上太行　看愚公后人千春绝唱
瀑布弹吟风情
流云鹰扬激荡
一瞬间　江流千里
酒后掌声　才识狂素颠张

我从太白的诗兴中走出
看眼前清晰世界
黑压压的赞美
全是索债的众生相

云雾中忘我泼墨
做半阴半晴的构想
原本是老子的众妙之门
释迦牟尼惠世而空的金刚

1996年7月

颜真卿

童子的梦就追随着你。
你用柔软的笔，
削圆一个个棱角的少年。
放飞的童稚　镶在你
迷魂阵一般方方笼子里。
我雍容大度的官人。

应然，一座风化的山峦
因你的依靠，而成为
金不换的艺术。
雨花石和长江在你的生命里流淌，
晶莹而奔骏。

坐镇山东，
天下莫不望岳。

我们追随你。
孔夫子也重新受你的启蒙。
绝对的是一种悲哀。
走出你的影子，
我们并不违法，
否则，我们将永远看不到大海。

1991年8月

怀　素

自从佛祖给了你灵魂
锡杖挂着苦海的大阳
秃笔写干千顷蕉叶
西上长安　涂满将相的粉壁长廊

羲之　蔡邕去了
张长史成了你祖师的偶像
一而再拜
才有九曲大河
穿过佛心
风华在宣泄中抖臂开张
情爱谢了
禅坐也在酒杯中迷失
只有那支神笔
几十春秋在灵腑中雄唱

生来即为笔神酒鬼
还邀佛祖一起狂放
帝乡因你刮起旋风
千百年里盘旋直上

今夜　有古月临窗
书案上《自叙帖》似蕉叶摇响

邀素一叙　事笔如佛
书家的心即是道场

1996年6月

与刘炳森先生游封龙山

与书坛巨匠炳森先生同行，登元氏封龙山。

瞻仰东汉书法三圣——封龙山碑、白石神君碑、大三公碑。

晚秋的原野新绿如裁。驱车在华北平原上行驶，高阳如洗，心境如诗。

我们似一行秋雁。

穿过小山村，又一个小山村。一幅幅丹青大师们的杰作，让我们灵魂为之驻足。

而逶迤的小路直上云天。

新霜洗礼过的山麓，那般王维笔下的风光，令画笔难收。

炳森先生说：“明年，携子到此地写生，吃住在画里，艺作定有灵气。”

至高峰处，弃车举足在绳索般的石径。山间初雪如纸。仰圣之情高过峰岚，足下生了雄鹰的翅膀。

终于穿过小小山门，北齐的佛窟迎面而至，巨大的卧佛似半启眼帘，欲和我们言语。历史的风霜无情，剥蚀了古人多少才气，可景仰之情更为赤烈。我们举手长揖。

日已正午。兴致如火。

卧佛东邻两间孤房便是三圣居处了。开启重锁，穿过铁栏栅，终见真人之面。

白石神君，大三公均躺在地上。虽灰尘满面，但尊容光华四射。

炳森先生说：“我多次临白石神君碑，今日得见真面目，大开眼界！”

我们情不自禁地将胸口贴紧神君，听那千古神圣之音。

用手触摸那历史的笔锋。刀锋走动处，让手指感到犀利。绝妙、精彩之词只能用到此处！手与碑结合的一瞬，心壁响过沉雷，潮水漫过记忆。崇敬、感叹、兴奋与幸福，只有在白石神君处才能得到独特的体悟。

转身回首再拜大三公之碑。那云鹤之气，天马行空之神，独往书坛一千八百多年。邓石如、吴昌硕……几多大家拜伏在她的足下，她的神采，照亮了一位位书坛巨子。

大气横空，行笔如虹，别开生面，孰与争雄。

叹为观止，足不愿启。

拜谒完二公，询及导者封龙山碑时，已成遗憾。据传，此碑深埋在县城之内。多次探掘，不得其形。名碑已随白鹤去，此处空留遗憾人。

然瞻仰二公之激情，仍让我们振臂高呼。

俯视山下荒废处，曾是汉朝繁华所，感慨自然而生。

冬阳仍暖，朔风不厉。寻来路拾陛而下，一步一扣，我们成了一行汉隶的书作。

1999年初冬

兰亭散记

（一）

有一种情结在兰亭
如思念中的故土
儿时的梦想
旅途中对久别至亲的怀念

因为有一颗历史的明星升在兰亭
至今仍照耀我们的心灵
晶莹而剔透

（二）

王羲之伟大的根系扎在兰亭
那里的土地有中华文明精华的滋润
兰溪因之清亮而馨香
山石因之峻美而逶迤
我们的思绪因之而逸飞
怀念羲之　怀念兰亭
怀念中华不老的文脉
我们打开兰亭这一页
永远读不尽她的精神与风采

（三）

一篇序言写在兰亭
写在中华民族历史的顶端

写在古人与今人的大爱上
其闪耀的光芒穿透历史
不论在文案之上
还是在水畔田畴

读写她的风采
让我们的心常绿常新
兰亭　华夏文明精彩而伟大的序言
记住她 在我们闪光历史的扉页之上

（四）

右军的笔是一条清泉
穿过千年峡谷流到今日
一路上　鲜花竞放　鸟鸣百啭
我们沿着她的堤岸
踏着她的吟唱
缓步在故国精神的家园

任右军的文采与墨色
点染我们思念的河流
我们心中的清流永不枯竭

（五）

每年来这里雅集
以朝圣的虔诚清涤灵魂
在兰溪之畔小坐　与古人面对

人生便没有妄言
而心中永远处于瞻仰的光环里
我们的情操　因之纯洁
我们的笔墨　因之流畅
而我们在洗礼后的岁月中行走
自在如禅

（六）

兰溪的三月美丽动人
在诗一样的意境中穿行
美妙又含蓄

2006年应邀参加绍兴兰亭节

数着历史的年轮
寻找那片东晋文人的涟漪
多情的春风在我们身边顾盼
我们忘了是在千年的历史里
还是在二十一世纪的现实中

春阳如钟挂在头顶
金色的阳光播种着兰溪的挚爱

（七）

兰溪清净如禅
魏晋文人的情与心
泊在静静的水中
泊在瞻仰者的眼中
泊在千年的岁月里
静静的　清鲜如三月新萌的春绿
在不动中育孕生机
她的禅意养育了那时的书法
今日展读
清灵的风扑面拂心
呼吸兰亭的风
我的五腑充满无尘的玄想
真正的艺术总是寂静中的思考

（八）

在兰亭认识古贤
结交今人
一大快哉
友情 是兰亭雅集不老圣果之核
我来此采摘 藏于清心
每当三月春风醒来之刻
便萌出大爱
弥漫成一天的绿云
覆盖我的书稿
覆盖我日日夜夜
行走的生命脚步

兰亭的友情
永远值得我们采摘
与播种

丁亥三月末于北苑居舍

兰亭行

三月的阳光是绿的，自青天飘落下来，染绿了所有的花草树木，染绿了人们的情感，从而使春梦也葱茏而迷人。

我和赴兰亭节的人们行进在如清泉一样的空气中，感知一千六百年前的古宇，感知三月的心音，感知书法的足声。

鹅池伸开了双手，欢迎人们的到来。而兰溪却静静地吟着小诗，在等待。

溪水清澈得水晶一般，普照着古人心宇，鉴照着今人的感怀。我们是一群归巢的小鸟，栖息在水畔那久候我们的蒲团。

三月草木特有的清香，唤醒我们一千年前的记忆。

谢安在哪里？羲之在哪里？兰溪之畔似曾留着他们的影子，在我心头隐隐闪光。天上有几丝白云，我们坐了下来。

倩女玉手纤纤将黄酒杯放入小溪，微笑与心音顺流而下，九曲十弯。

我坐在当年羲之处，拾起了第一盏酒杯。啊，那么沉重而又那么轻盈。那是人生第一次感觉与魏晋文人如此贴近，聆听他们的吟咏声。

生来不饮酒的我，第一次举起了酒杯，并且诗兴勃发：

忆书圣

右军书无敌，笔墨思不群。
清新渊明诗，俊逸谢安文。
山阴池边树，会稽岭上云。
常忆兰亭集，诗书共三春。

忆书圣之作在曲水处诞生了。

我感知，酒从我的目光中饮下，直入五脏六腑，进而全身的血液随酒兴而蒸发。

诗亦如酒样的挥发着。小溪似也醉了。面对一股清流，人们的喧笑在清水中流动。

鸟鸣的婉转与相机的咔嚓声，在溪畔如诗的节拍一样起伏着。

书家们如一个个飘逸灵动的文字书写在这古老传奇的兰溪之上。记录着时隔千年的前后呼唤，心与心的碰撞，感知时空的浩大和自我的渺小——如空中飘落的一滴细雨。只有在书圣坐过的地方，才能感知他神奇文字的体温。他的美妙，他的飘逸，他的上承前贤后启我辈的那种伟大与慈祥。

万岁，中华民族的文脉！

丁亥三月记于从杭州归来的列车上

题域外朋友索字

五月槐花初放
清香伴酒
刘伶或是杜康
异域之情添一缕古色香醇
还有滚沸的诗心
五千年图腾
云雾中四射光芒

中华文字的迷宫
从荒古建造
有与无的旋律
超现代派的遐想
沿着华夏黑白的开合
结成难解的九连环
使友谊情结
常驻在老外心上

我的字　应是大洋上鼓荡的灵帆
风暖彼岸
头上　高挂着龙的歌唱
神州的风为你送行
方块文字让你终生幻想
中华龙今又凌云
彩霞铺陈
高歌作舞　浴火后昆冈的凤凰

《大器终成》封面

1993年5月

旭宇古体诗选

书　斋

素居书斋对一灯，研尽丹青禅意生。
心隔千里遥相忆，只在开卷一晤中。

注：张学成，南阳青年书画家。常来造访陋室并赠其作，每忆及此情甚感动，遂以小诗相赠。

答青年朋友之问而作

花赏半开月望轮，人生精妙过四旬。
好书读半情方入，宣纸经年笔才亲。
雨洗远山添青黛，夏蒸高木更郁荫。
健骥挽车载日月，不需著鞭蹄自奔。

庚子新夏喜雨临窗感怀

其一

云开虹销又凭栏，目尽西山绿万巅。
刚悲雨燕折飞翅，便忆鸣琴断凤弦。
放浪骚心怀三闾，扑袖彩蝶去迷仙。
一腔长啸何处写，裁得片云作诗帆。

其二

偶登层楼望燕山，闲吟小诗自抚弦。
惟求乡山游一梦，尚愿家河洗三观。
落晖送客心同老，素夜翻稿返旧年。
游子归期添新岁，老目迟迟对残轩。

注：辞别家乡六十载时时忆及遂成此作。

秋　夜

残笔恋旧屋，暑尽砚生凉。
柳摇窗前月，被湿认旧床。
山雀鸣又聚，故朋暂忽想。
灯悬应高梦，翻书续旧忘。

注：十年前夏夜有思遂记之，题名《秋夜》后压于箱底。今录之以怀前想。

二〇〇八年青隆书法中学揭牌仪式感怀

碧松千顷暮春深，揭牌剪出日一轮。
四厢青山相揖首，笔染白云飘至今。

忆　春

笑吟春色同碧心，喜闻朱轩共操琴。
东风入窗竹邀雨，恰有飞雀啄清音。

怀友人

好花天外落，惊讶在此时。
远人添清苦，夜雨肥新枝。
涉世常惊梦，兴怀爱吟诗。
归雁斜阳外，凭栏欲寄时。

吾晚年喜读古书有一种老友久别重逢之感觉

夜读古书几多亲，得言胜似得黄金。
开怀常觉梦挂月，惊异恰如作天巡。
岱岳犹忆登临诸，荒原曾想佩剑寻。
老岁不言彭八百，但有苍松作龙吟。

壬寅八月初一复陈惠仁有吟

八秩夕阳老，童心尚青青。
梦中闻马嘶，头上响飞弓。
雪酷狼号月，漠荒大河横。
常怀青城柳，一吟又年轻。

注：20世纪70年代，吾与惠仁等好友曾入伍戍边，其情如昨，与其通话即兴有作。

重游燕山怀金占亭

山环水复燕山深，同游于今几人存。
迎风花树空拂拂，落英飘飘可是君。

注：金占亭，冀东诗人，20世纪80年代与吾同游燕山早春，20世纪初，又与好友游于旧处，感叹良深。

忘　机

不与酒徒谈周易，休和俗眼论右军。
忘机最是翻书旧，横梅一枝早报春。

异乡秋梦

燕雀无高翼，秋老噪南窗。
柿熟悬金赤，菊新挺冠黄。
羁心沉山压，鸣蛰泣霜凉。
望眼已云断，枕惊是故乡。

九月九日登易水太行而怀诗友张雪杉

九月登临正菊新，此行共吟只欠君。
心悼惟叩枫林晚，遍携清溪与白云。

注：张雪杉，当代著名诗人，出生易水畔，英年去世，甚是怀念。

题梅花谢开元寺明憨大和尚造访

一夜春风觉悟谁，万花未醒我芳菲。
忍堪长冬脱俗尽，才吐天香作云飞。

无　题

秋山堪情老，斜照心悠然。
小斋声玉碎，歌管独自闲。
渐觉秋心瘦，又品水上弦。
谁忆丹青手，泼血尽骚篇。

吟赋兰溪

春风春雨寻旧踪，又逢修契兴事增。
水覆稽山城郭小，山环诗意远黛萌。
方吟笔兴三春满，乍醉才人百代仍。
溪头鹅笔谁欲试，征鸿云外有一峰。

石门清居

清居小城里，耕砚五十载。
杨柳不相弃，逢春花自开。

湖上待客迟

坐拥荫庐欲何之，水涨南湖待客迟。
初放小荷开香久，波击远棹动情思。
草岸暑色无双配，梦里归鸿第一只。
兄弟缘何摇舟晚，我启轩窗暮霞飞。

壬寅岁末复贾勋兄贺岁

梦里青城柳，至交有贾郎。
九曲磨难苦，一志响文章。
阴山留浩影，长河接远方。
遥吟诗一句，与君共浩荡。

注：贾勋，诗人、作家，曾任呼和浩特市文联主席，一生多难，然心胸旷朗。

忆七星岩感怀，並呈令深兄

星岩未观已三年，伯劳花枝笑我顽。
春老守得双江绿，秋尽爱对一孤山。
熏风难去衣冠厚，暑日岂敢檐下眠。
一笑不曾相与握，灯下烂诗向君删。

注：吾于2018年到肇庆小住月余。此间孔令深先生时常赠诗与我，深情愿谊系于笔端。

壬寅除夕复孔令深兄赠诗

南风多情意，端湖春花荣。
梦中壬寅酒，更五癸卯红。
思君千山外，太行一孤峰。
蓟北多情雪，难落端州城。

注：端湖，指肇庆七星岩之湖

癸卯立冬日，即兴作此句以颂之

又是立冬日，朔风扫长天。
云薄如飘纸，山横叠古垣。
独客思国故，群鱼恋旧渊。
流星割夜去，长歌壮丰年。

甲辰新正初二赠吴振华弟

闻说清溪上，花繁适人居。
兴起邀月满，眉俯赏云低。
沙岸鸥情润，堤草燕啄泥。
新春十里步，弹剑庆生馀。

甲辰龙年除夕有寄诸朋好

他乡逢除夕，八秩又岁朝。
好梦残漏尽，花灯待元宵。
爆竹成旧梦，乡愁苦山遥。
牢骚何处泄，一笑酒边消。

注：近年春节禁燃花炮，几千年传统一纸废除，春节喜庆大减，群众非常不满。

赠郁葱弟

君诗吟太行，词采作瀑喧。
明月高堂赋，东风纸上篇。
奇思开心阙，妙语夺人先。
域外金钥匙，光辉启盛年。

注：郁葱组诗力作太行赋，系当代新诗创作的嘉章。郁葱新诗集曾获塞尔维亚国际诗歌“金钥匙奖”。

惊回首

诸多老友皆言：久不相见，忽一面老矣！

人生畏回首，一顾即衰翁。
旧朋昨夜雨，新交今日红。
东轩夕照老，西山独自横。
举头大月好，杯酒向天倾。

久　别

水榭经年别，池莲睡眼红。
此生作客遥，野梦赴潮涌。
香卷愿君闻，钟声期尔听。
遥寄青鞋痕，可辨我瘦容？

内蒙古兵团战友均年过八秩，岁老忆及诸友感慨良多

八秩已逝去，青鞋踏春寒。
边塞孤灯老，沙海征衣单。
江干湿雨梦，诗横雪后山。
相忆情烈烈，忘记近暮年。

注：2023年内蒙古兵团报社战友相约编辑出版了《荷笔从戎战友情》一书，纪念《兵团战友》报创刊五十三载。

题陋室

敢借陋室避世喧，笔墨从心水云繁。
文案常有一鹤立，池边惯对两青山。

怀故人

长堤曾握别，故园今日非。
款款丹心在，悠悠水云飞。
紫秋裁霜月，黄花垂清泪。
怀君何处是，青山横南北。

秋登秦皇岛关楼

再旅旧游处，秋高足亦轻。
岛外篷船远，窗中燕山横。
关楼瘦残月，城阙泣朔风。
登临必怀古，一叹两三声。

感 怀

古笈夜读几多亲，得言胜似得黄金。
开怀常觉梦挂月，启智恰似友敲门。
犹忆岱岳登临诸，曾想荒原佩剑寻。
老岁不言彭八百，但有苍松作龙吟。

收读景宇小友春诗，即兴复之，共赴春邀

东风三月梦，岁酒又开坛。
归燕扑我襟，抖衫拜古玄。
长郊辞旧绿，矮岗迎风还。
我祭一杯酒，祈雨落乡天。

复照兵友赠诗

人生老来惜友邻，虽然无恙亦自珍。
免为朱轩辞白酒，但喜真朋话旧亲。
太行踏秋心落叶，滹沱寻梅肩雪纷。
惟想读书勤秉烛，逝去光景似马奔。

早　春

踏春谁欲著先鞭，苋菜情嫩破旧年。
东风回首唤柳醒，隔墙红杏苞未全。

处暑过后

风摇桐叶随暑尽，雨息蝉声报秋来。
相约朋好踏郊草，期待心怀次第开。

赠好友刘小放弟

布衣蹈清节，沧州气尚雄。
蓬发应佩剑，高诗响飞弓。
词沁乡土烈，情殷血气蒸。
六尺庄稼汉，一唱舞长鲸。

游黄鹤楼得句

黄鹤千题句，登临四望收。
檐飞接岚异，日落吞江舟。
归帆风八面，惊波碧千秋。
倾壶荆襄夜，灯挑一楼秋。

题画工写生

画工刻意写湖光，收尽残荷笔亦香。
沉雷乍起关门雨，溅起青钱片片凉。

平　生

平生好清寂，夜心读古贤。
偶有一句得，似开九重天。
菊询陶令久，山拜米颠难。
褐衣披一世，樽酒可祭天。

观唐太宗晋祠铭归来

晋祠一睹岁春新，几度心仪欲销魂。
归路飙车云相送，惊心太行万马奔。

注：2005年有陈巨锁先生作陪，游太原晋祠归来，不久，又喜得太宗祠文古临本，甚感有缘。

戊戌重阳有寄

去年重阳登高，边国政诸友约我前行，因事未遂，特吟打油一首以寄奉。

一道青光照峰寒，紫秋红叶任人观。
多慕诸友涉沱水，敢奉清音响千山。
吾辈登临多苦志，那堪相呼曾少年。
但愿携手双阳老，不负晚霞放征帆。

登临鹳雀楼旧处

老云列陈去，莽水敢吞天。
回首惊心处，断目一飞帆。

明月清风

2019年11月1日，朋友请题明月清风，而即兴有作。

诗书笔墨两相交，明月清风入腑曹。
我心从此乘云去，开轩放出冲天鸟。

无　题

谁谓三户足灭秦，冶史成金是湘人。
他山有木滴清泪，远天无月喑怨琴。
狂风惊心掀茫海，暴雷卷雨撼乾坤。
士人翻书抚岁月，资鉴万卷钩沉魂。

题　竹

夕照竹烟晴更奇，千古劲节问谁知。
野店不解丹青事，多折长竿作酒旗。

思　乡

两只紫燕啄泥晚，一榻诗书夜雨寒。
吟罢乡愁无处写，题壁长虹是家山。

答谢朋友问讯

兼呈诗人刘小放弟。

才名老去自退潜，江流后浪总超前。
身居小楼书开卷，心悦长阳风入帘。
时接远札传朋讯，忽喜后生登名山。
风光流转曾际遇，应作长揖谢苍天。

家乡春柳

戊戌立春日，想起家乡的柳树，即兴有作。

依依河堤柳，澄澄鉴清痕。
寒冬蛰三月，酷暑庇九阴。
折枝送远友，焚身暖近邻。
终生伴泥土，不曾想凌云。

赠胡力民弟

力拔千仞乃一峰，脱尽俗态礼碧空。
生来本自常无语，当庭一立众目惊。

旭宇题山水画诗选

千里一扬音

大诗人鲍照诗句："惟见独飞鸟，千里一扬音。"后代诗人多借用此句，吾今书之与友人共享。

独步登高处，举目仰飞禽。
振翅搏天野，惊鸣荡谷心。
良辰难再会，知遇总少临。
为求同道者，千里一扬音。

礼青山

高松一株作心香，长揖青山礼碧苍。
自古帝王皆封禅，岁今江河乃万祥。
灵峰高耸标天阙，鸿文泻地焕史章。
伟岸昆仑滋华夏，更有丽日染新妆。

独　守

独守是信念之坚贞与心灵之纯正，古之贤达莫不如是。

独守岸岩一古松，虬干疏枝拜天冥。
孤舟片羽湖中月，天心坚贞祭苍灵。

论　诗

约友论诗赴水村，明茶初品三月春。
文藻更醉东床梦，十年回首忆犹新。

放　目

临登松阁开远天，平芜尽收逝如烟。
双松忧思岸水浅，琴书愁却匣中天。
荡胸常忆谢灵运，草狂还推素与颠。
百代风流皆落叶，惟留鸿德醒世言。

古　刹

高松枝枯怨春风，古刹年废去众僧。
鹤归城郭生新梦，人居豪宅忘旧踪。
铁索千寻真情老，江海百春落涛声。
人间祸福解不得，只缘心在囹途中。

燕赵文艺名家丛书·艺术

高山仰止

目中仰高山，襟怀崇圣贤。
伫立高山下，群峰如众贤。
高貌亮千古，至语贯岁年。
吾辈多渺小，得失在泥丸。
举首叩贤圣，心中仰高山。

双老图

老友席地话当年，六十甲子逝如烟。
可堪回首八千日，不曾再顾九重弦。
春风拂意气常盛，秋雨经心总萧然。
面对双松枝仍健，亦将坚贞献地天。

清江舟吟图

停舟赏黛日初曛，心脉春尽至楚云。
篷舟忆君删诗稿，此际灯下对谁吟。

扁舟染绿过驿桥，吟诗访友问水寮。
午睡怕惊枕江梦，息棹松荫忘尘啸。

江上忆君不堪思，风帆落尽月笑时。
登临不见会心雁，带雨诗章送谁知。
泊舟松荫山几重，阅尽世态阴与晴。
劝君正值江鱼鲙，共落白帆酌几盅。

山溪人家

风息山溪不起波，茅宅花木炊烟和。
只待夕阳一招手，家家灶台鱼香多。

一江春水

春水一江碧人寰，钩沉荡史竟无端。
喜悦楼台花香月，沉冤心境琴断弦。
浮云半席衔日去，啼猿五更泣松寒。
凭吊难言李后主，且看东风鼓千帆。

屈子游于江泽

屈子含恨游江边，渔父相问留箴言。
追问苍天天不语，人间何处辨忠奸。

一颗心脉久经年，血碧千秋入湘烟，
问取汨罗绝命处，千万舟楫化龙船。

纵身一跃入汨罗，青山万座响悲歌，
凌霄忠魂沉江底，端午千载鼓救棹。

归来兮

吾曾画归来一图，友人喜之，遂相与赠。因心性使然，又补作一幅于后。

人生归来鬓未霜，诗书不曾愧斯堂。
西风古道披肝胆，孤篷落木过大江。
曾睹芦蒿着春绿，抑或清雨赏新篁。
此生只应一支笔，劈开鬼门向汪洋。

奇　峰

不能作高峰，则要为奇峰。不能为良相，则要做良医。如是耳。

奇异拔地一剑峰，巍峨群山气自雄。
宛若三闾作天问，人间气节谁敢称。

力拔千仞乃一峰，脱尽俗态礼碧空。
生就本自常无语，当庭一立众目惊。

注：吾之山水，一师古人，二师造化，三师心源，所谓写意也，写心中之意趣，脱尽俗态。

古　渡

驿亭古渡空无人，战乱烽烟只松存。
凭吊骚客吟声绝，留取江涛悼惊心。

奇异苦松守千年，溪水云鹤怀古贤。
虬干磨尽千重难，才作龙啸至眼前。

秋江对奕

弈对江山碧，局开三秋满。
老鹤南山外，红枫伫阁前。
霜天萧萧木，光风远远山。
难慕黄河水，独揽江上烟。
真性此际会，得意已忘筌。

山间孤馆

八十三叟习画，一夜梦此山墅，次晨写之。

筑宅山溪处，人间避暑寒。
月是此溪好，心应山夜宽。
亭林赏雨细，病老此摘冠。
与友倾心处，林深有孤馆。

东风百里开

孤帆惊老眼，东风百里开。
辞首群山尽，斜晖影竟怀。
高松留古吹，冀雨肥新苔。
何年此际会，白鹤衔云来。

苦修孤岛

壬寅之春，忽忆净慧长老而作。

苦修孤岛岁月深，雨洗雪覆静世音。
一声佛号穿千古，百部经卷亮晨昏。
无关渐顿南与北，忘却悲欢空巷心。
只存天地共生灭，身旁枯木又醒春。

相契双松亭

真心老友多于闲暇时，相契寂静处侃大山。

九州升降几回轮，苟且海山牧清魂。
不悟真性出三界，何关鼎彝纪岁春。
咀梅且觉人生冷，读书难觅贤圣心。
沧桑青史不尽事，天机忘却面昆仑。

涤污秽兮存正灵

东汉蔡邕作琴歌有此语，吾今书之以励亭亭志也。

携琴山深礼碧松，古桐一抚天地同。
峥峥浩气飞流下，均在十指一弄中。

琴音涤怀存正灵，真气心音合弦鸣。
松风碧水胸中荡，群峰与我共一声。

高斋闻雁来

写意于辛丑之夏，忆及家乡雁渡，而有此作。

雨洗高天雁一阵，愁尽乡山书千金。
闲卧高斋青山对，吟得残句唯赠君。

高斋久候待君临，感叹青山与人邻。
孤筇只身思远客，诗囊一袋解佩心。

雁过留声皆清梦，劫后惊心幸此身。
大泽渔翁会心笑，心存正念同路人。

山中访贤

访贤萧萧一羽轻，拜山谢水渡沧溟。
心中展翼升云鹤，林深煮云弹泉鸣。
高松礼天滴雨翠，古桥旅足慰旧踪。
为访山贤云路远，松风阵阵扑面迎。

千里碧榆风

人生放浪是米颠，健帆横穿碧榆天。
笔扫宋朝风韵事，遗香至今已千年。

窗含西岭千秋雪

杜诗连春梦，一吟绿千年。
征帆落江暖，号子碎吴天。
游子乡梦旧，官退忆钓船。
好月钱难买，只需心扬帆。

登　临

人生几登临，峰壑满胸襟。
高松气自壮，秋老古风淳。

放目风波阔，摇心骚章贞。
萧风吹客狂，霜重抖风尘。
守正日高扬，莫嫌人卑微。
苟能与相赠，一剑弹雄音。

雅　集

花自开时水自清，一年一度百物生。
满船真情诗与墨，山阴雅集后人承。

范蠡放舟

辞王挂冠放扁舟，携施载酒宿五湖。
摇身一只冲天鹤，放怀百态几沙鸥。
莫测最是大王意，福祸源起一欲求。
心有灵犀通天路，抚琴人生好个秋。

注：范大夫辅佐越王战胜吴国，而后辞官，放舟江海而全其身。正如老子语：“功成身退，乃天之道。”

握别驿亭

握别驿亭去远天，桐叶松风忆旧年。
难言江湖一夜雨，且说笔墨十年轩。

伯仲古松图

拔地冲天两古松，相生相携敬天冥。
风吹雨淋披肝日，月升日降煎襟胸。
犹似东坡怀子由，抑或老杜慕白情。
万物皆有通灵性，盛德高品共仰敬。

乐　水

诗书删当代，题画有金壶。
相识一知己，旷世乃宁无。
泛舟与水乐，诗桨共一呼。
烦心皆官事，幸得水一湖。

相看两不厌

太白诗曰："相看两不厌，只有敬亭山。"吾书之。

天地有正气，杂然赋流形。
下则为河岳，上则为日星。
于人曰浩然，正气凌天庭。
吾今习书画，沛乎感苍冥。
涤污有江河，激扬乃山灵。

岂为名利误，丹青当正声。
承贤焕文华，启后弘气正。
小技亦载道，耿耿存天性。
哲人逝未远，以笔续正命。

注：世言“仁者乐山，智者乐水”。吾八旬后始画山水，乃其晚也乎？以乐山水之心而授笔传其道也，虽迟亦正。

六君子图

拟云林子笔意。子曰：“君子和而不同。”

山居踪已定，君子款款风。
土陂凝恭气，清姿肃穆容。

远眺怀高朗，近期落征鸿。
秋深自浓淡，气韵留史雄。

注：绘画之要在境界，以其高妙构思写出作者之高怀，以思想感人，而非世人所言之笔墨。诗画一体，以诗之境界论画，乃中国画之传统。白阳又及。当年倪氏以此图赠友人，被后世大家所推崇，名家题跋甚多。作者所绘之精神，非俗人所知也。

梦中山水图

篷舟午睡梦山行，欲上青天登万峰。
迷幻陈诗难大雅，飘魂天籁欲仙成。
忽见飞鸿衔日去，乍起眼开现霓虹。
醒棹摇开千顷水，高天古日一梦中。

松溪垂钓

孤亭冷寂夕照迟，短棹扁舟钓秋池。
古松青老园芜没，谁忆将军征战时。
隔溪碧岚面孤亭，烟笼参天百丈松。
今日无酒垂钓去，满船风月一老翁。

桃花潭

太白辞行已千年，空留潭水忆诗仙。
危岩翠松滴诗意，桃红焙茶隔霓烟。
停棹潭水感情挚，投足草嫩软如棉。
此刻当题千仞壁，纪录太白此成仙。

悟了自度

金经一句了悟禅，辞师自渡去领南。
丹青亦是悟自性，千山万壑出心源。

古　柏

相传老子见古木趋而礼之。嵩山之阳有古柏三尊，汉武封为三大将军，当时已逾五千岁，至今仍冠盖百亩，其干如铁，十人围抱有余。吾今书之以颂老也。

拔地千仞接苍冥，于无声处抽条青。
尔来风霜八千岁，目送帝皇百代终。
老而弥坚青铜志，新萌赤籽祭禅庭。
老聃趋步感礼遇，杜叟雕句醒后生。
只将清香滋华夏，敢殇只身扶厦倾。
与世无争去荣辱，百代净身尚春荣。
人生不如树王好，山呼万岁一夏虫。

溪亭高卧

溪亭高卧意自清，荷风拂衣锦云生。
举世皆好猿意马，不才独对远山横。
白鹤一鸣云霄上，青原百骏蹄未惊。
童年有梦寻不得，只缘官山隔万重。

写寄友人诗

知君久居洞庭边，扁舟载月礼龟山。
驿亭古松高百尺，尚滴清露落心弦。

泛舟碧湖

泛舟碧湖水接天，风摇八面过千帆。
松阁相邀开春酒，老友再聚续诗篇。
一笑壮语真情吐，十指古桐欲断弦。
人生百岁开怀少，只缘风月不凭栏。

第八章　旭宇书论选

不入晋格　终成俗品

就艺术来讲，不论是书法艺术还是文学艺术，我觉得魏晋是源头，是中华民族现代艺术、现代文化的源头。当然，更早的源头还可以追溯到先秦时代，但那是哲学的源头。作为艺术源头，同当今时代有密切联系的，我个人倾向魏晋时代。

因为魏晋时代是作为民族文化三大支柱的儒家思想、道家思想和佛家思想汇集、碰撞、并存的时代。思想文化史上好多极有影响的石窟，大部分都建于那个时代。魏晋时代，文人墨客多追求田园风光、追求平和、追求人性、追求人的真正情感，所以出现了许多大的文学家，如竹林七贤、陶渊明、谢安及三曹等。他们的作品都是抒情的，很少带有功利性，也很少带有政治性，和后来的艺术不太一样。曹操作为一个宰相，实际上是统治者，他的诗也是在写自己的人生，写自己的性情。曹植的《七步诗》更不用说了。陶渊明的诗一千多年来历久不衰，对后来的文化与文学艺术影响这么大，并不是陶渊明在文采、构思、遣词上有什么高妙之处，主要是他的思想对后世影响特别大，通过生花之笔，把他对大自然向往的情感，对人生自由自在追求的情感，说白了就是人的本性，写得相对淋漓尽致。所以后来许多文人不得意的时候，甚至得意的时候，往往都会想起写陶渊明那样的人性回归，那种自在，那种美。

书法上，魏碑现在来讲是越来越辉煌。邯郸响堂寺经幢刻碑，娲皇宫十几万字刻石，都是那时完成的。魏碑字体千变万化，有北碑，有南碑。南碑有《爨宝子》，几乎与王羲之处于同一时代，但王羲之是飘逸流美，《爨宝子》是古拙。所以那时也是一种百花齐放的状态，让艺术家的个性发挥得淋漓尽致。书法也是这样，我看过许多那时的墓志，真是丰富多彩、斑斓夺目，艺术上达到了高峰，那时的诗歌也应该是一个高峰，二王书法肯定也是个高峰。现在看，《爨宝子》也同样是一个高峰。那时的书法不但有帖的高峰，也有碑的高峰。清朝有一个人说过，写书法，不入晋格，终成俗品。我很赞同这句话，因为从晋到唐，由唐到宋，由宋到明清，有好多大家出现，但哪家作品真正达到了晋格品质!

书法的晋格品质是什么？就是表现个性，不带功利，而且丰富多彩，是一种清趣，一种禅的境界；一种忘我的境界，一种修行的境界。艺术达到一种修行的境界，绝对是一个高的境界，那它就不俗了。修行人还俗吗？人超凡脱俗，情感超凡脱俗，作品也就超凡脱俗了。

魏晋时代的文人墨客受时代影响，他们不论做人、作诗、写字，都达到了超凡脱俗的境界。后人不注意这种东西，光是学习人家点画，不学人家境界，自然就入俗了。咱们有好多出名的书家，但是他们依旧很俗。包括郑板桥，他的字写得很好，但是也很俗。张瑞图写得也很好，他也很俗。刘墉名气很大，但是和晋人比，也显得俗。社会风气就是这样。前不久，我在故宫博物院看了一个书画展，第一件作品就是王献之的，令人赞叹不已。王献之的作品你要不看原作，是看不出那么好的；你一看原作，那就是好，而且比他父亲还高一筹。我个人这么认为。因为王羲之写得比较规矩、比较紧凑，相对有点拘谨，王献之写得开展、飘逸，放得开，而且高古脱俗，有一种空灵境界，一种超凡脱俗的境界。再往下的作品就记不住了。看到宋朝，看到米芾的作品，脱口一字，好！襄阳确是写得高，但与王献之比，襄阳又逊一筹。米芾书法是一个高峰，是一个创造。米芾作品是一个手卷，后边有王铎给他作的一个跋。王铎现在称作大家，但他

2004年家乡玉田县建成“旭宇艺术馆”

的东西跟王献之比是比不上的，跟米芾比也差一大截子。王铎俗气很大，虽然字也写得很好，但只要和前两者比就显得不行。王铎字圆滑，不具备高古的气质和气韵。之前我也看了赵孟頫的作品，感到平淡，没有特点。有人说赵孟頫有点俗，实际上他是平淡。所以，我主张书法崇尚魏晋。书法到唐就俗起来了，唐有点僵化，相对而言不那么高古。到宋代，异峰突起，米芾则是异峰突出。到明清，很少有追求脱俗的高古书家和书法作品出现，俗家比较多。这与社会影响、人们的情感状态、人们追求的目标有很大关联。人多名利，必然要俗。思想上先俗起来，对高雅的东西感觉不到，看不惯或不去追求，不具备魏晋时代的品格，技艺上就差一等，那写出来的东西自然就俗了。

所以，书法提倡高古、高雅、高境界、高品质、脱俗，这应该是永恒追求。为什么这么说呢？因为追求这种境界就使自己的人格提升了，书家人格提升了，欣赏的作品的品质、艺术领悟力与表现力就会提升。字如其人，就是这样。所以我们要追求魏晋时代的高尚情操，使我们的作品也高尚起来。脱离世俗不等于为大众不喜欢，大众主义不见得就是俗的东西。大众喜欢民族的东西，民族的东西不见得就是俗的东西。就算有俗的东西，也可说是民族东西的一部分，也只是一部分，其中毕竟还有高雅的。高雅的东西不是不为大众所喜欢，只是那种境界好多人不好企及，创作上也不好企及。

再说晋格

前面讲不入晋格，终成俗品。现在讲不入晋格，也容易成为野品。书法讲究法度，讲究规矩，讲究传统。晋格是一种传统，是高规格的传统。如果我们不入晋格，不讲传统，不讲继承，不从传统中汲取营养，以我为中心，我是书家，我是大家，自己怎么写怎么是，那么写出来的东西就是野品。

书法称为法，不称写字，不称书写，是因它有一定的法度，有一定的规矩。孔子说，从心所欲，而不逾矩。这句话从书法创作来讲，应该也可以被认同。没有规矩不成方圆。没有规矩，那就成野品。书法最高境界，就是孔子的这句话。

我一直认为，魏晋时代是我们现代诗文、书法艺术的源头。艺术当然要发展，但它要有个源。追本溯源，源头说清楚，你就可以达到取法乎上。

取法乎上是什么意思呢？就是找到源头，找到最高的参照对象，即找到最高境界的人——艺术家，和最高境界的作品，然后作为自己学习、临习的榜样。通常书法学习，大家光谈取法作品，或取法哪个人，这只是对了一个方面。另一个方面是还要取法到源头上，取法到最清澈的源头上，那书法学习就不是学在下流，而是立意高远，置身上流了。

所以我觉得书法艺术应该追本溯源。书法探源我主张追溯到魏晋时代。从那个时代汲取营养，就能做到取法乎上，那么作品的艺术品质就不一样了。

过去在河北省书法家协开会时，我对朋友们讲，为什么要取法乎上？

比方咱们的太行山，在我们心目中已经是高山了，如果你学习太行山得乎其中，只能得一半。但是，你要是学习珠穆朗玛峰，学了一半，得乎其中，那就远比太行山要高得多。所以书法学习选择哪个时代的作品，选择哪个书家的代表作，是不是最高品质的精品，这很重要。选择对了，就可以目光远大，达到高的境界，就可以比别人多一些成功的机会。

所以学习书法首先要解决的一个问题，就是学什么时代，学什么人，学什么作品？这很关键。我这里不是贬张裕钊，张裕钊在书法史上充其量是个太行山，学张裕钊的字，学半天只能有半个太行山。要是学王羲之，学二王的高品质书法，学一半你也是一半的珠穆朗玛。如果你学了半天，选的对象不好，选的老师不好，那么你的结果就相差甚远了。

所以，取法乎上，首先要溯源。

要做到取法乎上，一定要站得高，看得远。有学生拜我为师，我说拜我为师可以，但不要学我，因为我充其量只是一座小山包、小土丘，我说你学我半天也学出不来，要学你就学珠穆朗玛峰。珠穆朗玛峰是谁呀？要记住魏晋时代，要学习二王的东西，要学习魏碑，要学习历史大家，把他们的东西吸收过来，你就高了，青出于蓝而胜于蓝，你比我要高。所以我做老师，坚决不叫学生学我。我说作为老师，让学生学习自己，这样的人第一有私心，第二不懂得为师之道，是想弄个小圈子。高明的老师是什么呢？是给学生指出一条前进的道路，而不是让学生只是简单地模仿自己、重复自己。现在有些老师动不动要学生学习自己，动不动就说自己的字好，这老师的心态就有点偏差：一是造声势，这是私心；二是这老师没有眼界，是为自己。说到底就是误人子弟。现在有些人也是功利心太重，结帮结伙，形成什么所谓的流派，这在某种程度上是对艺术的一种亵渎，是对艺术的一种束缚，也是对人才、对创作的束缚。为师者当忌。

二王书法

二王书法之比较

从古至今都说二王，但二王还是有区别的。

我觉得要从笔墨的精道来讲，从字的结构来讲，应该是大王要精于小王。王羲之当然比他的儿子在笔墨的精道上和结体的规范上更准确、更精美、更有自己在书写方面的规范。但大王相对于小王来讲，也有不同的地方，或者说是有点不如王献之的地方。王献之显然也讲究规范，但又不太限于规范，他要打破自己父亲当时所认为的那种审美意趣。他想写得更解放一点，更飘逸一点，更开朗一些，更自由一些。

这是我从他们笔墨的现状来分析的。王羲之比较严谨，王献之更求个性的开放和开张。而且小王比大王在性格上有明显不同，他父亲干什么事情都比较严谨，甚至是一丝不苟，性格上比较讲规矩的。虽然说在艺术上王羲之也有创造性，但是他还总是在自我规定的范围之内进行书写。而王献之也在守这个规矩，却又不完全受这个规矩所限制。他更多的是主张自我，主张自己怎么写就怎么试。因此在作品的表现上，他父亲要显得比较精到，而王献之就显得不那么精到。而从精神层面来讲，王献之确实比他父亲要放得开，所以我认为王献之更有逸气，也就是飘逸之气。这种飘逸之气不是想求就能求到的，它是一种性灵的表现，不太在乎一点一捺写得是不是规范到位，只求性情的书写，而且比较开朗，字的结体比较疏朗。大王的字都比较严谨，就不如小王的字那么疏朗。大王在起笔和收笔的时候都非常讲究，无论是写草书、写行书，还是写楷书，都非常讲究。当然了，小王写楷书时也很讲究，但是小王在起笔和收笔时根本就不在乎，很

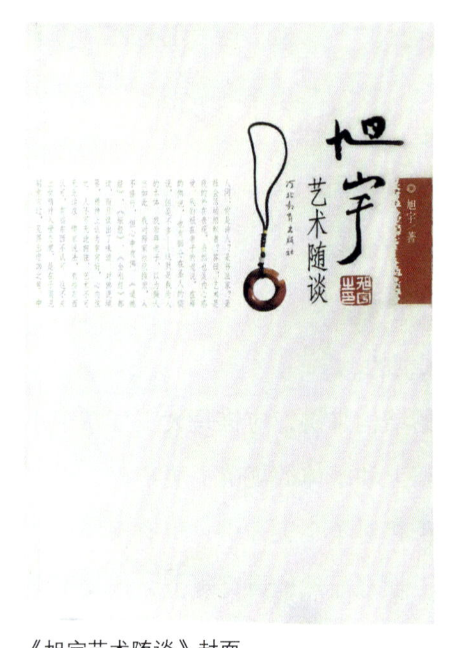

《旭宇艺术随谈》封面

自然。王羲之写的《兰亭集序》中二十个“之”字都不一样，那是经过了巧妙安排的，不要雷同。但如果要王献之来写的话，王献之就不可能写出《兰亭集序》这样的书风，他写的肯定是另一种更自由、奔放的东西了。

这两个人虽然说彼此有继承的关系，又是父子，但后人对他们评价是不一样的。在唐朝，尤其李世民，包括儒家的人更推崇王羲之的作品，而不太看好王献之的作品。这样就影响了后来好多人对二王的评价，认为父亲在技法方面还是更高于自己的儿子。也有人不同意这个看法，认为在精神方面上儿子要高过父亲。从当官来讲也不一样，王羲之是右将军，属于中层干部，而他的儿子当了丞相，属于上层干部，相当于国务院副总理。

按我个人来说，二王我都挺崇拜。在技法方面，我个人更喜欢大王的；在写的开张方面，我更欣赏小王。因为从我现在来讲，我自己的笔墨还有不足，对书法线条的把握上还需要锤炼，在这个方面我应该更向王羲之请教。那么在写得自然、无欲乃佳的方面，或是写得更开张一点，我应该从小王处多取性情之法。

如果说要把他们父子相比较，我在《寄给历史之书札》中，有一封是寄给王献之的。信中我希望王献之要超过他的父母，因为不仅他的父亲后世被称为书圣，他的母亲写字也写得非常好。在史书上记载，王羲之的爱人也就是王献之的母亲，字比她的丈夫写得不差，所以我说他要超过他的父母。我指的什么地方呢，指的是他在性情上要不拘不束，用王羲之的话讲叫放浪形骸。这方面是绝对超过他的父母的。

总的来说，我们要学习大王笔墨之严谨和精妙，学小王之开放与自我。

前面我提到要学习王羲之的笔墨的精妙部分，但是现在我掌握了这些书写方面的东西后，更倾向于小王的这种书写。用别人的话讲，旭宇你是个诗人，更富于想象。但是我还不是放浪形骸，要尽量地给自己的创作留有更多的空间，让读者去思考，这样的笔墨能够让人有一个再创作的空间。我觉得任何好的作品都是在作者的主观创作后，依然能够给读者留有二次创作的空间，这才是真正好的作品。如果说你把所有的东西都写满了、写到了，没有弦外之音的时候，这个作品应该说不是最高妙的作品。

那么这个体验怎么把握呢？这事很难一句话把它说清楚。这就需要创作者在整个作品构图上要有自己的想法，在每个字的结构上也有自己想象的地方，在笔墨和线条的变化上也应该是这样。

二王用笔大多用侧锋

提起二王，有一种误判——说他们都用中锋圆笔，而失于北碑的棱角。

这里边还有一个问题，人们都以为二王的东西是比较俊美的，甚至有的人认为是柔美。我认为不是这样的。二王的线条是很健朗的，尤其是王献之。二王也有很多方笔，是侧锋线条，是见棱见角的。

王羲之用侧锋取妍，咱们可以看看《兰亭集序》，虽然那么小的字，也有很多是侧锋，好多方笔出锋的地方。当时他是用悬肘写的，能写成方笔是很不容易的。后人多认为二王中锋用笔，这是一种误判，造成这种误判主要是把他和北碑比较来进行判断的。北碑虽都是见棱见角，但有些地方它有二次创作，它是工匠的一个再创作的过程，在刻碑的时候把那个棱角刻出来了，其实在书写的过程当中不见得就是那样。

所以由此看来，二王的东西不能用北碑来追问他们，来比较他们。认为王羲之的东西只是流美，我觉得还不完全是这样，他也有刚健的一面，特别是小王的东西有大开张、不拘一格的创作态势。

后人有个说法，王献之相对于王羲之也是古今，他父亲王羲之相当于古，王献之相当于今。但是再往前推，蔡邕他们是古，卫夫人是古，王羲之是今。自古至今，知古今之变，知古今之继承，在继承当中有变化，知道这些东西然后自己再自学，再研究自己的走向，这是很必要的。

魏晋书法的时代高原造就了二王书法奇峰

这里边我还要补充一点，就是在魏晋时代，尤其是东晋王羲之的时代，那整个时代的书法全部是高原。那些书法领域的“帝王将相”们，他们都写得那么漂亮，我看了看他们当时的字帖，不只是王羲之、王献之写得好，那一帮人都写得那么好，他们都是高原。在那么多高原上，在大家都写得好的基础之上，才产生了那些特别的亮点，如果说没有那个时代普遍高水平的书写，就不会产生二王。如果没有王羲之，也就没有王献之。王羲之不是横空出世，不是莽莽昆仑，王羲之是在普遍高峰的情况之下异军突起，代表了那个时代的审美精神、审美取向。只是他的笔墨要比别人更靓丽，因此被众人所推崇。大家都欣赏他，认为王羲之写得好，王羲之自己也认为写得好，那就要求自己写得更好。实际上现在好多人没有提到这个问题，就是“高原上出现的高峰”。

首先是有高原，然后有高峰，然后高峰当中还有异军突起，有了异峰、奇峰。所谓的万山磅礴方有奇峰，王羲之就是那个时代异军突起的代表。我看那个时代的作品，看到那么多人都写得那么好，我们现在都达不到这种境界。这就需要研究那个时代的环境了。

我们研究书法史也要结合文化史和思想史来研究。东晋时代、魏晋时代是什么样的环境呢？

东汉以后佛教传入中国，和中国的老庄思想产生了火花的对撞和融合，也和孔夫子的儒家思想也产生了一种融合和碰撞，所以才产生了王羲之写《兰亭集序》时提到的放浪形骸。

竹林七贤也好，或是写诗的陶渊明也好，都出现了百花齐放、求新求变、放浪形骸的现象。在这个情况下，思想比较解放，主张大自然的融合，主张天地人一体化。我即是天，天即是我，此生我要生活得更自由自在，不受一些事情的局限，以我为中心，以自己的情感为中心。所以说这时候产生的艺术不光书法上是这样的，在诗歌上和文学上也是这样的，是当时的社会历史环境造就了这样的艺术。

在魏晋时代之风下看二王书法

要研究二王的东西，如果不研究那个时代的群体，那么我觉得是见树木不见森林。研究群体却不研究时代的特点和社会风气，就不会理解他们怎么会写出那样的作品。如果说研究书法不研究那个时代的文学创作，就不会完全理解他们为什么那么自由书写。这样诸多因素造成了、决定了、影响了魏晋书风的形成。后人欣赏他们这些作品的时候，应该回归到那个时代的特色来审视他们当时的创作。

所谓魏晋之风，我认为不只是书法。我认为中国文化的源头最早发源于春秋战国时代。经过比较规整的两汉，到了魏晋文化才是真为唐、宋以后的文学奠定了源头和基础，也为整个文化奠定了基础。

魏晋文化对后人影响非常大，如果要研究我们中国的文化，跳过魏晋时代的文化是不行的。同样，如果研究文学，不研究魏晋时代的文学是不行的；研究书法，不研究魏晋的书法也是不行的。

搞艺术创作的都讲溯源，溯到什么时候呢？我们第一步就溯到魏晋时代，如果再往前溯源的话，就溯到春秋战国时代。

为什么这样做呢？主要就是因为思想的解放，中央集权的相对弱化，所以人们的思想相互冲突，产生混乱，难以说明以后该怎么办，你说你的，我说我的，互相探讨，互相争鸣，互相争夺人们思想领域的制高权。因此，春秋战国才出现了诸子百家，他们都想要游说各国的国君，让他们采纳自己的思想，从而出现了各种思潮。

由此可见，魏晋时期的社会特点与战国近似。

清朝末年衰微，也出现了好多不同的思想。民国的时间很短，军阀四起，也出现了争鸣状态，出现了像鲁迅、胡适、郁达夫等文化巨匠。这样的纷乱时间，对文学艺术的发展是非常难得的，时间短，成就大，影响远。

春秋战国时代二百年，魏晋时代将近二百年，我认为，社会环境越是思想解放，艺术也就没有限制，没有条条框框，艺术便会百花齐放。

（此文根据谈话录音整理）

说魏碑

魏碑我是喜欢的。为什么喜欢魏碑？刚才说了，它是我们现代书法的源头。这是其一。其二，魏碑在那个思想解放、百花齐放的时代，代表着一种多元化文化。魏晋时代的南碑，尤其是《爨宝子》，那种变化，那种奇态，那种古朴，那种耐人寻味，那种字的结体，那种独特的构图、构形，让人感觉到我们的书法千变万化、美韵无限。那种美当然也不是所有人都认为是美，有人认为拙，但拙本身也是一种美；有人认为丑，丑本身也是一种美。魏碑中，包含出土的大量墓志，墓志我看过很多，那种丰富，那种多彩，那种情趣，那种趣味，千变万化，让人着迷。后来康有为在清朝末年提倡崇尚魏碑，独崇魏碑。有人说这是因为清朝每况愈下，已经被外国侵略，激发了民族抗争精神，崇尚魏碑是因为魏碑见棱见角，有一种刚劲气势。我觉得这不是康有为的初衷。

在康有为之前已有人开始写魏碑，因为清朝时魏碑的出土量逐渐大起来，确有特征，有新鲜感，和一千多年来的写帖、写王羲之、写唐人东西的感觉就是不一样。这里面有发现，发现就是兴奋。不论发现好的还是坏的，发现奇怪的还是发现特别的，只要一旦有发现就会引起兴奋。在艺术上也是这样。清朝时期发现魏碑新美感的不光是康有为，他只是推波助澜而已。康有为的字写得不怎么样，他说自己是眼中有神，手下有鬼。眼中有神是眼能辨别字的好坏，手下有鬼是手不听使唤，字写得不好。他对自己的评价，我认为还是比较得体的。他是独具慧眼的，但有时也难免说话过头。他把魏碑说成是书法的极致，甚至是最高峰，甚至比二王还好，我觉得这就有点偏颇，也有失公允。但他强调魏碑的特殊性与特殊面貌，强调读魏碑时的特殊直感与特殊享受，像发现新大陆一样给予肯定是应该的。

我是这样肯定魏碑的，但我并不是要把我的作品都写成魏碑，我只是推崇、欣赏魏碑的丰富多彩，欣赏那种意趣、那种高古、那种脱俗境界、那种美。魏碑能写成那样，与那个时代的精神是统一的。我从魏碑中汲取了好多营养，尽量把魏碑精神与二王的精神，以及颜真卿的精神融汇在一起，形成自己的艺术追求。魏碑，我认为是我们当代书法可以大量吸收营养的宝库。但我们不是要简单地去模仿魏碑、重复魏碑，而是从魏碑所表现的魅力中去理解消化魏碑的丰富性、多样性，形成我们当代的百花齐放，各家有各家的面貌。各家有各家的面貌是高境界的面貌，是高质量的百花齐放。

我们强调碑学时，不应排斥帖学，不要像康有为那样，强调碑学就把帖学贬低。帖学、碑学应该都是我们书法的宝库，是我们古人创造的一种高境界的艺术，一种文明的体现。但到了今天，好像是时代的一个趋向一样，我们对帖学强调得多一点，而对魏碑相对重视不够。为什么这样呢？就是逆向的发展，哲学上叫发展的不平衡，政治学叫一种倾向掩盖另一种倾向。书法艺术很奇特，当帖学发展到相当高的阶段，唐朝的太宗皇帝甚至把二王的东西奉为神圣，到宋朝发展到极致，明清前期也是这样，因为当时没有发现魏碑，所以帖学被一路重视。后来突然发现魏碑，感到很新奇，就像整天吃猪肉，现在突然吃野菜，感到味道很独特。这样就产生逆向思维，认为以前的不行，学不得了，咱们学碑，于是就走到了晚清崇碑的阶段。民初学碑，碑碑不离，三五岁孩童一写字就学碑，而不学帖。这样发展到现在，写碑写到一定程度，我们又感到还不行，还得写帖，所以艺术的规律往往是极致到一定程度就逆向发展。就像穿衣服一样，以前穿中山装，后来穿西装，谁也不穿中山装了；穿喇叭裤兴了一阵子，后来谁也不穿了。生活的趋向是这样，艺术的趋向也是这样。这样我们就很有必要公允一些，对艺术应该有一个正确的评价。我们对帖与碑都应该有一个正确的评价，既不要扬帖抑碑，也不要扬碑抑帖，要恢复碑与帖本来的真实面貌。我觉得作为一个艺术家，特别是对一个想要给别人讲课当老师的人来讲，你可以有偏爱，但你讲出来的道理不该有偏废，应该公允，要符合事物本来的面目。好多评论家，甚至艺术家都或多或少存在着这样的问题，我喜欢这个，就说这个好，不喜欢那个，就说那个不好。不能这样，要历史地、全面地评价艺术，评价历史上的人，不能因为自己的好恶而扭曲历史的本来面目。客观评价对艺术家自己的发展也很必要。你可以有偏爱，但你做到不偏废，才能吸收百家之长，才能吸收和你完全不同的人的长处，才能使自己发展得更好。

有偏爱而不偏废，这是大家都应该具备的修养。尤其是一个书法家协会的领导者，更应该注意这个问题。作为一个领导者，作为一个有位置的书家、评论家，都应该注意这些，不要产生误导。客观公允，才有益于整个艺术的发展，有益于别人，同时也有益于自己。有益于自己什么呢？你能从不同的风格当中、不同的创作模式当中，汲取别人的长处，使自己的眼界更宽广，境界更高。

我理解，魏碑在它初写的时候，可能不是那么字字见棱见角，字字见棱见角是刻石的效果。魏碑的主要特点，不只是刚健，更是它艺术上的多样性、丰富性、趣味性、抒情性，能表现人的情意。这是我们今天的艺术家，特别是书法家应当研究和汲取的。

魏碑还有一个特点，是能使你的字写得很大。而写帖，我们大部分的帖是手札，很难写大字。写气势磅礴的字，当然帖也能写，但是碑学在这方面比帖学更占优势。所以当代写大字，尤其是大字榜书，我感觉应该提倡写碑。我们很多的门牌匾额需要大字，需要很有气势的大字。楼堂馆所也需要大的字装饰，大字在当代应用上更具有社会价值。写大字，是魏碑的优势。

1997年在香港与饶宗颐先生在一起

我喜欢魏碑，过去曾想在河北建一个魏碑研究会，但是因为各方面的事情比较多，考虑还不太周密，就把这件事放下了。我觉得应该有这么一个研究部门，从理论上、实践上研究魏碑，研究我们应该从中汲取什么东西，从哪些方面梳理，这对推进我们学习魏碑是很有必要的。

在学习魏碑当中，我想提醒朋友们不要完全复制魏碑，就是不要把当代作品写得同北魏书家完全一样的味道。我们还是要表现我们这个时代、表现自我的性情。学习魏碑，只是借鉴它的手法，如果完全复制它，那就没有必要了。因为我们的时代感情与魏碑时代不一样了，我们的感情是现代人的感情，我们的书法与魏碑时代也应该有所不同，要产生出有现代性、当代性的艺术品。所以从艺术创作讲，我们对待魏碑首先是继承它，然后是发展它。继承它不是目的，而是一种手段，发展它才是真正的目的。要把继承和发展结合起来，使魏碑和帖结合起来，走出一条崭新的道路，这是我们当代书家应该探求的。

唐朝书法纵横谈

虽然说唐朝有“唐四家”，但我认为他们的楷书相对来说都是一个面貌，比较规规矩矩，法度森严，都是在一个模式之下创造出来的楷书作品。虽然他们也有个性的面貌，但是总体上来讲都是追求法度，这样就决定了唐朝行书书写的弱化。在国家科举考试的要求下和树碑之风的风气影响下，因为唐朝讲究刻大碑，但刻碑不能用行书写，不能用草书写，只能用楷书，而且要写挺大的字。于是，根据社会的需要、国家的需要，就产生了书法作品的倾向性，产生了楷书这种极度要求法度的倾向性。所以说唐楷的出现不是偶然的，它是一个时代的产物与时代要求的产物。宋代就没立多少碑了，虽然说也有一些墓志，但是没有出那么多官方的碑。宋代思想自由、文化发达、经济繁荣，唯独边防总是有事，所以也产生了像辛弃疾这样的爱国诗人的词作,个性化更鲜明一些。唐朝书家颜真卿虽然写了《争座位帖》和《祭侄稿》,但这两个的书风是不一样的。《争座位帖》是比较严谨的,《祭侄稿》是比较率意的。《祭侄稿》看不出颜真卿楷书的样子,但是《争座位帖》能看出他写楷书的这种味道。所以说唐朝谁写的行书好，现在只能说颜真卿的《祭侄稿》，别人拿不出来，像欧阳询写的行书《千字文》根本就不可看，不可入目。起笔也不行，收笔也不行，哪像行书啊，和颜真卿比真不是一个档次。虽然说他楷书写得不错，正因为他楷书和自己较劲，写得很严谨，中宫写得很死，放不开，所以说这个人的性格可能就是这样。我没有研究过他，但从他的书法风格来讲，我认为这个人比较容易较劲、有个性，据说欧阳询为官也做过一些很较真的事情。

欧阳询的楷书还是可以看的，但是他的行书写得真不像样子，当代水平不怎么样的人也看不上他写的。所以说这是受他楷书的影响，他整天写楷书，写行书写不好，这有很大的关系。你看颜真卿为什么能写得好?因为颜真卿的楷书总在变化，用胡湛的话说是十八变。一生当中总在追求前进，总在变化，不形成模式，不形成框框，所以他的行书写得很自在。颜真卿对个性的追求决定了他在行书上又达到了高峰，他不把书法完全模式化。颜真卿在二十几岁写的书法与在四十岁、六十岁写的书法以及到最后写的书法是大相径庭的。但是其他几个书家，他们基本上从开始写到后来，面貌基本差不多，就颜真卿不一样，《争座位帖》和《祭侄稿》是不一样的。据传他还写了一个《裴将军诗》，这个是不是颜真卿写的咱们不敢说，后人有争议。

《裴将军诗》的草书在某种程度上比黄庭坚还长枪大戟，如果真的是颜真卿所写，绝对是历史上值得研究的一个特殊现象。颜真卿的楷书不断变化，行书不断变化，而且草书也写得个性化，在历史上独具面貌，和谁也不一样，比黄庭坚写得还厉害。都说黄庭坚的字是见棱见角，但颜真卿的《裴将军诗》就很厉害了，写一个楷书突然来一个草书，那个笔画简直硬朗得不能再硬朗，线条已经到了很高的程度。后来有人怀疑这不是颜真卿的真迹，到现在一直没有结论。但是通过线条和它的行书、楷书的穿插来看，应该是颜真卿的作品。因为它和颜真卿的楷书有点一脉相承，只是在草书的线条上太过于强势。

我提出这个问题，是想说明颜真卿现象值得研究，颜真卿的书写内容和他个人修养值得研究。颜真卿一门忠烈，所以我认为《裴将军诗》就是他写的，因为颜真卿有那么一种忠烈的胸襟，那种大度和气概，不为叛逆所屈服的忠贞的气概，没有这种气概的人是写不出来《裴将军诗》的。如果说你让欧阳询来写，绝对写不出这样的书风。因为欧阳询是循规蹈矩的，而颜真卿不是过去这么写就永远这么写，所以就产生了《祭侄稿》一个面貌，《争座位帖》一个面貌，然后《裴将军诗》更是一个面貌。这就

2002年与沈鹏在中国书法家协会

是颜真卿，这就是颜真卿的大度，这就是颜真卿的性格，这就是颜真卿不拘一格、为国捐躯、甘愿抛头颅洒热血的这么一种精神。

所以颜鲁公留下了宝贵的精神遗产，留下了楷书十八变的变法精神，留下了《祭侄稿》巅峰之作，留下了《裴将军诗》气壮山河的谜团。研究他这一现象，是非常有意义的。

宋代书法评述

我认为宋代是一个很独特的时代。

第一，南宋和北宋在历史上时间很长。宋代有三百年，比清朝还长，比明朝更长。元朝根本没法比，元朝才九十多年，比汉朝要差一点儿，汉朝是东汉、西汉，但比魏晋、唐都长。

第二，宋代经济发达。在中国的历史上，宋代的经济是比较发达的，而且资本主义的萌芽开始出现。有人说是明代开始出现资本主义萌芽，实际上宋代就出现了资本主义萌芽。你看《清明上河图》描绘的那种文化经济的繁荣，非常发达，老百姓很自由自在，这是宋代的第二大特点。

第三，宋代虽然经济繁荣，但是国防衰弱，军队不强。主要表现在两个方面，首先，宋代本身对军队的建设支持不够。其次，辽金这些北方的民族，那时候是他们强大的时期。如果说你遇到一个强敌，虽然说你也不错，但还是不如人家强大。北边的辽金是少数民族，骑兵比较多，而且那时候他们属于强盛时期，宋代相对来讲又不太注重于国防建设，所以宋代最后走向灭亡。

这和皇帝的主张有很大关系，因为北宋的皇帝就是喜欢舞文弄墨，开国皇帝赵匡胤杯酒释兵权之后，放松了国防建设，加强了文化建设，提高了文化艺术氛围。这是由皇室带头的。宋代皇帝的绘画水平，像宋徽宗就达到了中国绘画历史上的高峰，书法瘦金体也是古今独具一格。

在这种氛围下，宋代书法出现了“宋四家”，在历史上比唐朝还厉害。唐朝是楷书几家，但相对来讲，不如宋朝的书法写得自在。宋代在绘画方面给历史留下了辉煌的作品，在书法方面，宋四家同样名垂青史。

他们一反唐人那种规规矩矩的楷书，这种变法由皇帝带头，皇帝认为唐朝的楷书都不科学，这样他们就开始上溯到魏晋。但是他们又取魏晋的一部分，不完全取魏晋的一些东西。他们主要是尚意，是性情书写。皇帝带头写瘦金书、写草书，大臣都向皇帝学习，大臣们的奏章不写楷书都是写行书。而且宋朝还有一个很大的特点，就是皇帝还要给书法家们奖励。宋代建立的翰林院是为皇帝来写奏章并进行文学方面的艺术创作的，当皇帝要让某某翰林起草一个公文，或替皇帝起草一个诏书时，要按规定给润笔费。有人问润笔费的由来，其实就是从宋代开始的。皇帝这样重视文人，书法能不发达吗?

都说蔡京是奸臣，但是他的书法写得非常好，比蔡襄写得有个性、有面貌，传说是四家之一，后来因为他是奸臣，人们让蔡襄取代了。这是一家之说，但是究竟是不是这样我们不好下结论。但我感觉蔡京的书法写得相当有个性、有面貌，连皇帝作画后都让他来题跋，宋皇的《听琴图》上就是他的题诗，可见皇帝对他的认可。当时还传说米芾最开始就是向蔡京学习的。当时都认为蔡京写字写得好，在书法界那真是屈指可数，但是历史不能给蔡京一个好的评价，因为他是奸臣。

以上我们说了绘画和书法，现在再来看宋词。

宋朝一个最大的特点就是创造了宋词，但是宋词不完全起于宋代，在唐朝时候就有萌芽。李白和白居易就写过这样的词，但是真正从萌芽到茁壮成长并成为高峰是在宋代。一提到词就是宋词，一提诗就是唐诗，一提曲就是元曲，这是中国韵律诗发展的三大高峰。

宋代文人的散文创作也很有水准，然后再加上民间市井文化的出现、小说的萌芽，宋人的曲、剧，甚至是舞蹈、演唱在宋代都是很繁荣的。这就说明宋代文化的繁荣是全面的，皇帝对文人是高看一眼的，而且当时的制度也有利于文人各方面的发展。虽然说他们也有斗争，但是彼此之间还是尊重对方的艺术水准。像苏东坡虽然和王安石政见不同，但是苏东坡对王安石诗词的创作还是给予了很高的评价，而且对他的人格也是很肯定的。所以我觉得宋代是一个文化繁荣的独特时代，主要是上层对艺术的宽容和开明的态度，加上经济上的繁荣，促成了文人墨客的性情表现，这和魏晋时代有相同的地方，也有不同的地方。

东晋时代也相对安定，但是它没有宋代繁荣，而且魏晋时代的皇帝也没有像宋代皇帝对文化有这种引领作用。魏晋整个环境是思想上的一种解放，宋代不但是思想上的解放，更是制度上的解放、体制上的解放。宋朝文化的全面的繁荣，是值得我们应该研究的一种特殊现象。但我们也要吸取宋朝因弱化国防而亡国的教训，虽然思想的解放、经济的发展有利于文化的繁荣，但国防必须强大，不能被域外侵略，不能放松国防建设。

再回到宋朝的书法。

宋四家互不相同，风格不同。王羲之、王献之，乃至整个晋朝，书风基本上是一样的，只是王羲之是高峰。但是宋四家谁跟谁也不一样，一家一个样，这是一个值得研究的特点。

黄庭坚是苏东坡的学生，虽然是学生但不像老师，而且还讽刺老师，老师反过来也讽刺学生，虽然是开玩笑，但是说明他们之间是自由的，有个性的追求，这一点和东晋的文人是不一样的。宋四家都各有各的个性，可是东晋时的书风基本上是一样的，是集体性的个性化，这个是很大的区别。米芾有米芾的样子，皇帝问米芾，你怎么写字啊？米芾说，臣是刷字。别人写字，他刷字。苏东坡是典型的文人字，在北宋时代，他的字并不很珍贵，但是南渡之后，苏东坡已经过世了，那个时候他的字已贵得不得了了。因为什么呢？字以人贵，苏东坡名气大，诗书文章在宋代影响都非常大，所以苏轼的字的价格一下上去了，非常贵，一般人买不到。据说，尺一样大的玉璧都不足以买苏东坡的字，当然这是夸张的形容。

再来看他们互相的批评。苏东坡说黄庭坚的草书是死蛇挂树，黄庭坚说苏东坡的字是把蛤蟆压扁了。我觉得黄庭坚说得很对，苏东坡的字就是比较扁。这是他们文人之间开的玩笑，但是黄庭坚的草书在宋代绝对是独树一帜，不但在宋代独树一帜，也是自有草书以来到宋代的独树一帜，别人没有这么写过。蔡襄的字又是一个面貌，他的字是从二王、褚遂良那过来的，他有二王的味道，尤其是有大王的味道，但并不完全像。他为官很清廉，但是这字要我看在宋四家当中是最末的一个。有人说他写得很好，我认为他还是没有多大的个性面貌，和那几家比他还是要差一点，但他确实从魏晋和初唐当中汲取了营养。所以说宋四家一个人一个面貌、一个人一个写法，这和魏晋是大不相同的。这就是宋代的思想解放、文化解放下出现的一种必然的结果。

现代书法随谈

这里要谈的现代书法，起于民国初年，止于“文革”前。这是随意谈，不作书史，但也是以史观书，尺度自在。当然，这么一个看法，也不可能使大家统一，也没有这个必要，可以各有所见，各持所论。

先说于右任。自废清帝立民国，一直到“文革”，最有成就的书家，我个人首推于右任。于右任把碑帖有机结合起来，形成自家面貌，是一个大家，一个现代书史上承前启后的人物。他的作品多，存世量大，对当代书法很有影响。于右任青年时代追随孙中山，参加过同盟会、辛亥革命、北伐战争，20世纪60年代初病逝于台湾。他青年时对帖学研究深刻，19世纪末20世纪初，受康有为倡导的影响，他在碑学上下了很大功夫，显示了自己的才华。他不保守，很开放，有进取精神，先写帖，后写碑，终于写活了碑，来去无滞，达到自由自在的境界，是真正把书法作为艺术进行创作的。他把碑写成行书、隶书、楷书，撰写了很多墓志，还要写标准草书，对书法贡献很大，民国以来没人能超过。他的主要成就在晚期，有很多精品，中前期有些作品也不太如意。他的字大气、古拙、雄强，有时很飘逸，在书法上成绩很大，是一个高峰，还影响着后人。

20世纪的50、60、70年代，上海有个人叫白蕉，完全写帖，是二王一路，很值得一提。为什么呢？因为那时都主张写碑，他则主张写帖，那是独具慧眼。把二王的东西挖掘出来而且坚持下来，在那时很不容易，大家都走碑学一路，他搞帖学，这很需要点勇气。坚持不容易，写好更不容易，特别是他的小行草《白蕉兰题杂存卷》写到极致，那水平一点不亚于王羲之的东西，在墨色上比二王还有些突破，布局章法上有创意，达到了相当高的造诣，是那个时期帖学的代表。那个时期的帖学成就，白蕉首屈一指。白蕉把二王笔墨的精练融化为自己对线条的锤炼美，恰到好处，形成笔墨的丰富多彩，真是写到家了，到目前还没有一个人能超过他。尤其《白蕉兰题杂存卷》一帖，字写得非常好，我认为可以传世。自清以降三百年，写二王帖学以白蕉最好。白的大字（指对联）略显不足，不甚理想，没有把二王帖的味道写出来，有失帖的灵动秀美。把小行草放大来写不容易，但人总有一长一短，二王就没有写过大字，白的大字不能把握到好处。在盛行写碑的情况下，白蕉异军突起学习二王，既精到又有所发展，难能可贵。

郭沫若应该算一大家。郭沫若才华横溢，是现代才子，不光书法，在诗歌、剧本、考古、历史研究诸多领域都有建树，政治上更不用说。郭也算是有自己的面貌和特色，也走着碑帖结合的路子，写得非常自在。他把书法为时代服务做得相当好，是别人不能企及的。在书法式微的年代，郭独树一帜。郭的名气大，与时代有关。白蕉没有名气，不见经传，这就是环境，任何一个书家都绕不开。郭的社会环境决定了他的名气，他写出了自己的面貌、特色、精神，有灵魂又不失刚健，有创意又不失传统，字的线条富于变化、开张、不拘泥，他写了好多牌匾，影响很大。郭开始写得就不错，后来一直处于同一水平上，再没发展。他有潜力，可以写得更有质量一点，但他处在领导岗位上，介入诸多领域，没有像王羲之那样专注，这就使他才华、水平的提高受到很大局限。郭没有一篇可以叫得响的作品，是遗憾事。《白蕉兰题杂存卷》是高水平的作品，但郭也算一大家，也是个了不起的人物。郭的书法比不上于右任，和白蕉没有可比性。郭以碑为主，白是写帖。

林散之诗、书、画俱长，也曾有“三绝”“三痴”之称。林散之开始字写得比较传统，比较严谨，晚年比较放。为啥叫散之，就是把字写散了。他的字结体比较长，线条比较婉转，枯笔相对多一些，注意墨色变化，注意布局，在行草书和草书上，可以说是著名书家。在我看来，林散之在草书结体的大小变化、线条变化、线条质量上我觉得还有待提升。尽管他的学生、朋友很多，很推崇他，称作草圣，我看这有点过头。他可以说是现代著名书家，在草字上有功夫，但也感觉到有不足，有不到位处。他能把字写散，能注意墨色变化、构图变化，而且教了很多学生，这都是他的贡献。

沈尹默应是写信札小字之类比较精到的，他也是走碑帖结合的路子，以帖为主，以技见长，尤其信札小行草很好。但他的小行草有一个缺点，就是中宫过紧，要是能像王献之一样，那就更好了。他的字点画精妙，但中宫过紧，没放开，不够疏朗。他不可能做到王献之那样，王献之是大家，很高明，很洒脱。沈尹默小字可以，大字略显不足。由此想到，一个人有其长必有其短，有其短必有其长，长处掩盖短处，短处遮蔽长处。善写小字往往不善写大字，善写大字往往不善写小字，这是书家共性。王献之没写过大字，那时候写信札小字，都是朋友中间传看，没有想到写那么大的字挂到墙上把玩。后来学帖学的写大字没有先例，没有借鉴，写不好也是有原因的。

谢无量的字写得散、空灵、自在，虽说也有自家面貌，但是章法略显不足，规范上感觉还有不足，不足以让后人完全学习。他主要是从八大山人和《瘗鹤铭》碑那里衍化而来，也有一定出处，写得比较飘逸、空灵，但不够精到，也是一家。

弘一法师俗名李叔同。他初学写碑，也写帖，但以碑为主。他的贡献就是以笔墨写性情，把书法作为修行手段。他中年出家，一变青年时代书风，把书法由复杂写成简约，由有为写成无为，由强健写成空灵。观其书，就知道是个得道的出家人，他的书法同他这个人一样，一起进入了一种忘我、修行、参禅的状态。他把佛法与书法结合，把学书与学禅结合起来，把书法艺术引向空门，这是一种很高的境界，自成面貌。他的书法不足是线条不够丰富，结体变化不多，但毕竟自创书体，可称弘一法师书体。弘一是一大家，像八大山人一样。八大山人的字写得圆活，他写得简约空寂，几乎到无的境界，是让书法参禅，让书法与他一起参禅。忘我与忘艺是很高的境界，这是他的贡献，也是他独具个性的书法面貌。他是一大家。

白寿章的字要比齐白石的字好。白寿章是河北邢台人，在河北乡下偏居一隅，不见经传，人们很少知道。他主要以画画、教学为主，新中国成立前受教于北京美术专科学校，与王雪涛是同学。王雪涛说白寿章的画比他画得好，不在齐白石之下。我看其笔墨、构图、品位次于齐，但也达到了很高水准，在李苦禅之上，只不过他是在地区教书，人忠厚老实，没有宣传，鲜为人知罢了。在绘画上，白寿章专于中国写意画，有很高的、可以说是不俗的造诣，他的画名掩盖了他的书名。在书法上，他自应

2009年，旭宇与中国书法家协会原党组书记张飙、本书主编胡湛在河北省博物院“旭宇书法展”展厅

算一家。20世纪五六十年代，他最好的代表作是书写毛泽东主席的《沁园春·雪》，六条屏，魏碑草书，刚劲有力，注重线条质量变化，有传统规范，碑帖结合恰到好处，达到了很高水平。他在50年代初的作品也不错，到了60年代已炉火纯青，特别是草书达到相当高的境界，率真中见到帖的筋骨，同时字又写得开张。在写草字上，白寿章不在林散之下，在字的水平上，又在谢无量之上，但很多人不认识，因为他的字传世很少。他是民间的一家，民国以后，民间还有很多真正的书法家。

概括讲，民国初立到解放初期，写毛笔书法的较多，之后写毛笔字的越来越少，但在这样的情况下，还能出这么多书家，能有这么好的作品，可见中国书法的魅力之大，生命力又是多么顽强。更值得高兴的是，我们有一代又一代的书家努力把它传承下来，使书法艺术闪现光泽，使书法艺术得到发展，像一条永不枯竭的大河。夏天波涛滚滚，冬天河面结冰，但无论春夏秋冬，无论封冻解冻，它都一直流淌着民族精神、民族文化，是我们中华民族文化光辉灿烂的卓越表现。我们今天写书法，也不要忘记过去的书法家，记住了他们，也就记住了我们中国书法的历史。

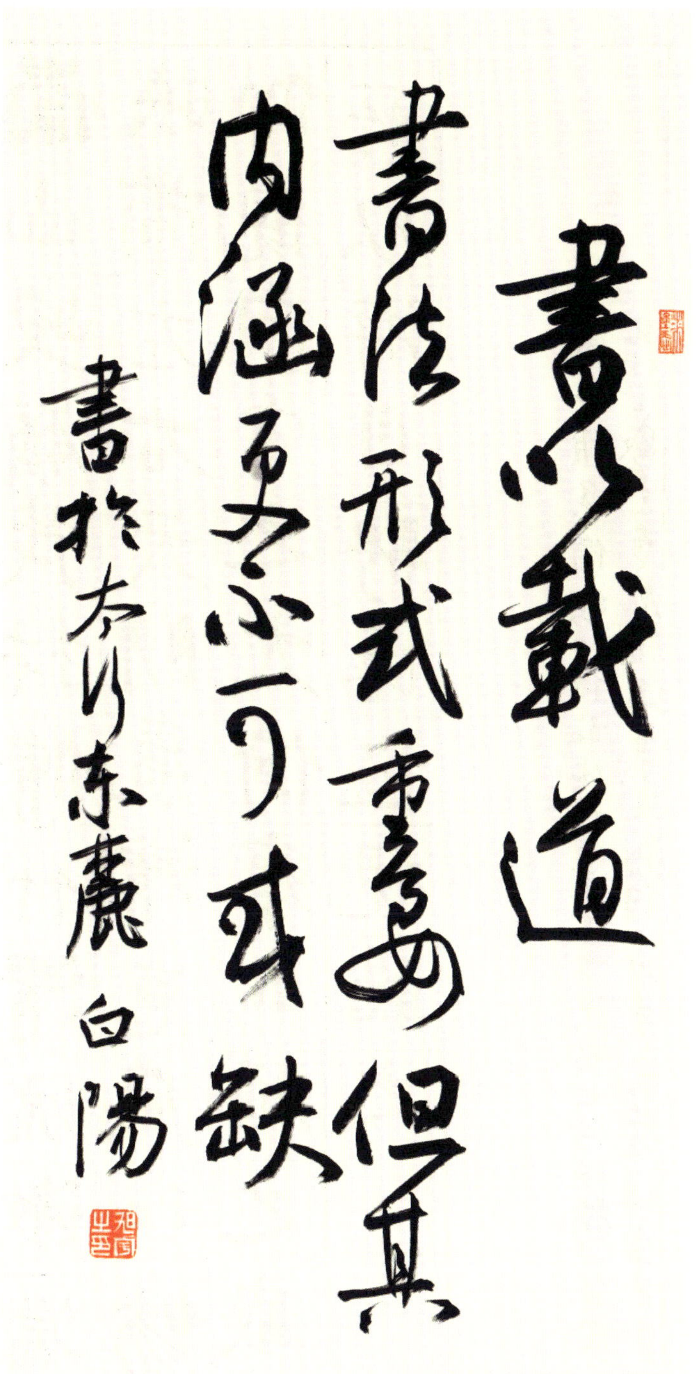

行书小品　书以载道　70cm×46cm　2014年

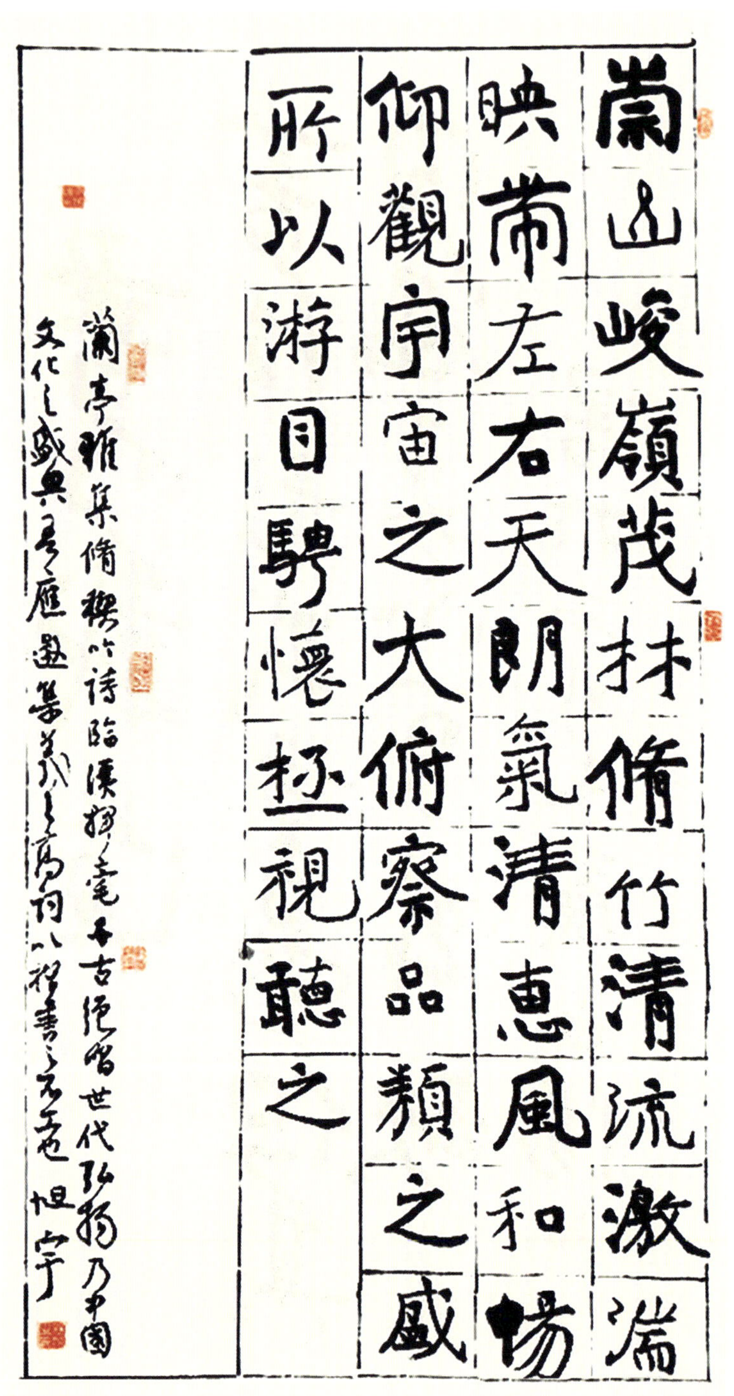

崇山峻嶺茂林脩竹清流激湍
映帶左右天朗氣清惠風和暢
仰觀宇宙之大俯察品類之盛
所以游目騁懷極視聽之

楷书中堂　《兰亭集序》节句　140cm×70cm　2016年

楷书八言联　光生天道联　180cm×24cm×2　2016年

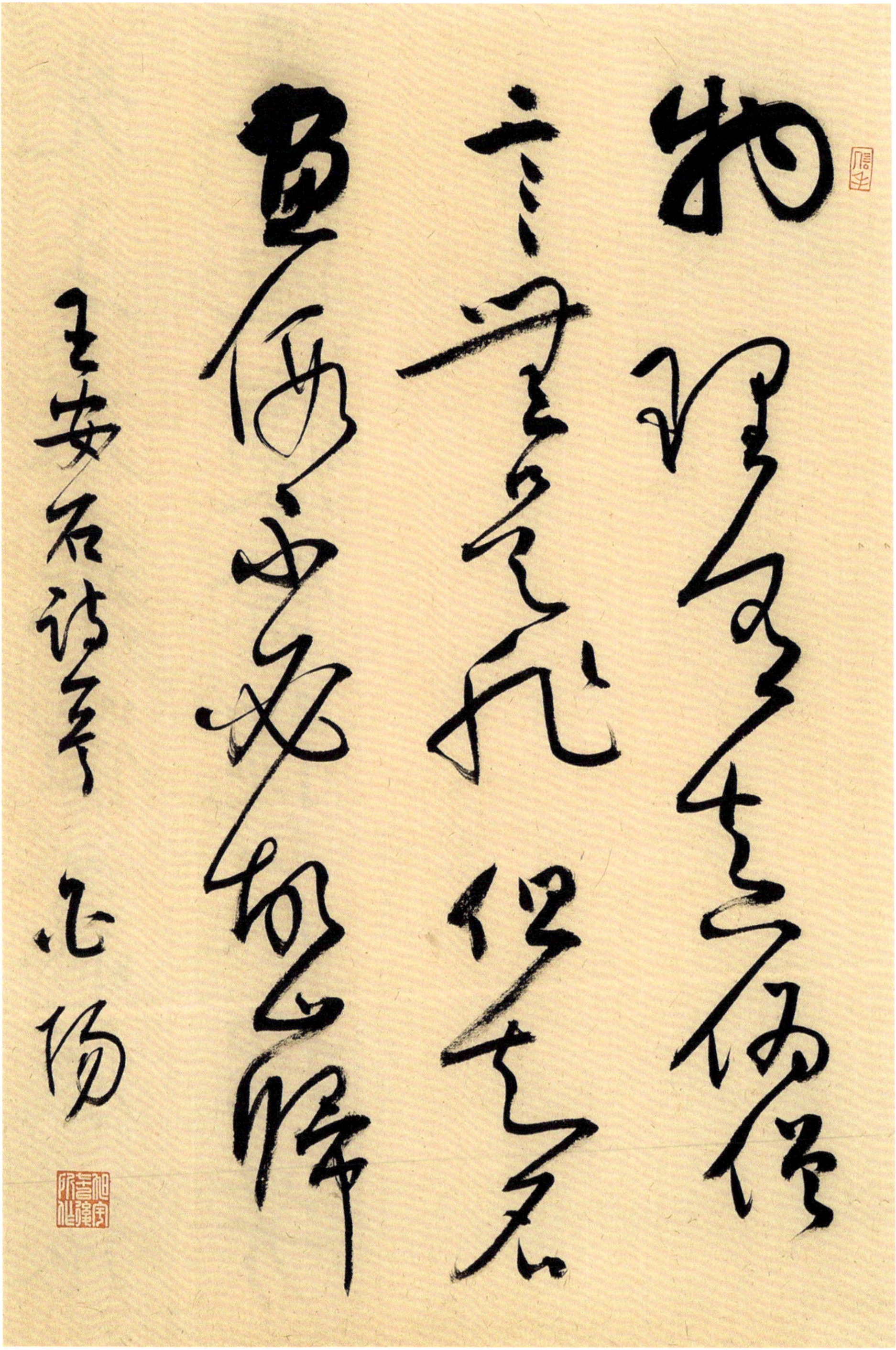

燕赵文艺名家丛书·艺术

草书竖幅　王安石诗　70cm×50cm　2013年

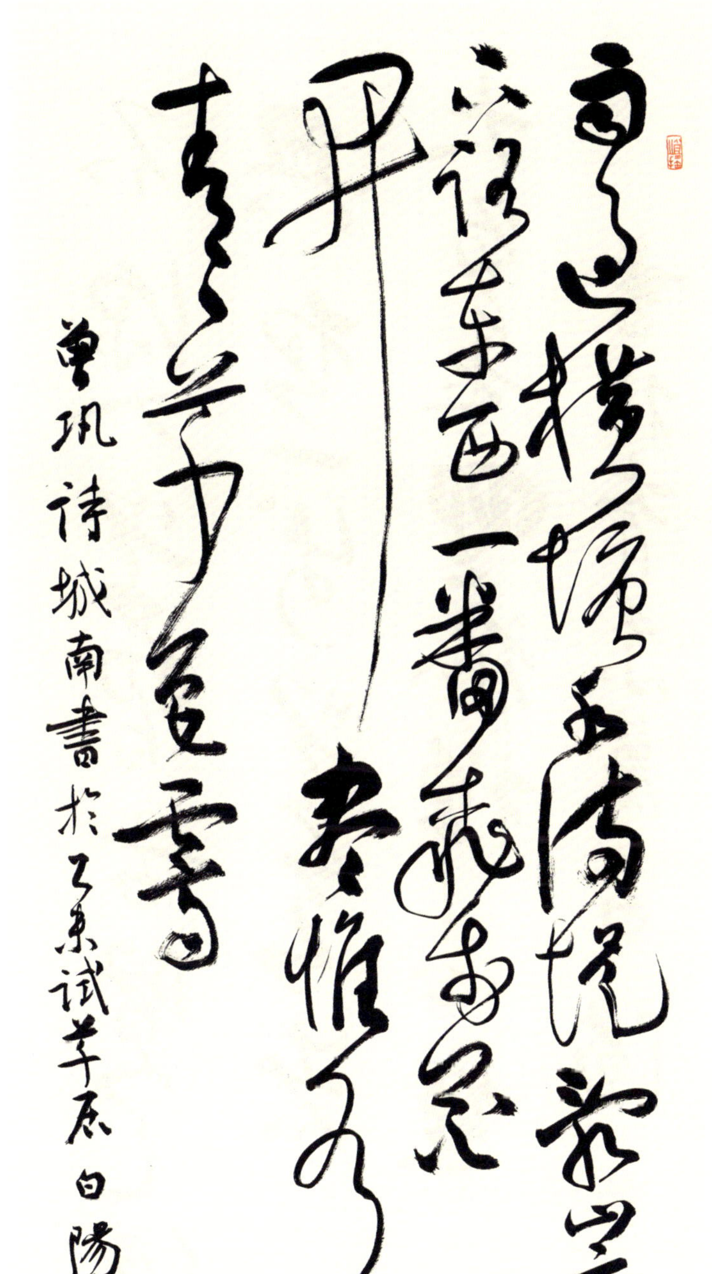

草书中堂　曾巩诗《城南》　140cm×68cm　2015年

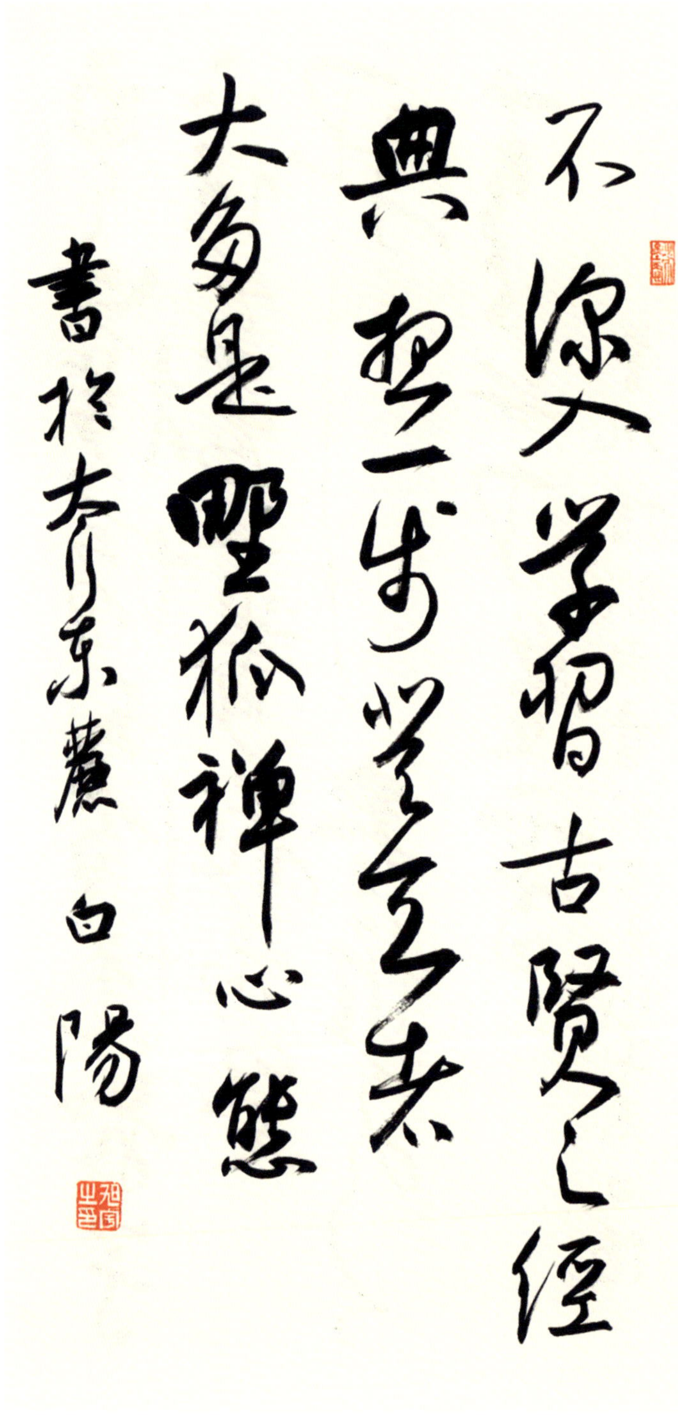

行书小品　学习古贤之经典　70cm×46cm　2024年

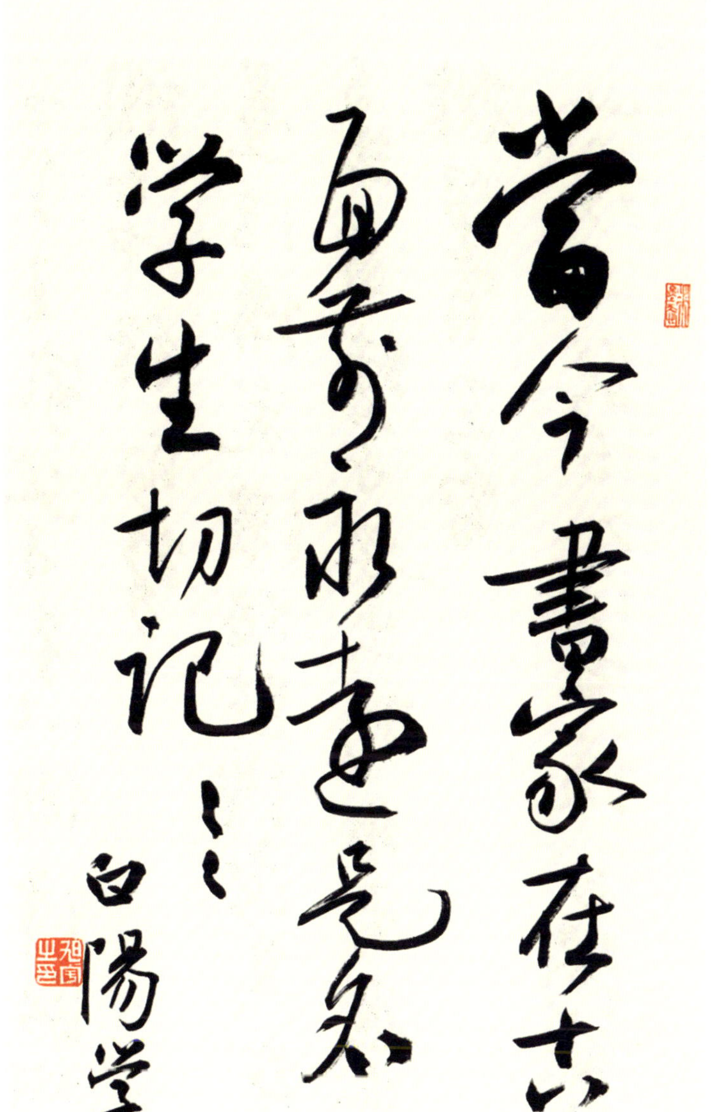

行书小品　当今书家　70cm×46cm　2024年

書法用筆有中鋒側鋒逆鋒之分王家父子多以側鋒取妍調以中鋒取勢墨法講究濃枯點綫求其變化與章法結字要出新布局應安排留有空白此語只能與入門者說 白陽學書

行书小品　论书语　70cm×46cm　2024年

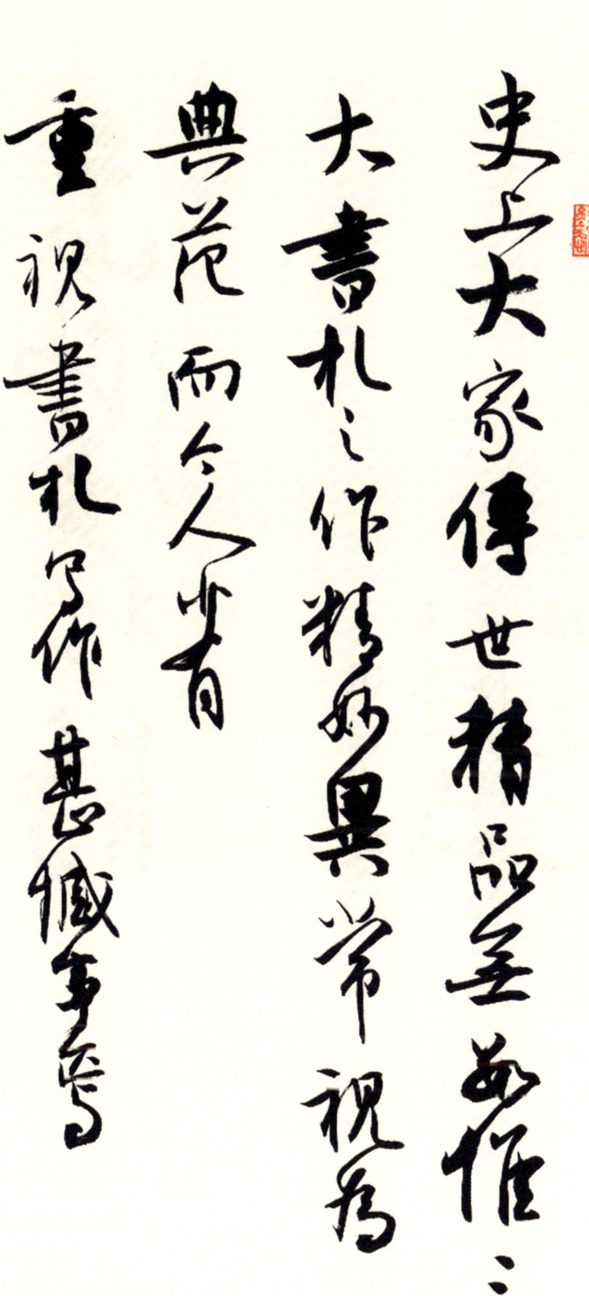

行书小品　三大书札　70cm×46cm　2024年

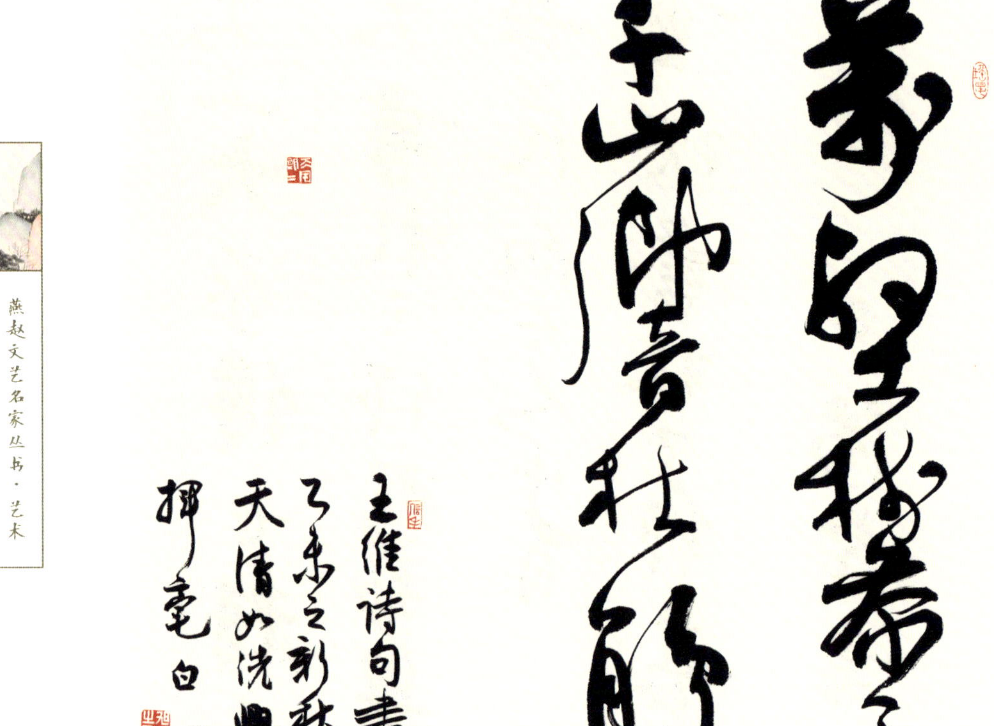

草书斗方　王维诗句　70cm×70cm　2015年

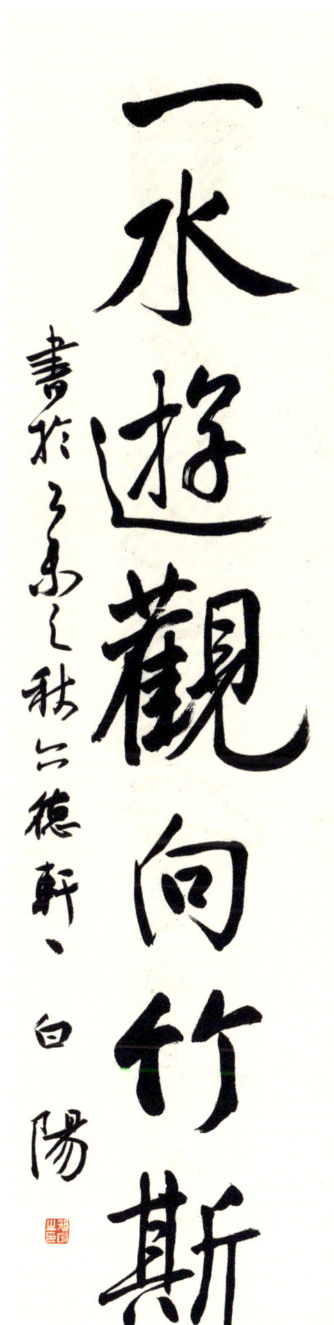

行书七言联　万山一水　140cm×34cm×2　2015年

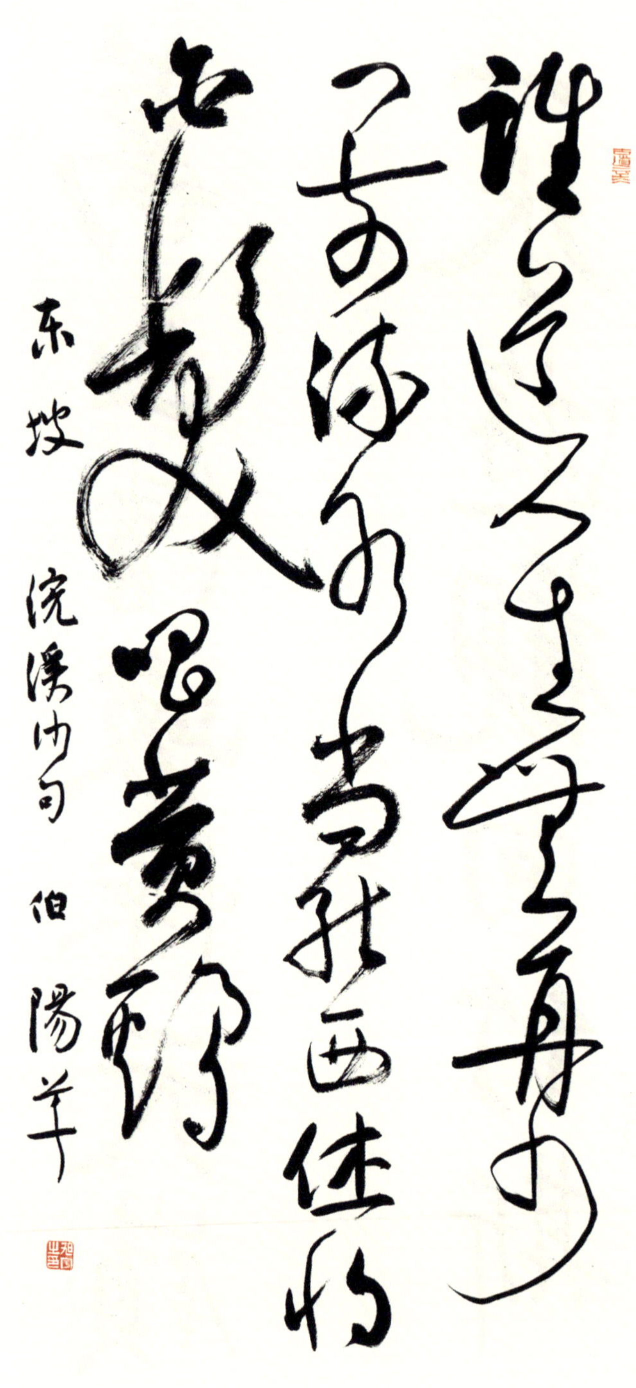

草书竖幅　东坡《浣溪沙》句　140cm×70cm　2016年

書家應有文化，在古代不是一個議題。而今天則很重要。當代書家全抄古人詩詞，無有自己作品留給後世。悖是對書法傳統一種大大的缺失。

庚子大暑即興題句　白陽

行书小品　书家应有文化　70m×46cm　2024年

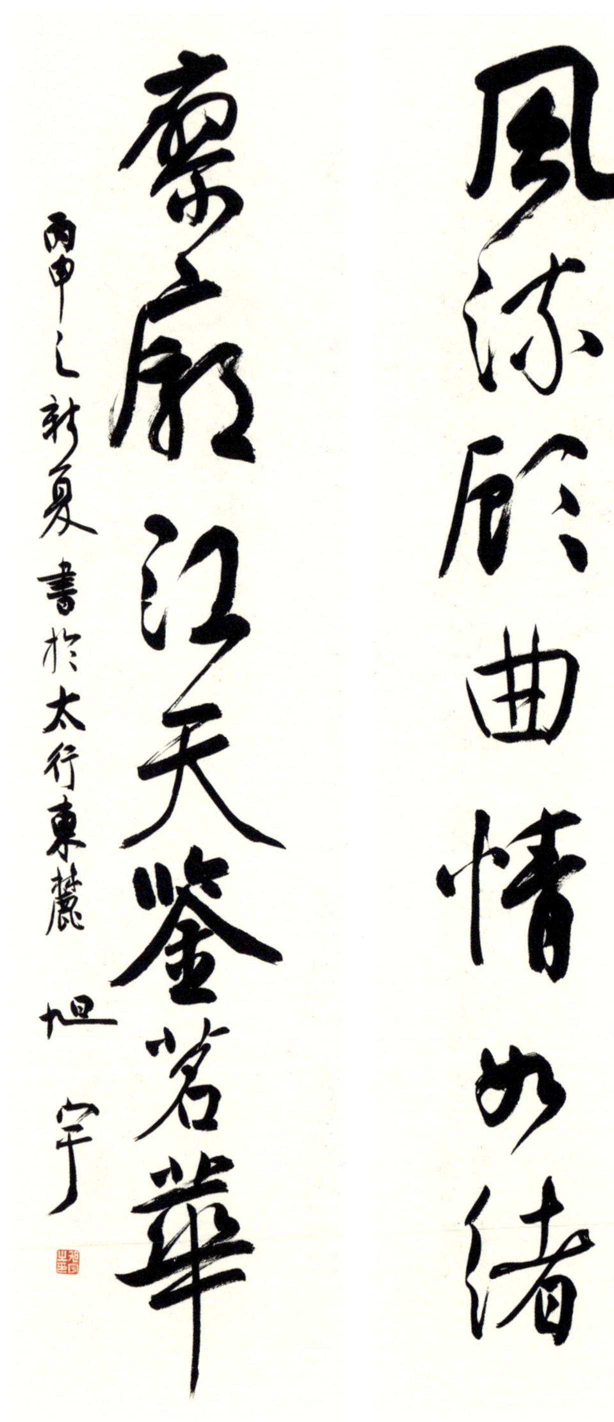

行书七言联　风流廖廓　140cm×34cm×2　2016年

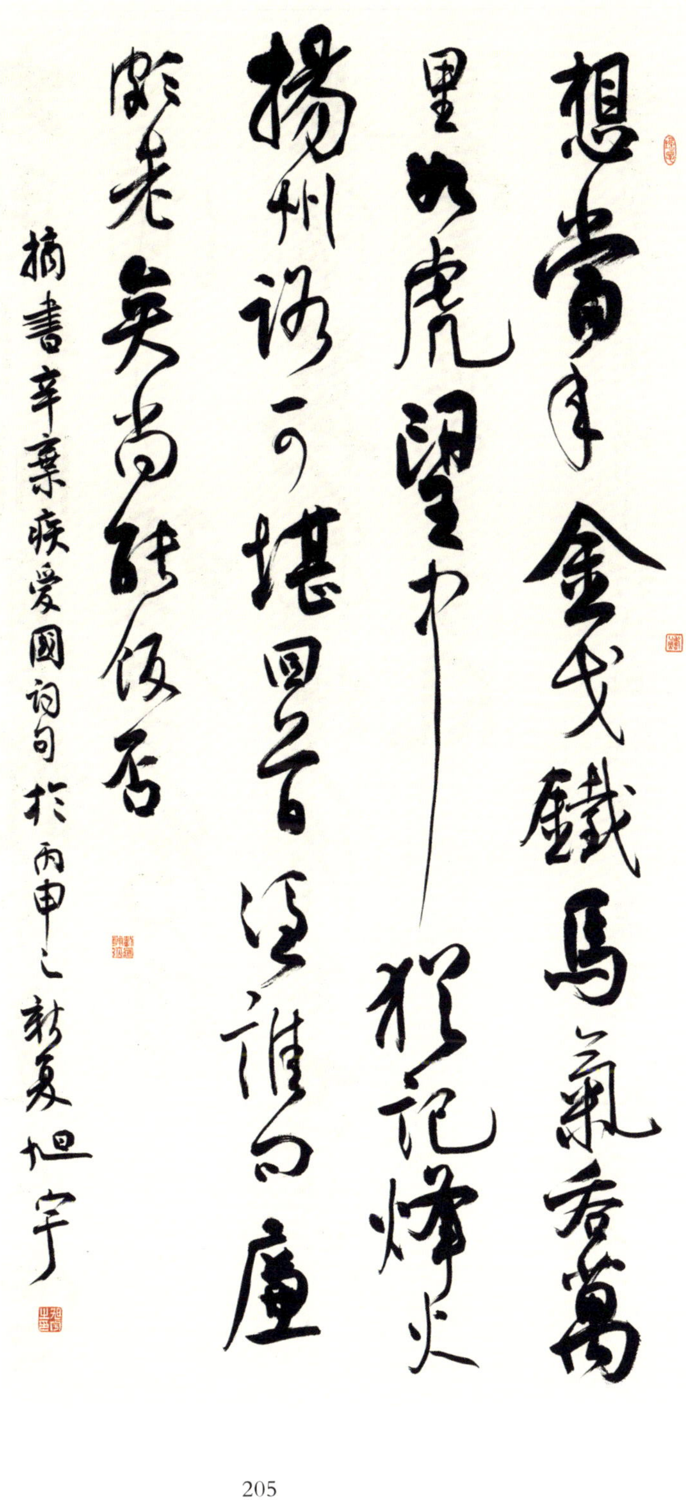
想當年金戈鐵馬氣吞萬
里如虎望中猶記烽火
揚州路可堪回首憑誰問廉
頗老矣尚能飯否
摘書辛棄疾愛國詞句
旭宇

行书竖幅　辛弃疾词　140cm×68cm　2016年

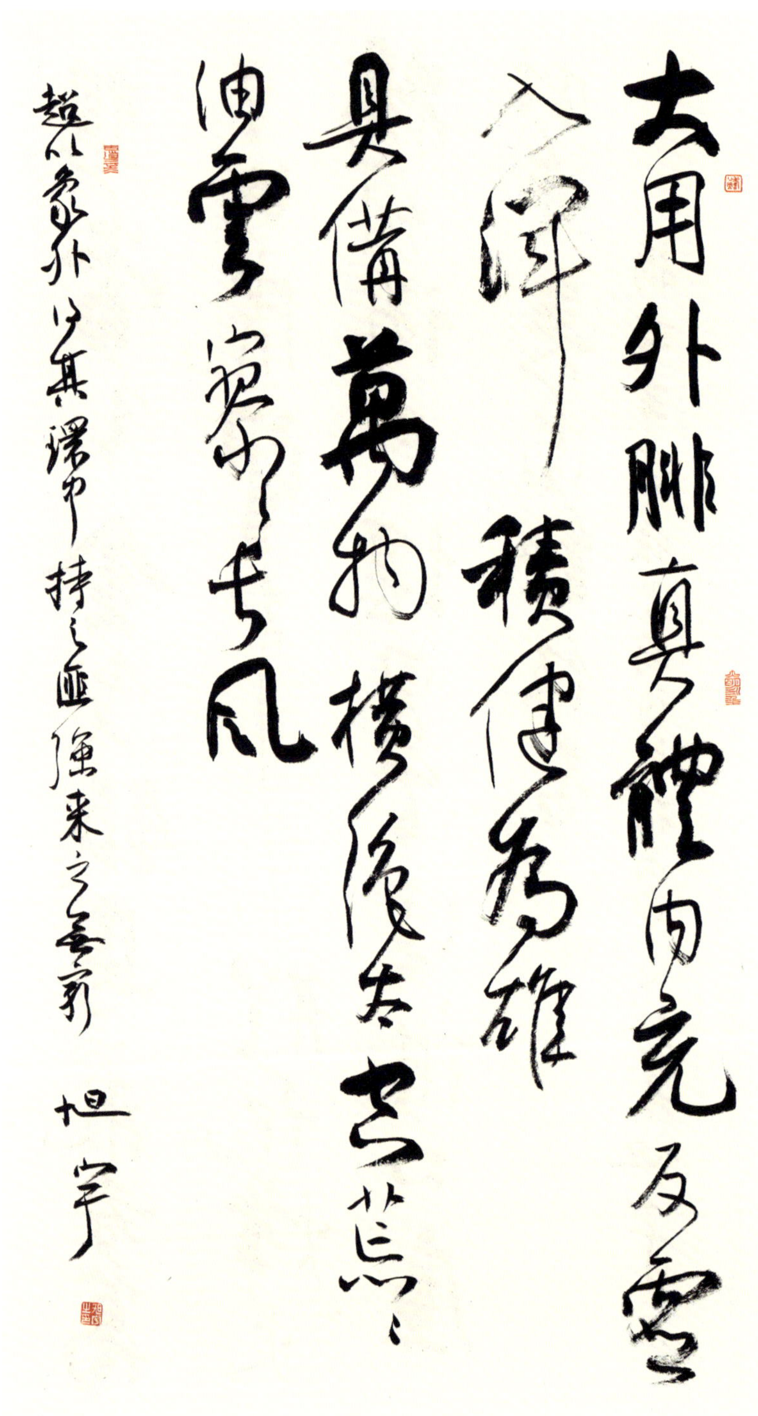

行草竖幅　司空图《诗品·大用外腓》　140cm×68cm　2016年

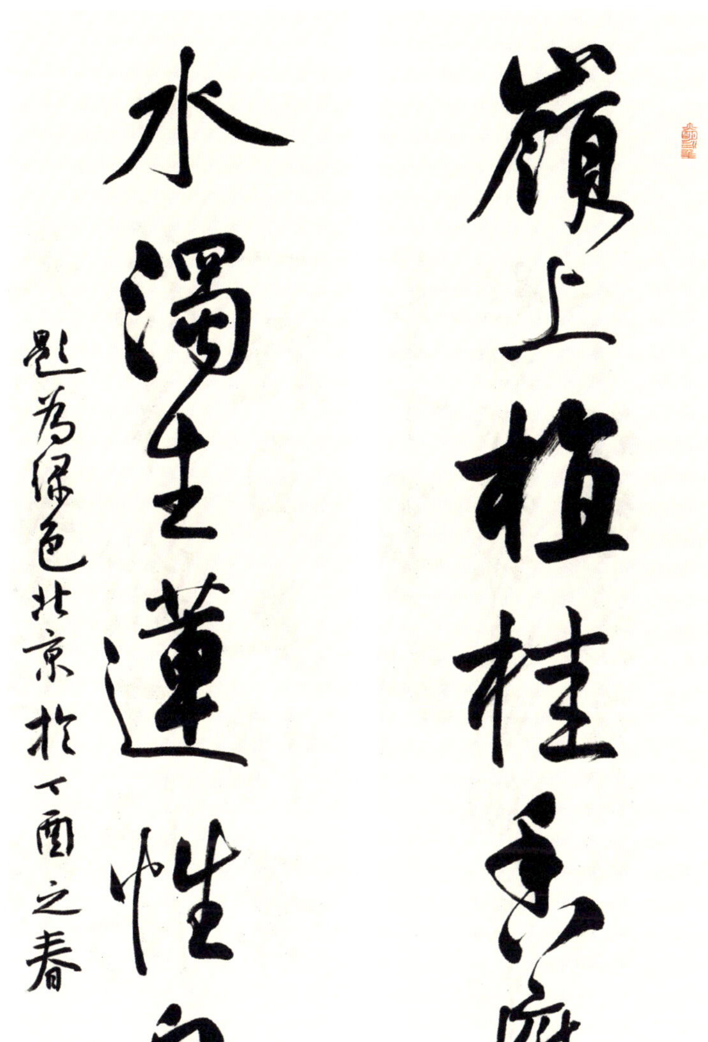

行书七言联　岭上水浊　140cm×34cm×2　2017年

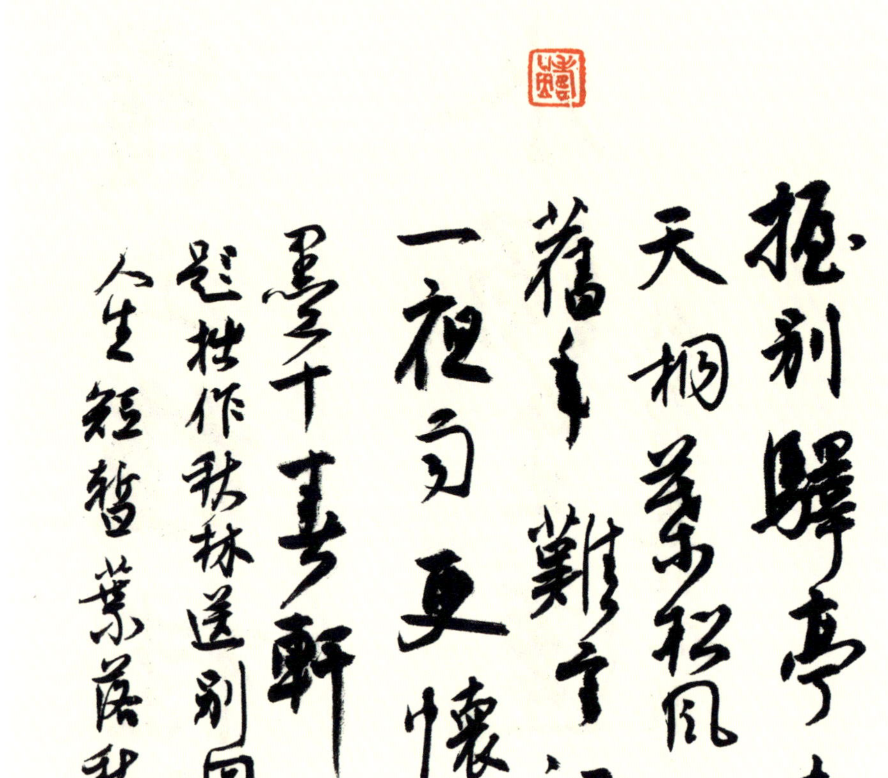

文墨双楫自作诗手卷其一 《题秋林送别图》 35cm×30cm 2017年

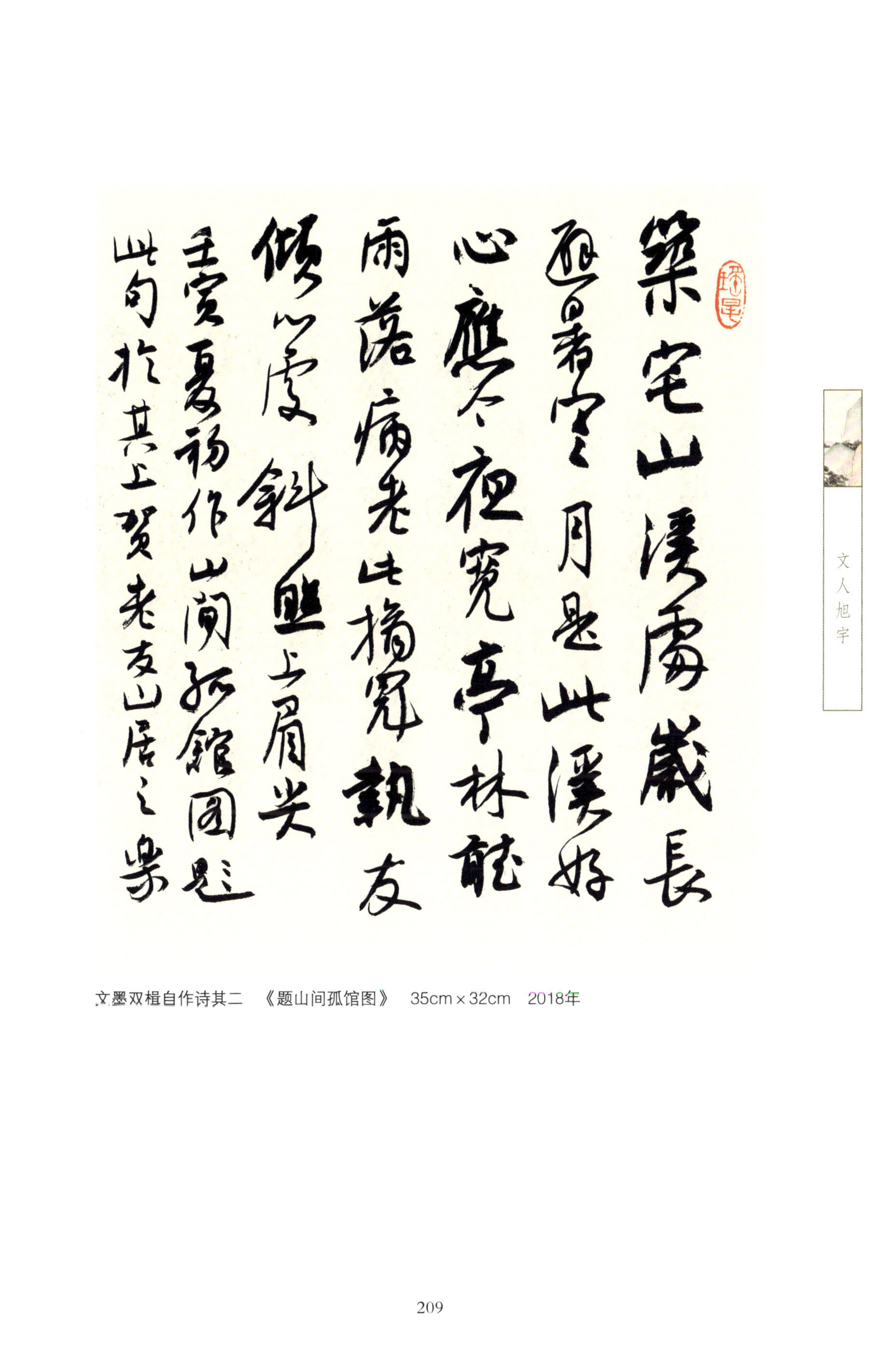

文墨双楫自作诗其二　《题山间孤馆图》　35cm×32cm　2018年

文墨双楫自作诗手卷其三 《题登临图》 35cm×45cm 2018年

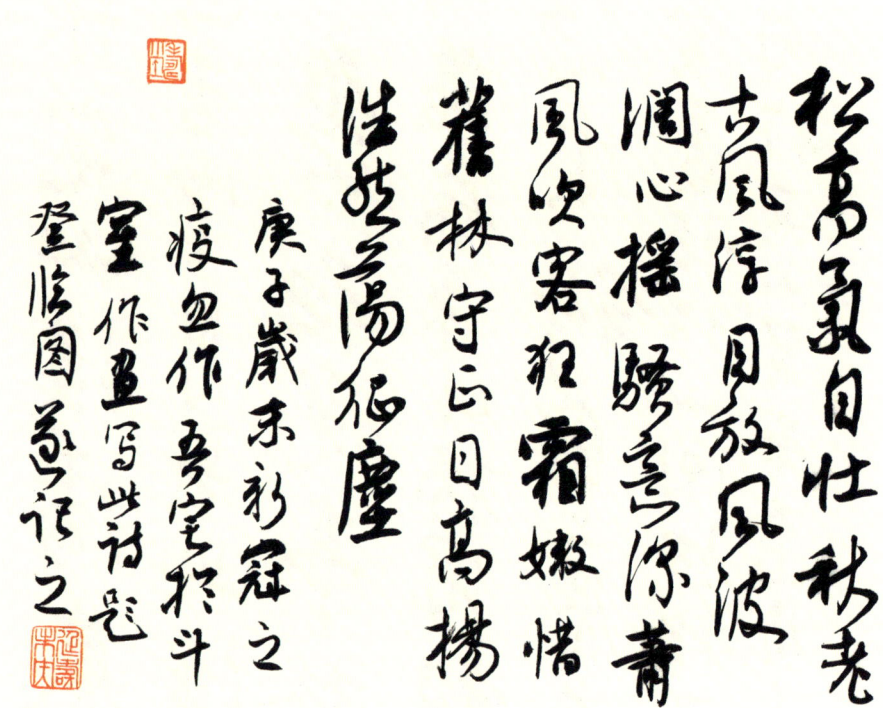

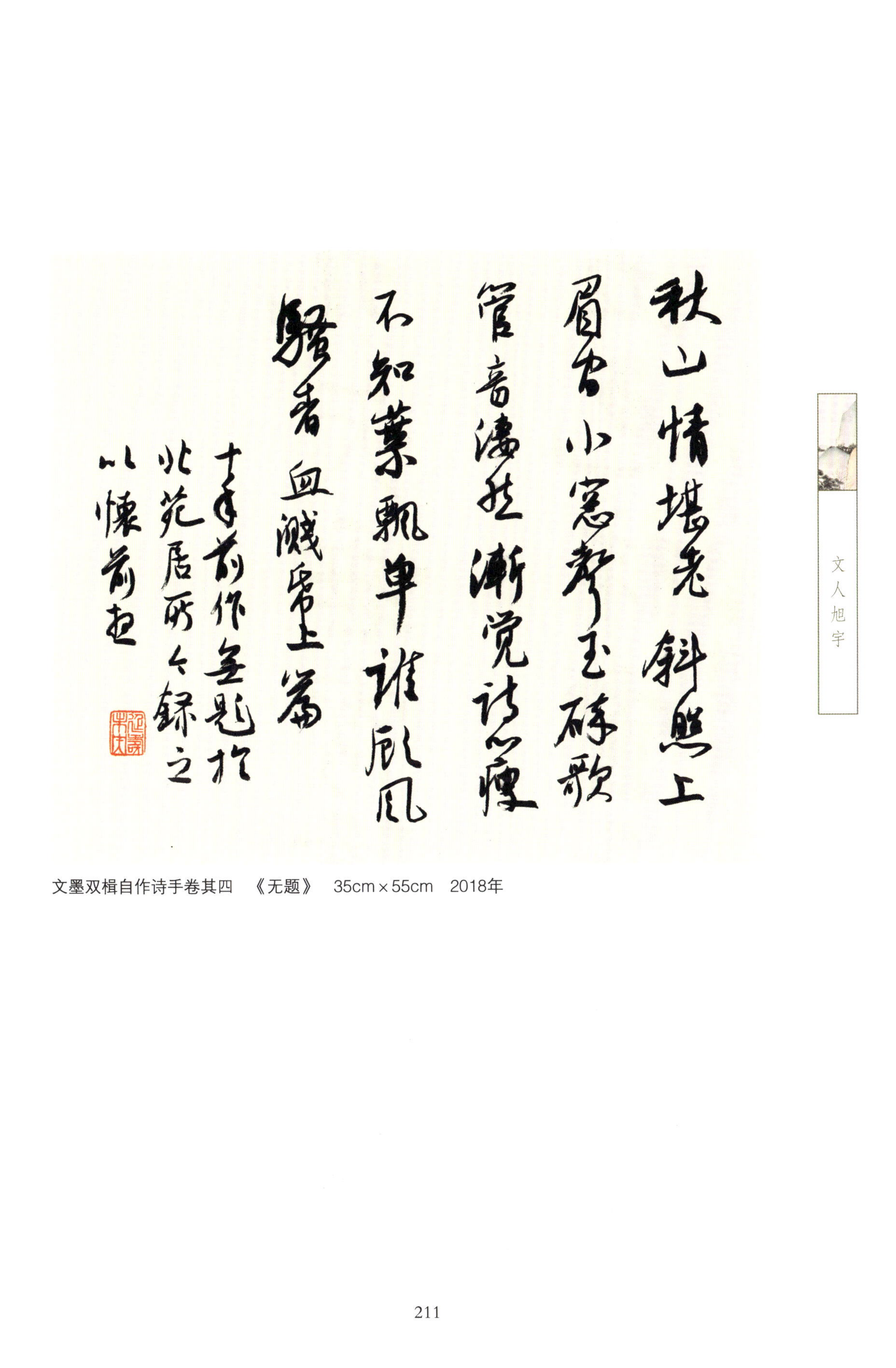

文墨双楫自作诗手卷其四　《无题》　35cm×55cm　2018年

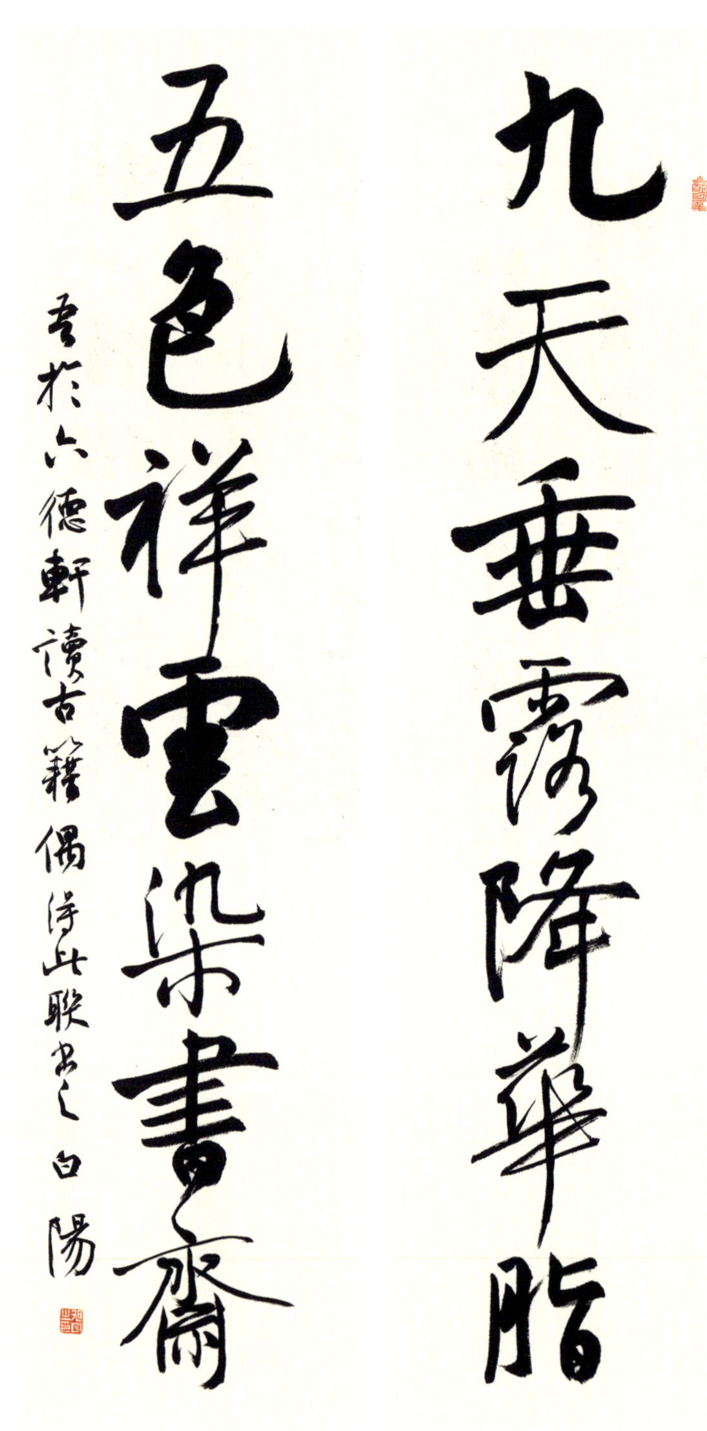

行书七言联　九天五色　140cm×34cm×2　2018年

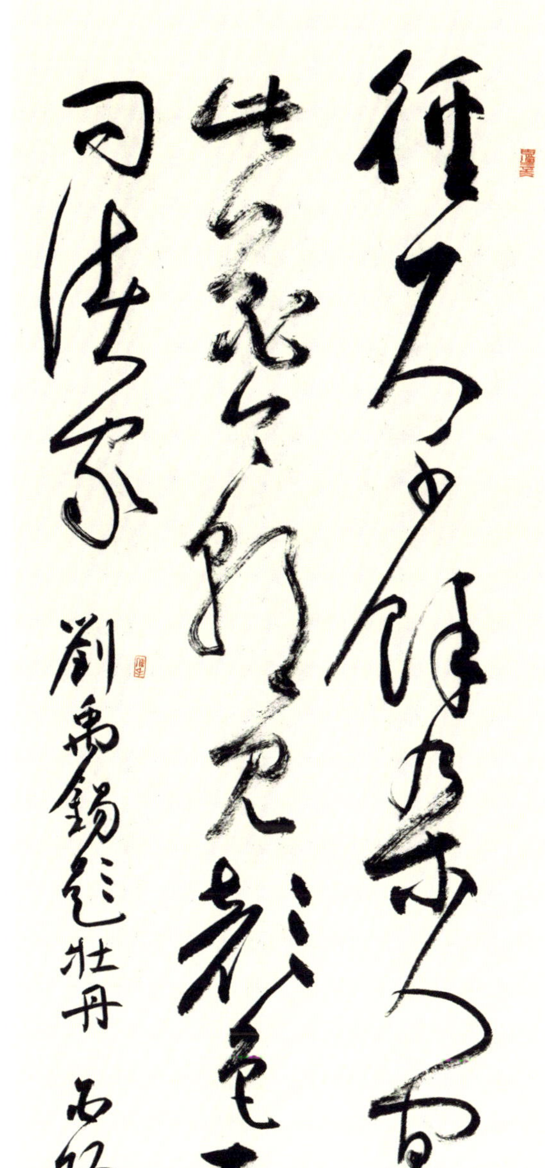

草书竖幅　刘禹锡题牡丹　100cm×48cm　2019年

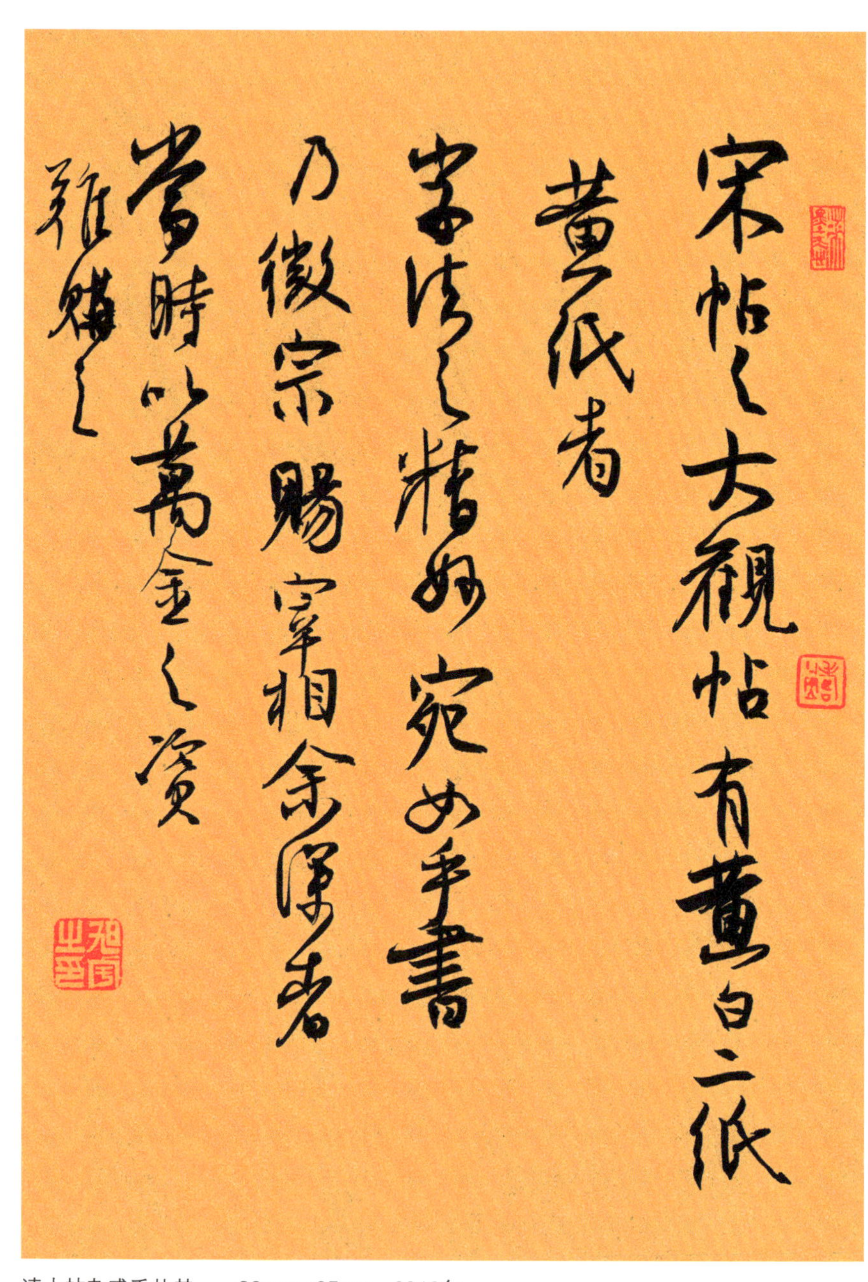
宋帖之大观帖有黄白二纸
黄纸者
字清之精好宛如手书
乃徽宗赐宰相余深者
当时以万金之资

读古帖杂感手札其一　30cm×25cm　2019年

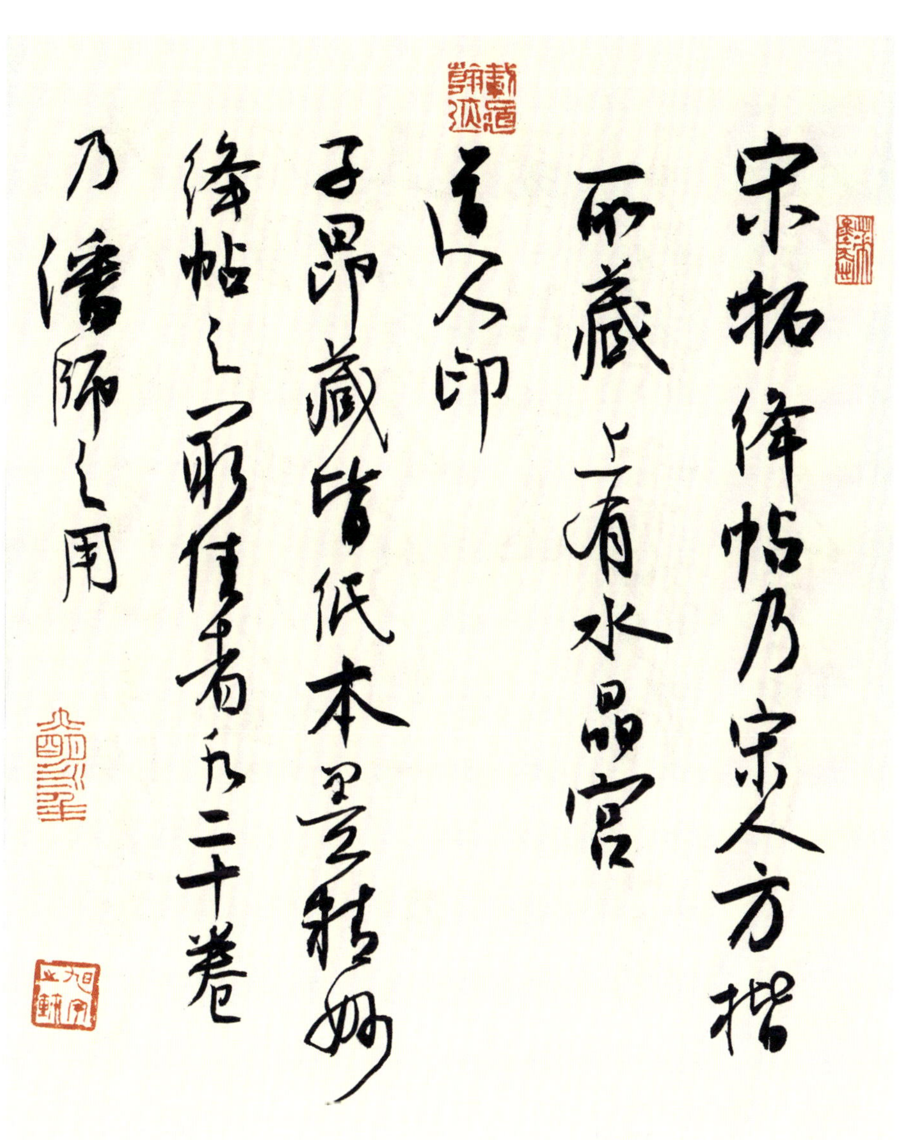

读古帖杂感手札其二　25cm × 25cm　2019年

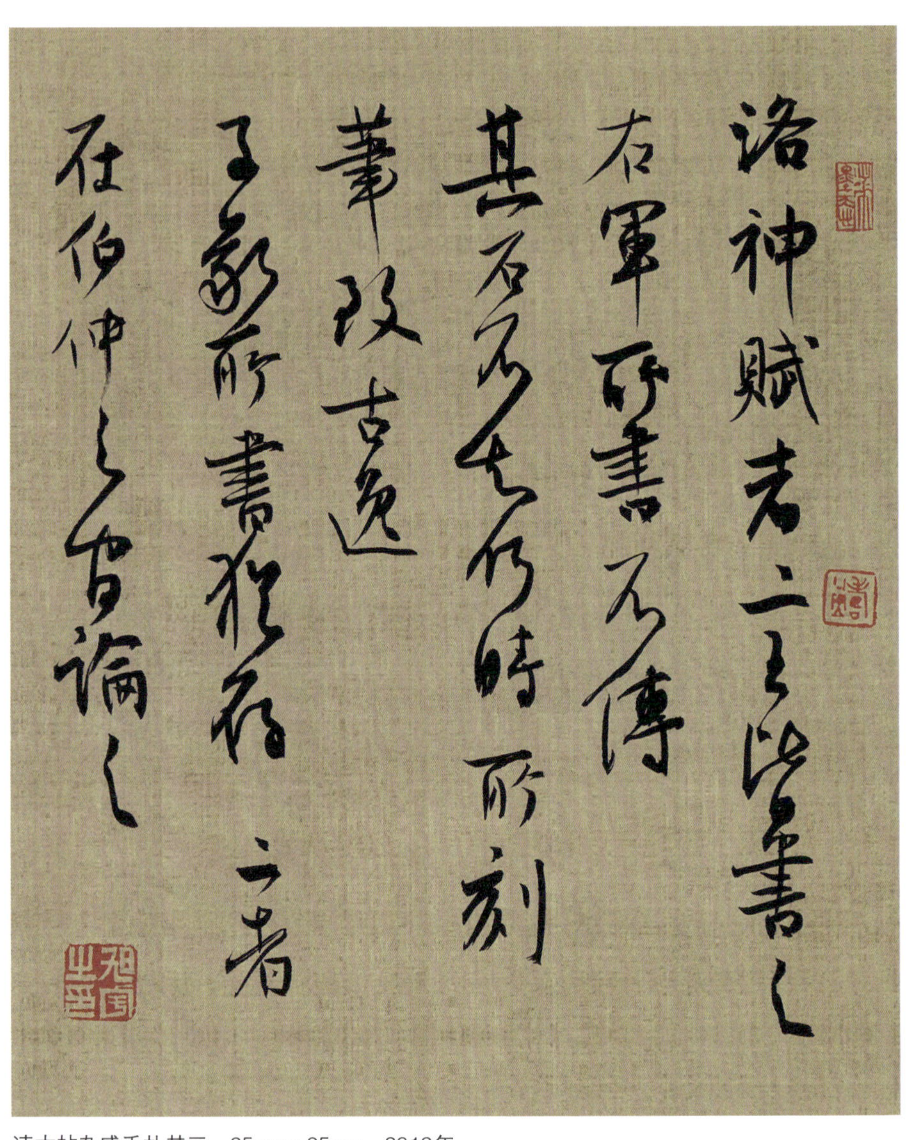

读古帖杂感手札其三　25cm×25cm　2019年

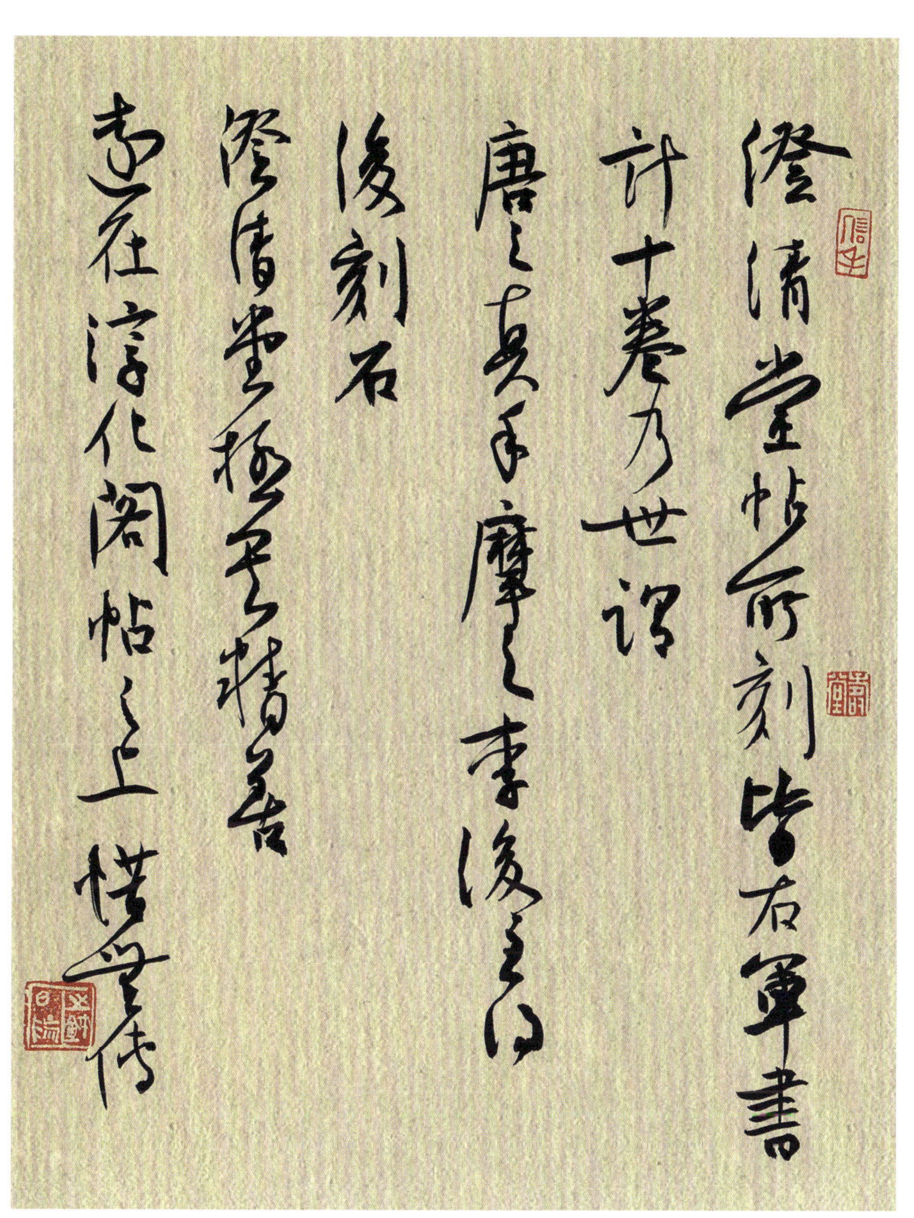

读古帖杂感手札其四　30cm × 25cm　2019年

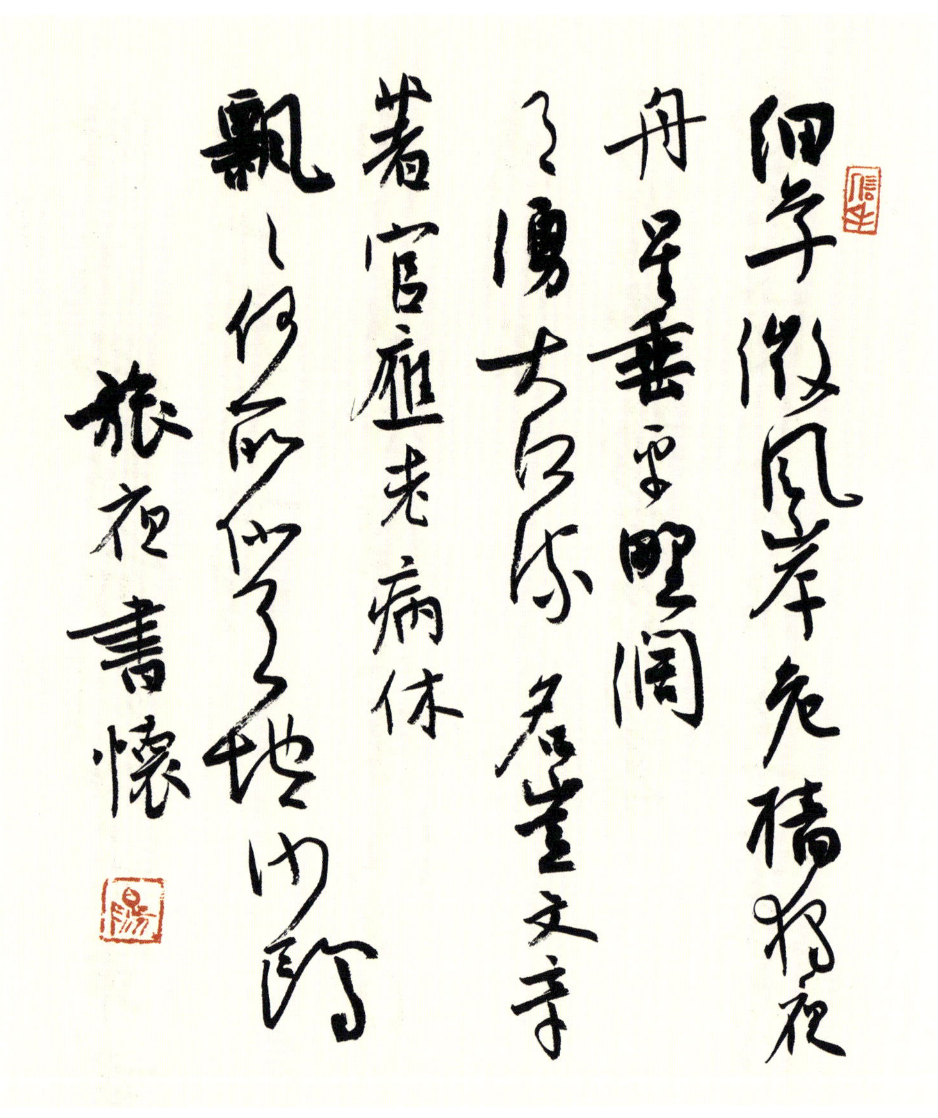

行书小品　杜甫《旅夜书怀》诗　35cm×30cm　2019年

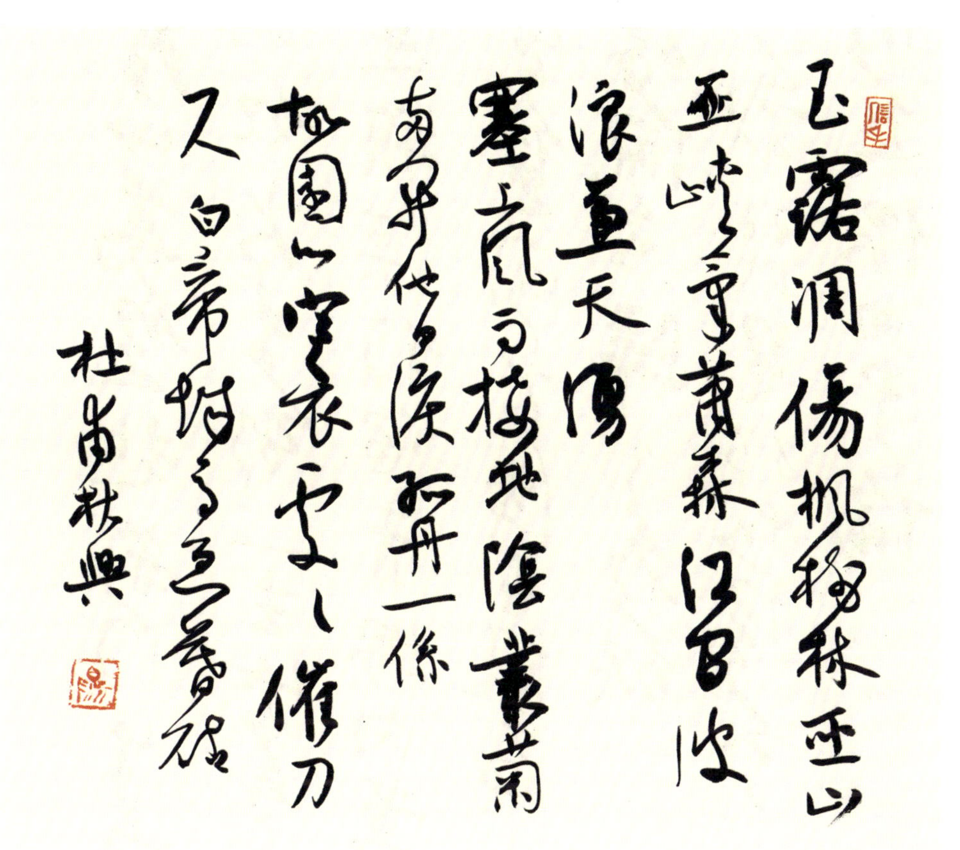

行书小品　杜甫《秋兴》诗　35cm × 40cm　2019年

行书小品　杜甫《咏怀古迹》诗　35cm × 40cm　2019年

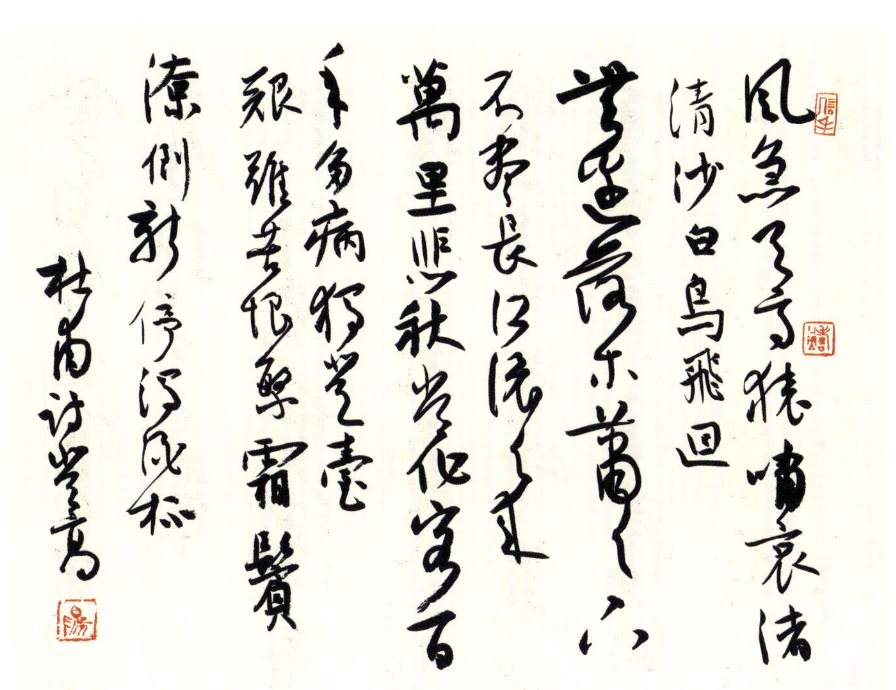

行书小品　杜甫《登高》诗　35cm×40cm　2019年

文人旭宇

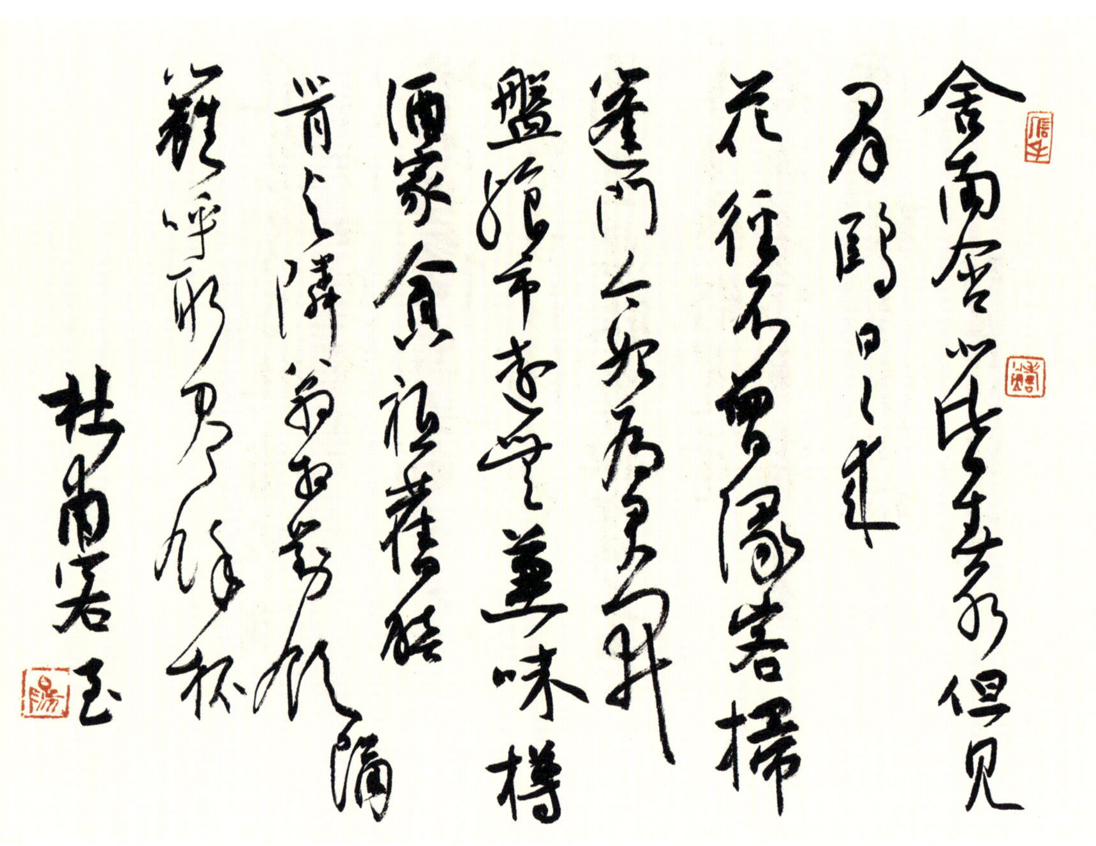

行书小品　杜甫《客至》诗　30cm×35cm　2019年

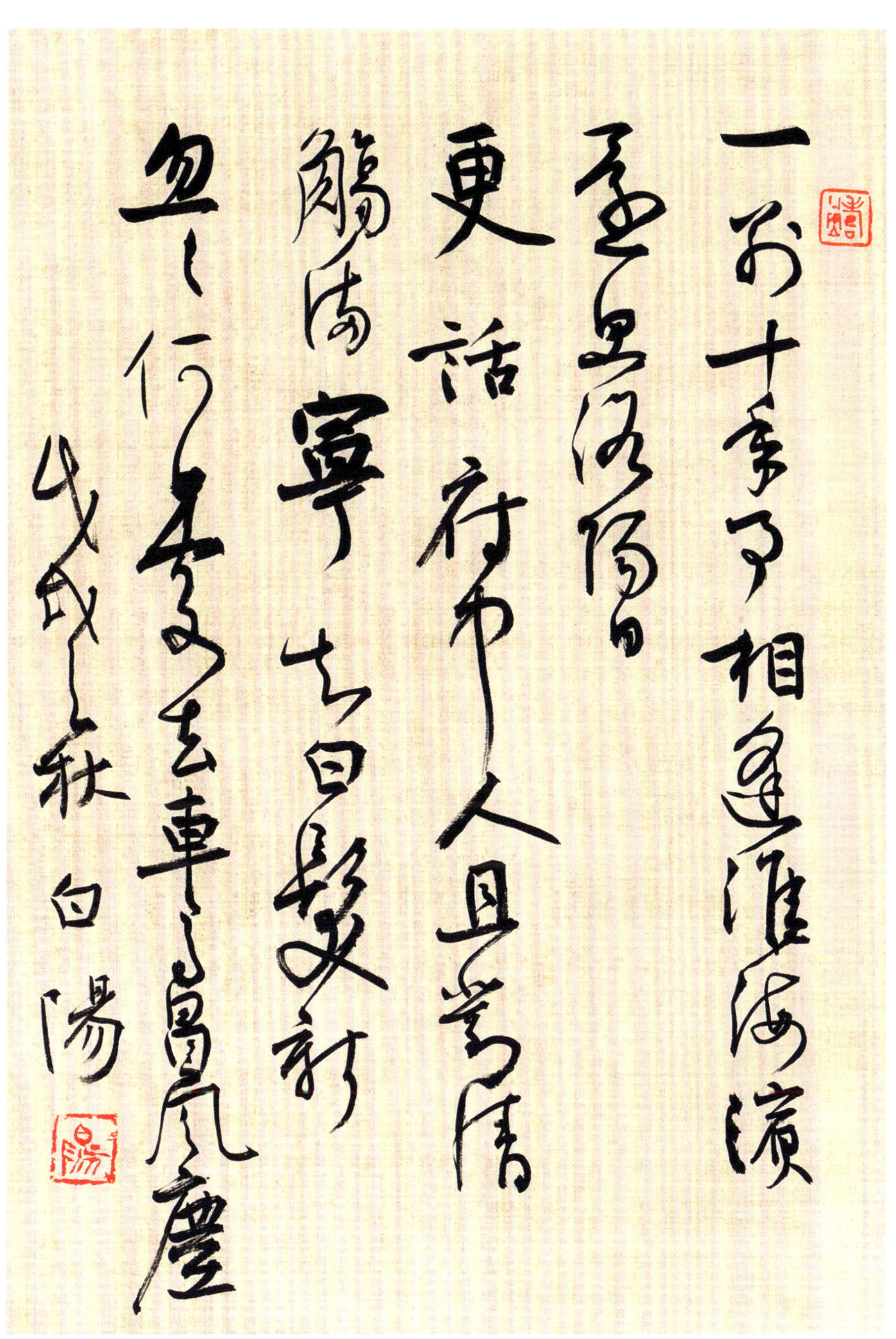

书韦应物诗册其一　35cm×25cm　2018年

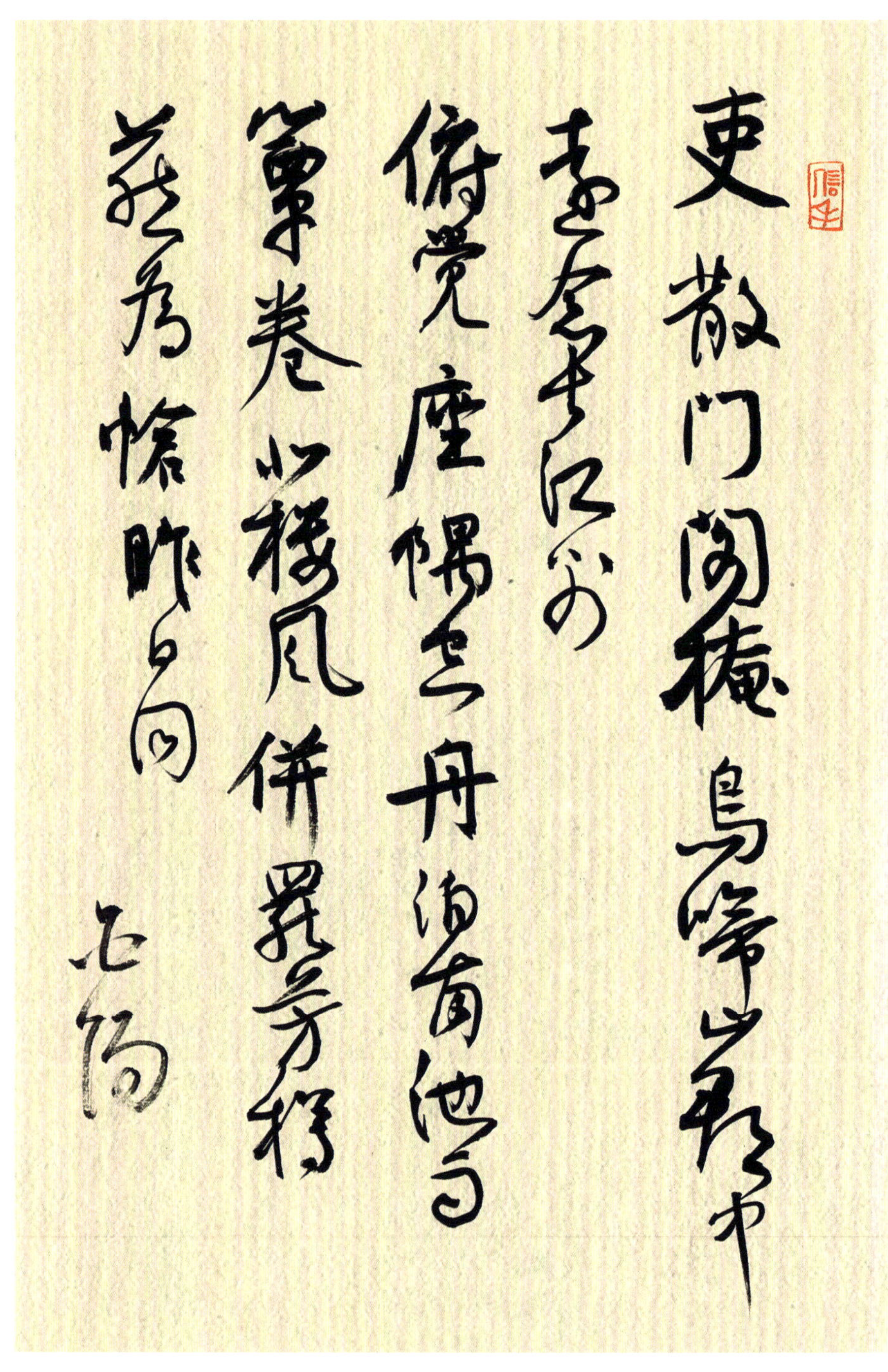

书韦应物诗册其二　35cm×25cm　2018年

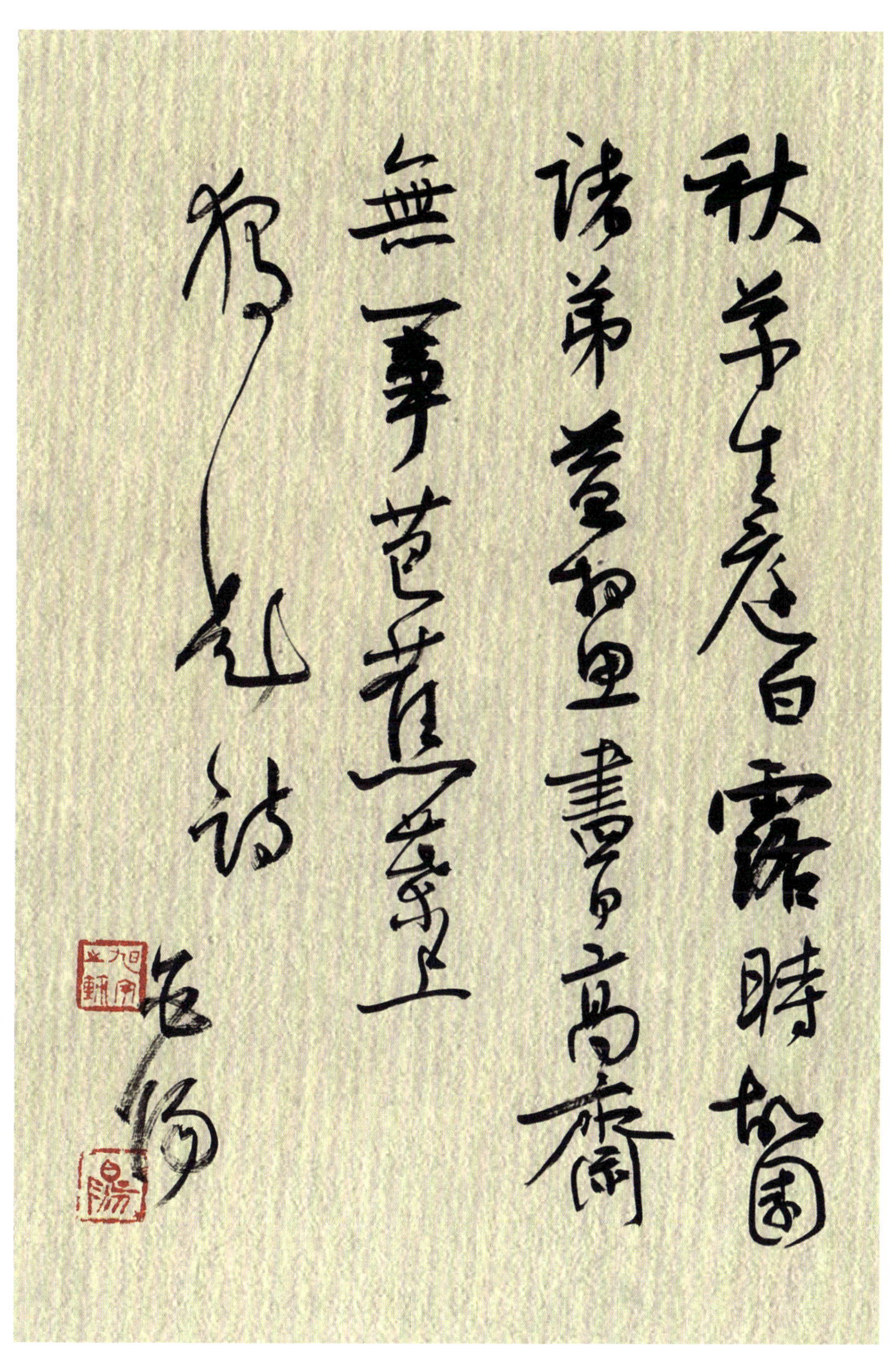

书韦应物诗册其三　35cm×25cm　2018年

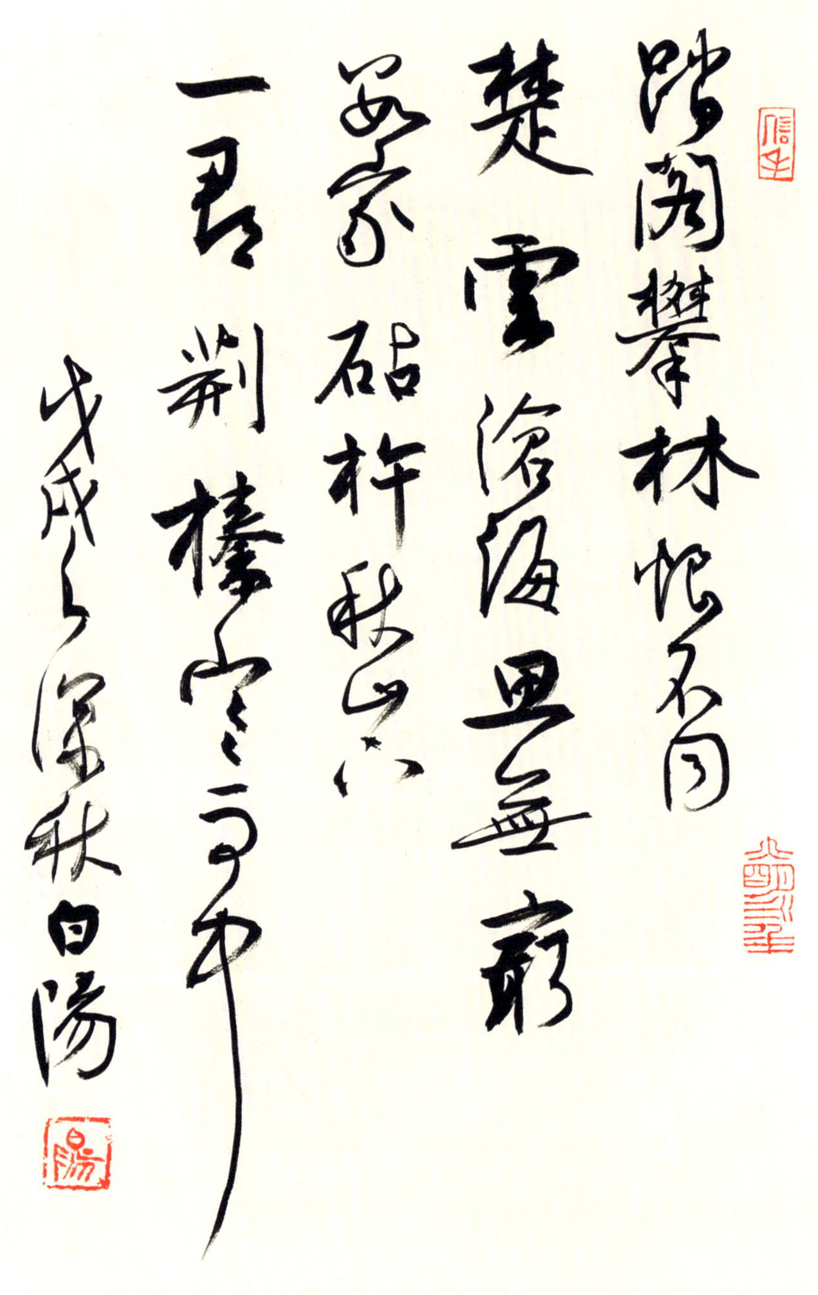

书韦应物诗册其四　35cm×25cm　2018年

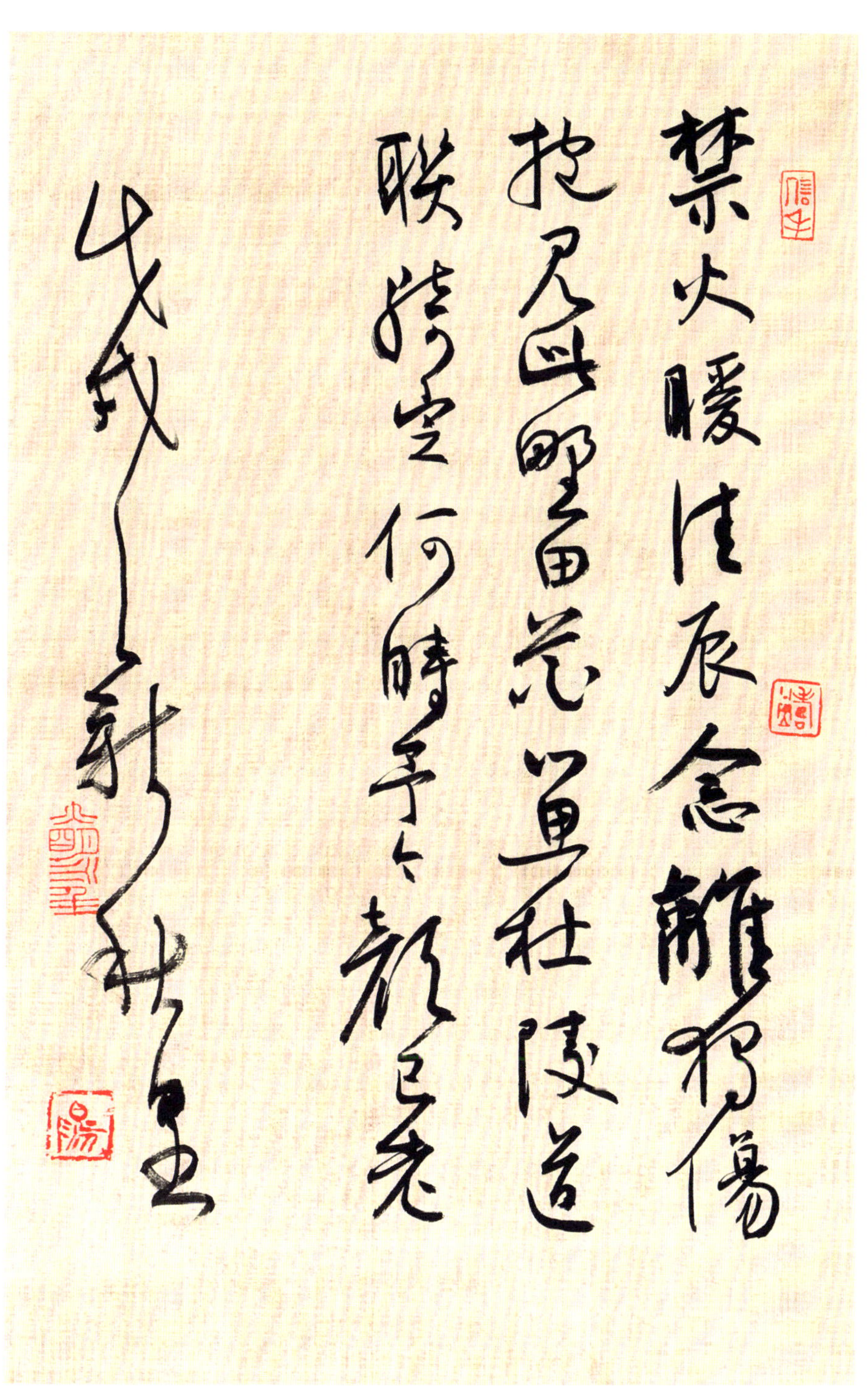

书韦应物诗册其五　35cm×25cm　2018年

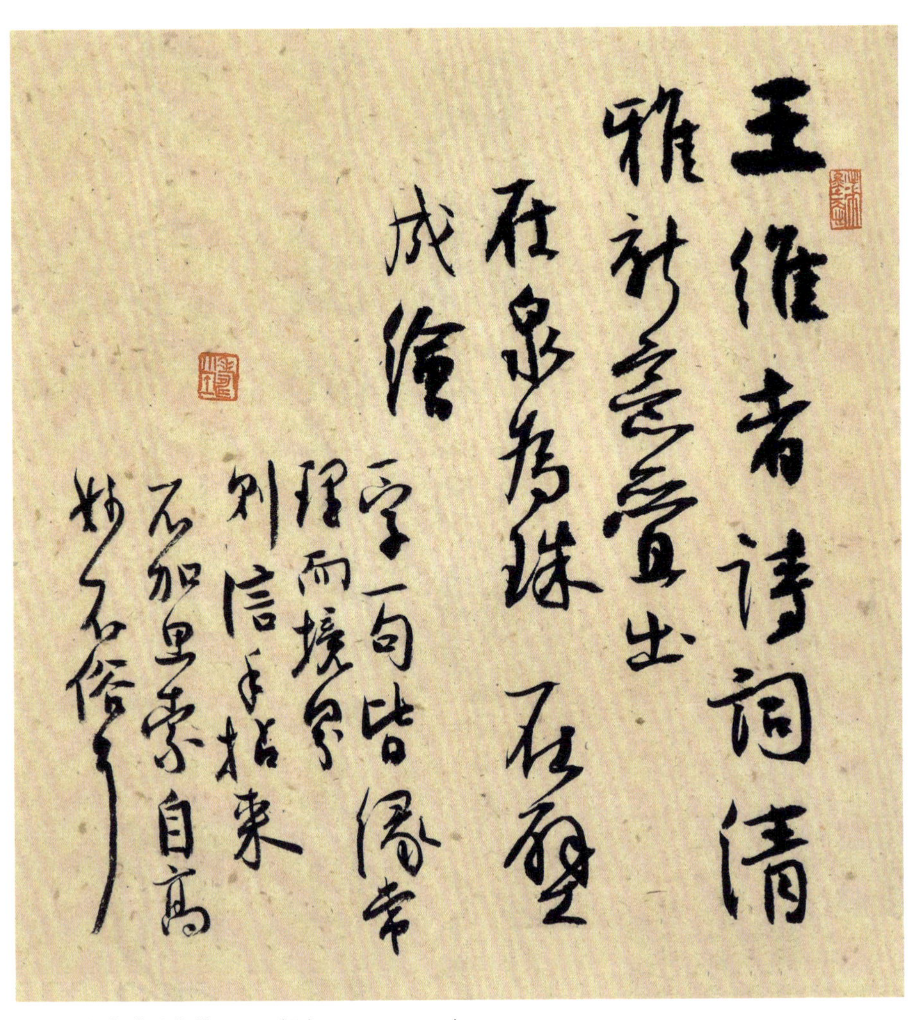

白阳评议唐诗手札其一　尺幅高35cm　2019年

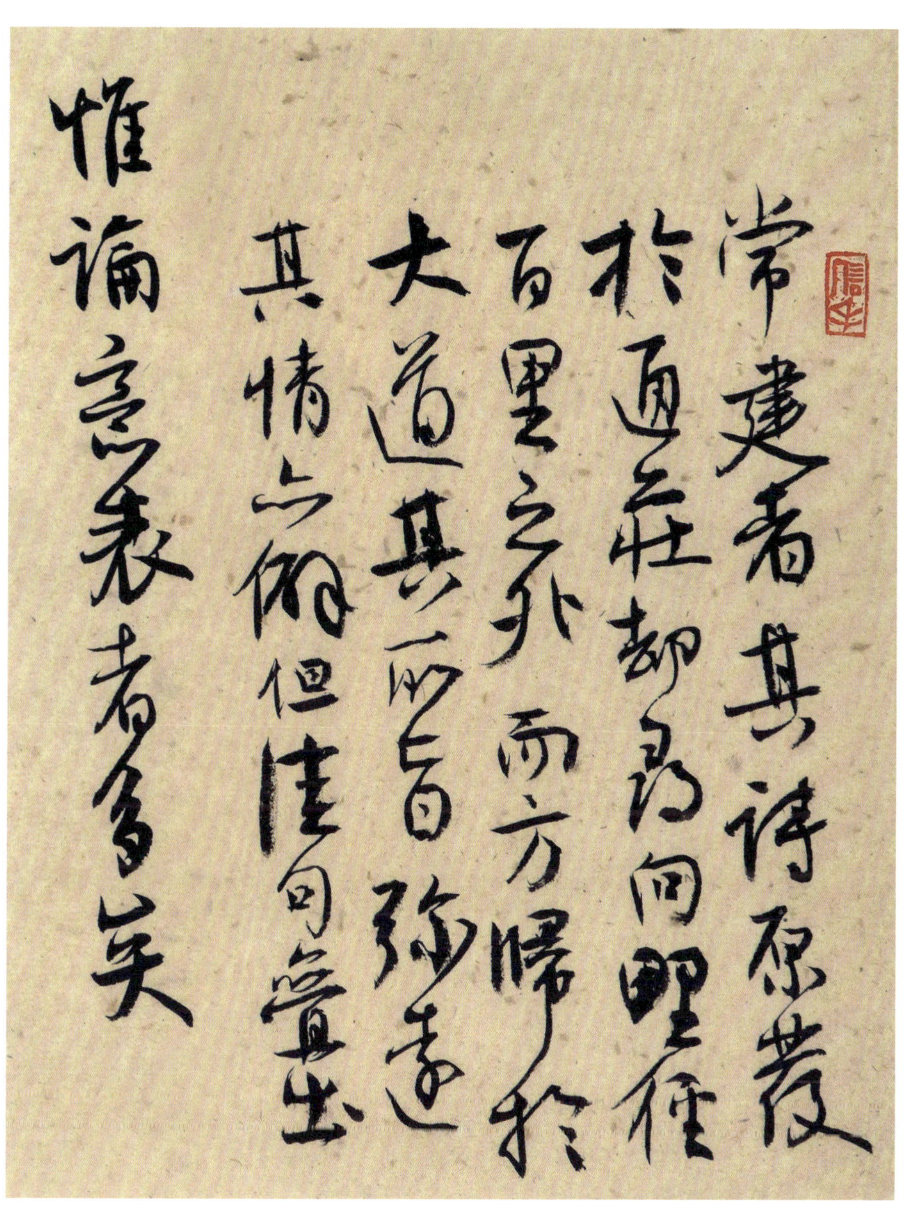

白阳评议唐诗手札其二　尺幅高35cm　2019年

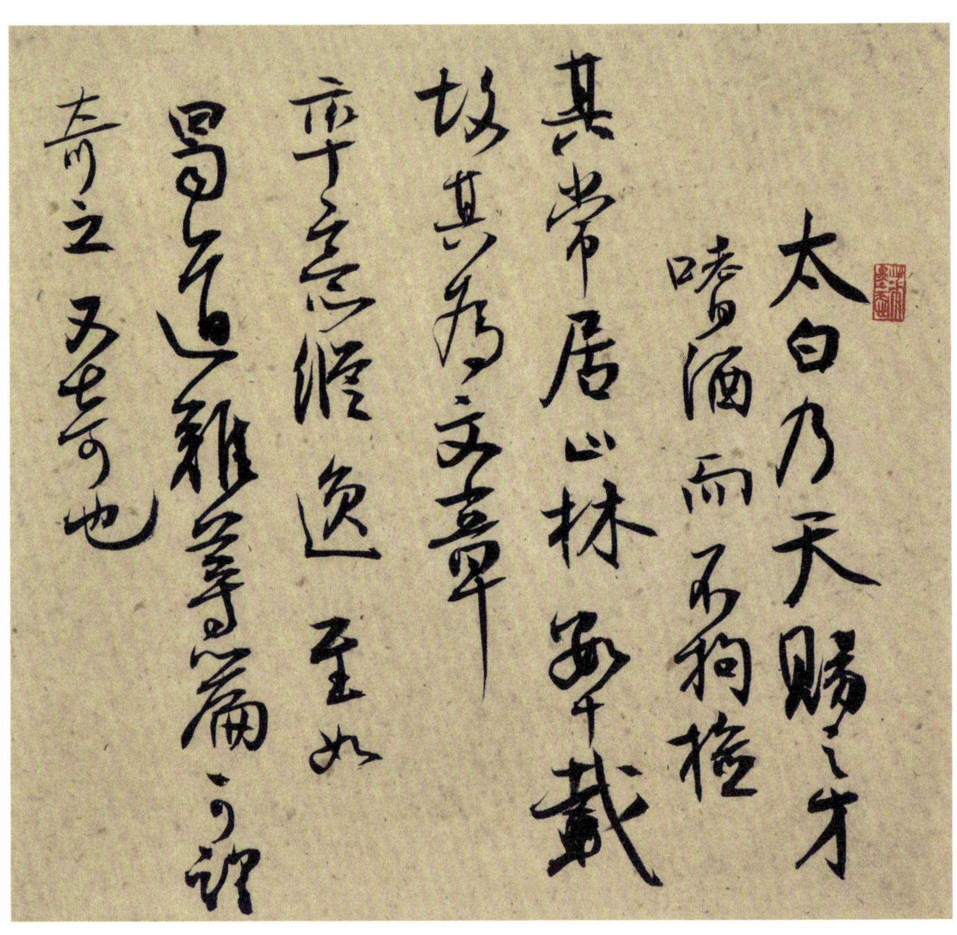

白阳评议唐诗手札其三　尺幅高35cm　2019年

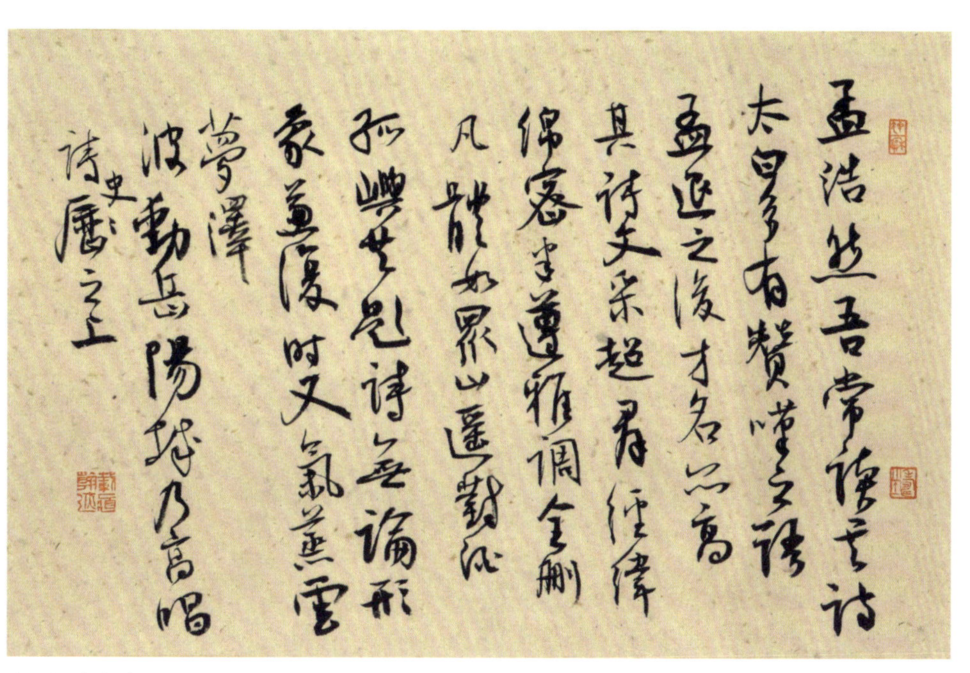

白阳评议唐诗手札其四　尺幅高35cm　2019年

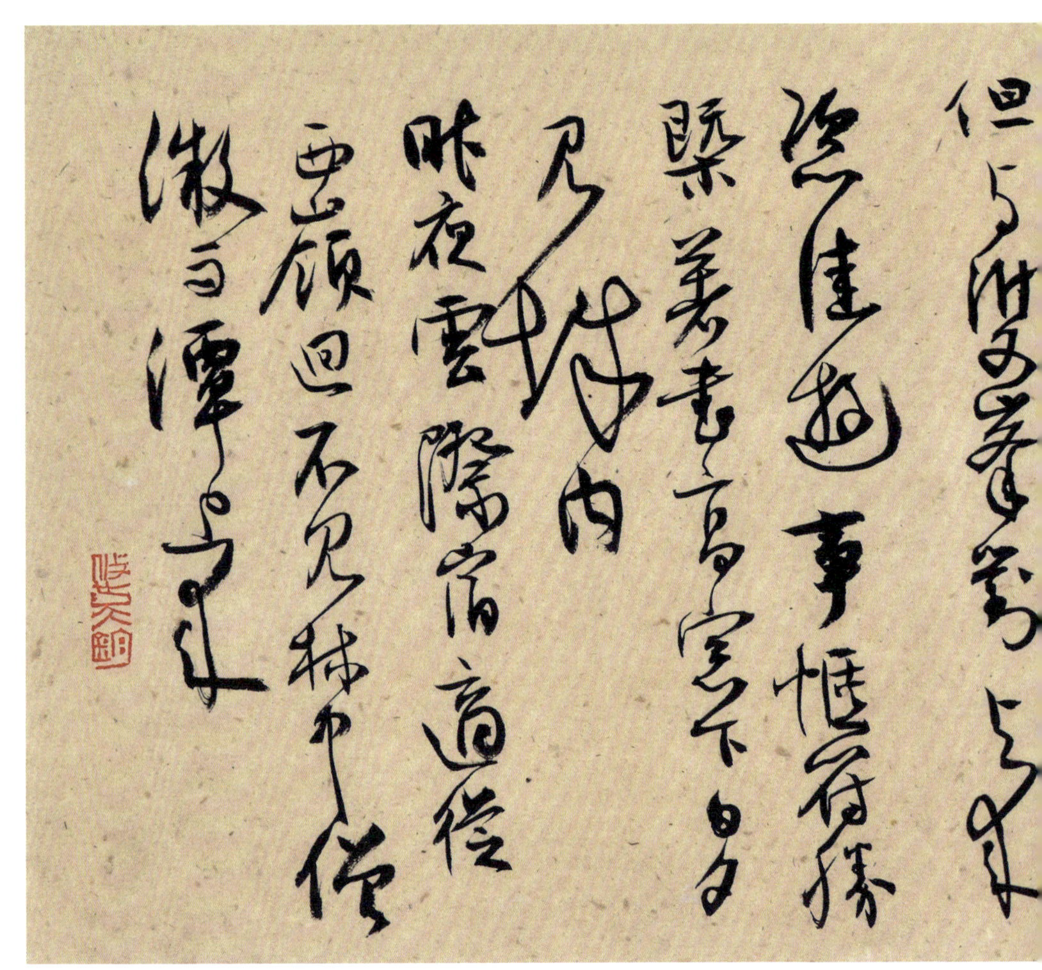

白阳评议唐诗手札其五　尺幅高35cm　2019年

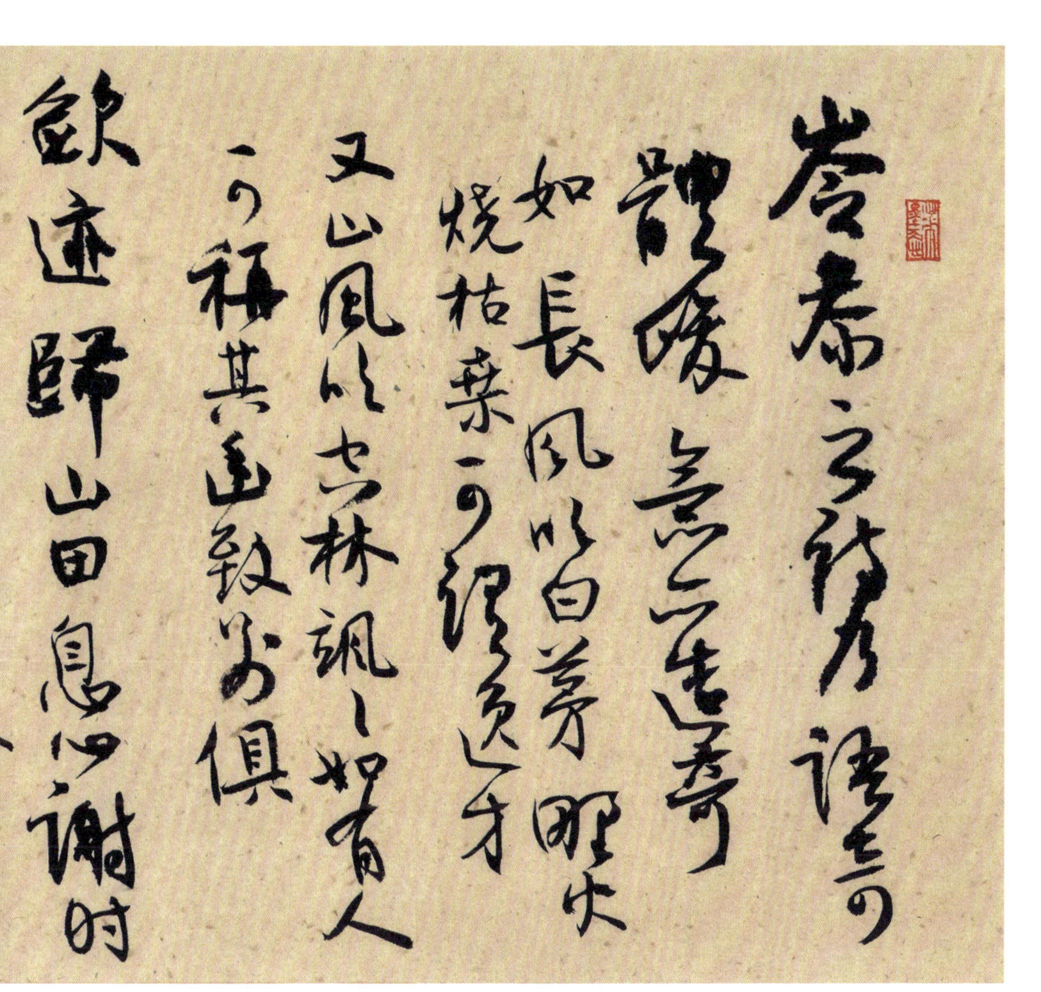

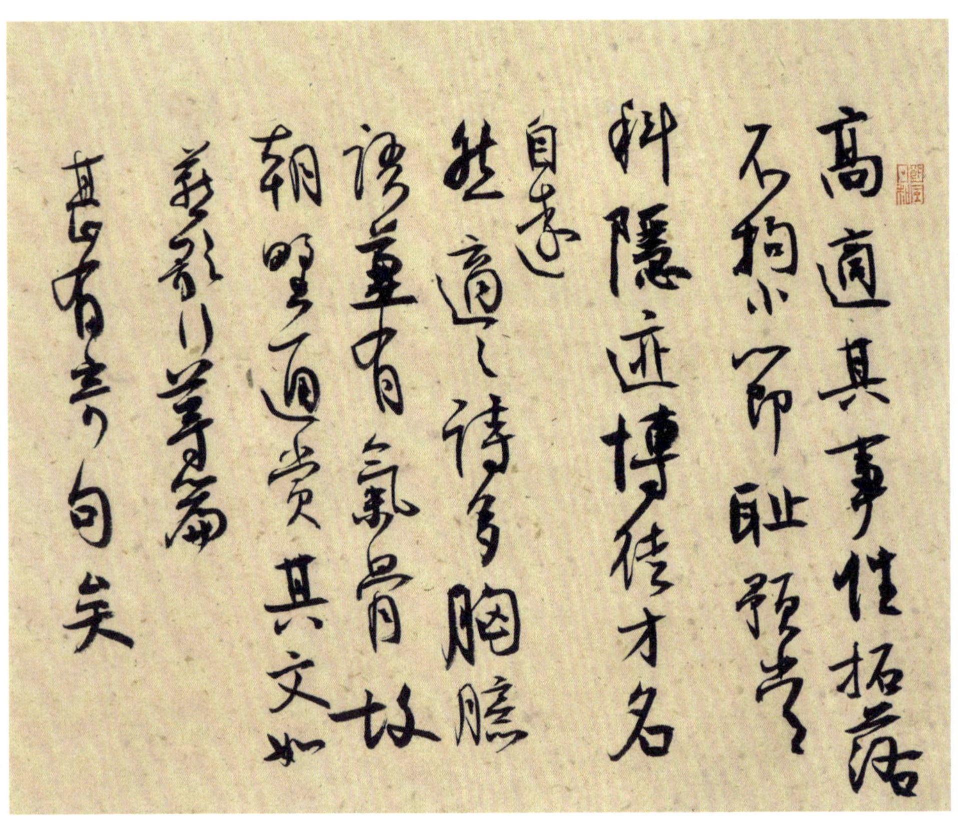

白阳评议唐诗手札其六　尺幅高35cm　2019年

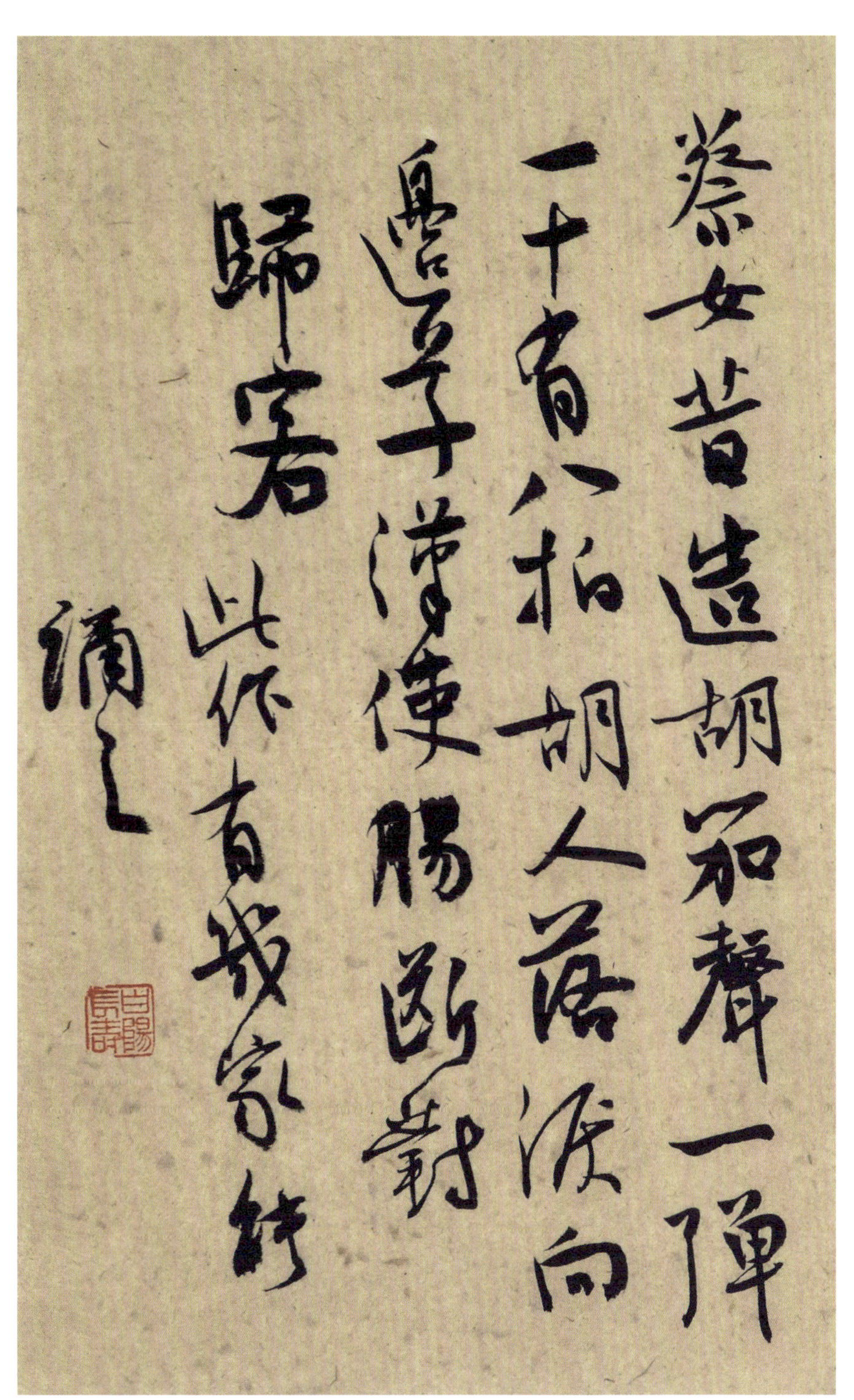

白阳评议唐诗手札其七　尺幅高35cm　2019年

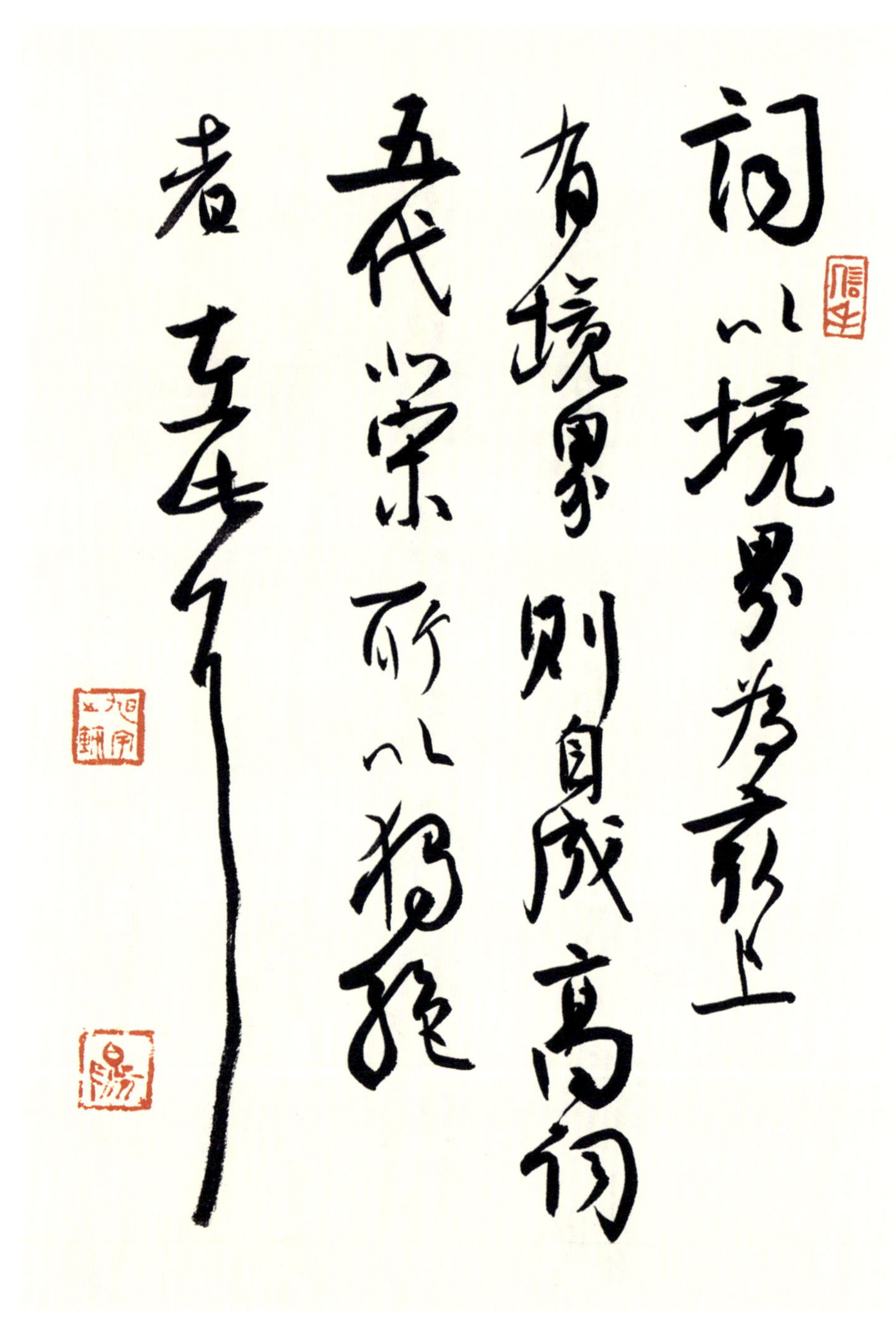

旭宇书王国维词话其一　35cm×25cm　2019年

旭宇书王国维词话其二　35cm×25cm　2019年

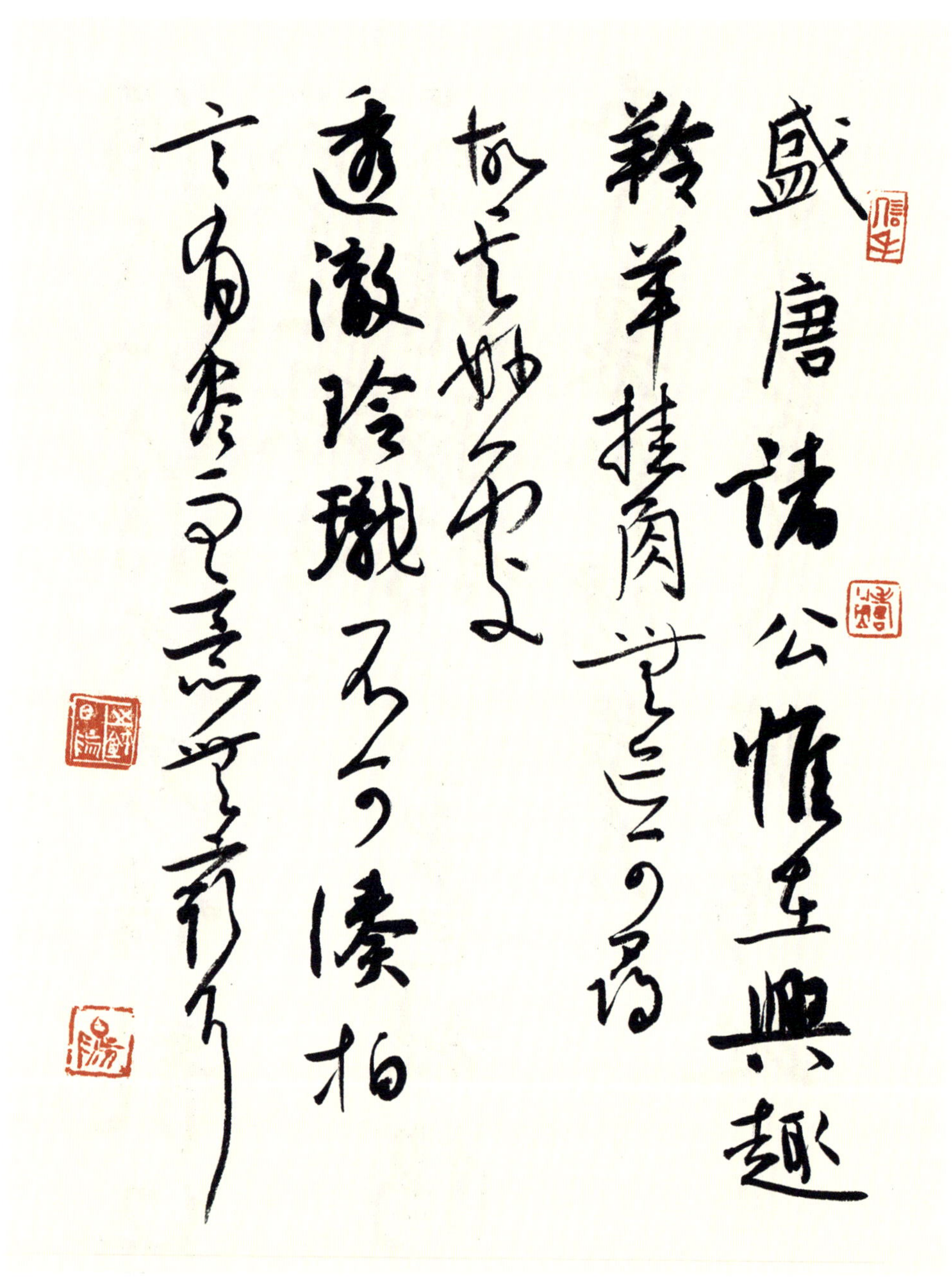

旭宇书王国维词话其三　35cm × 30cm　2019年

旭宇书王国维词话其四　35cm × 50cm　2019年

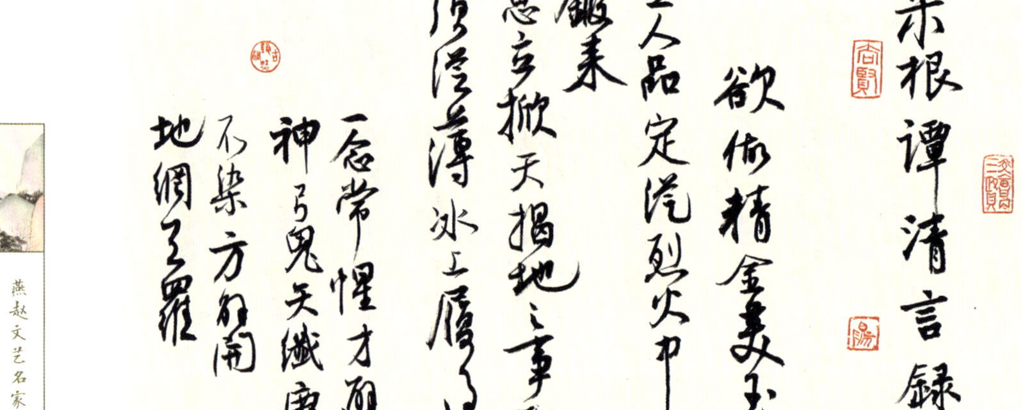
菜根譚清言錄
欲做精金美玉之人品定從烈火中鍛來
思立掀天揭地之事功須向薄冰上履過
一念常惺才避去神弓鬼矢纖塵不染方解開地網天羅

《白阳书菜根谭清言》其一

《白阳书菜根谭清言》其二

《白阳书菜根谭清言》其三

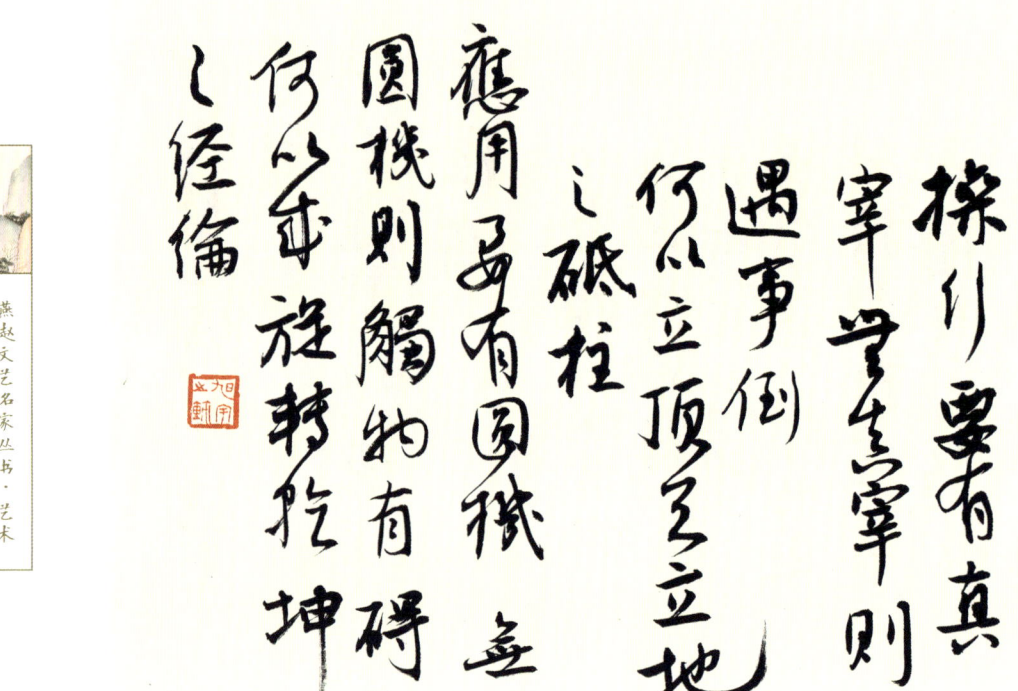

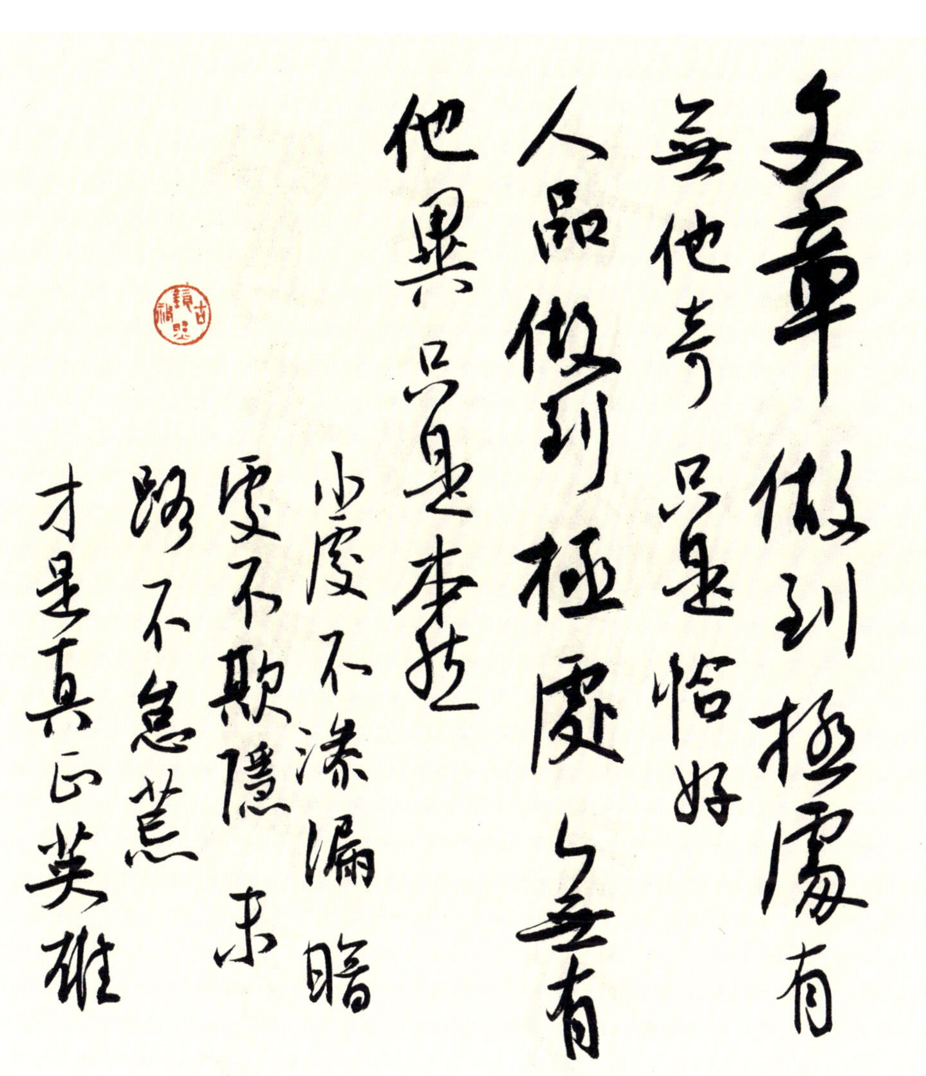

《白阳书菜根谭清言》其四

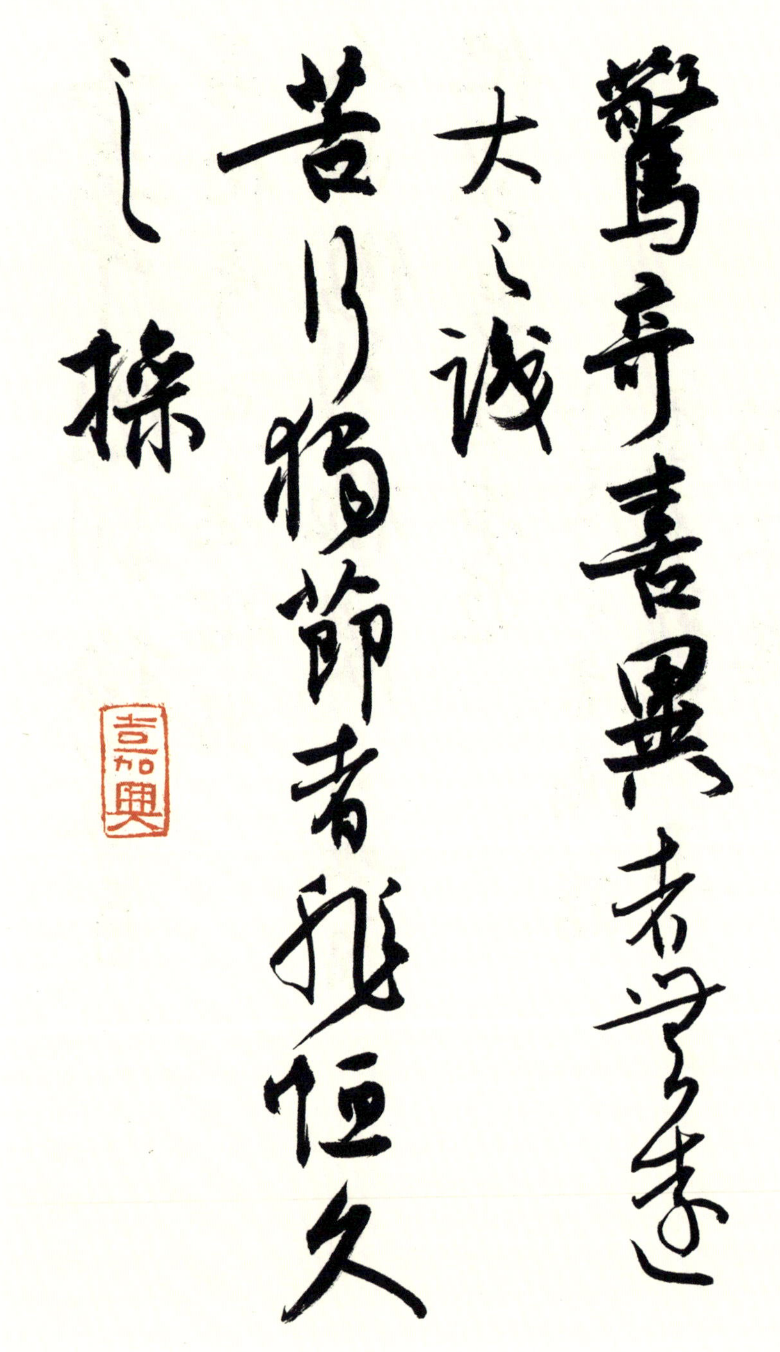

《白阳书菜根谭清言》其五

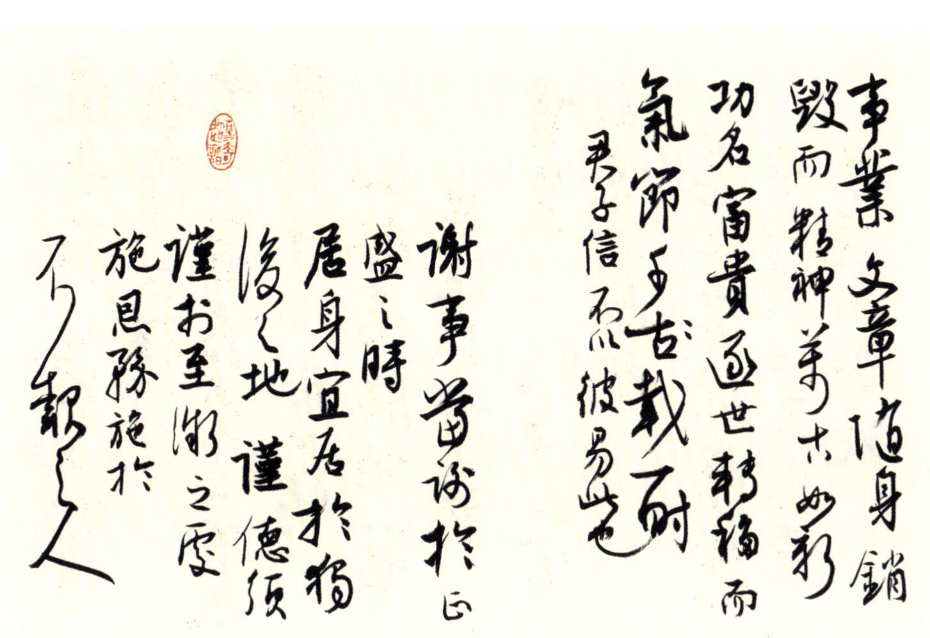

《白阳书菜根谭清言》其六

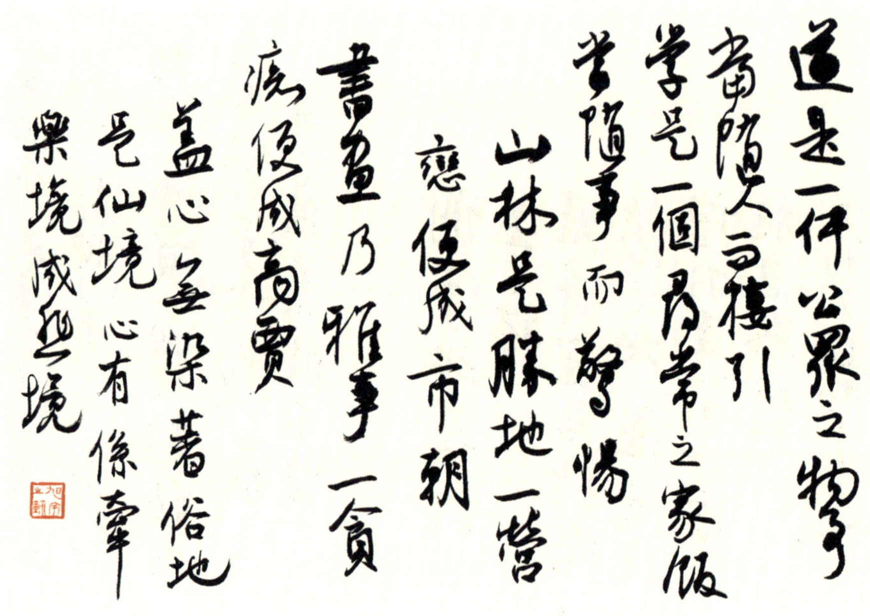

《白阳书菜根谭清言》其七

《白阳书菜根谭清言》其八

清能有容仁能善断明不伤察直不过矫是谓蜜饯不甜海味不咸才是懿德

《白阳书菜根谭清言》其九

氣象要高曠而不
可踈狂心思要縝細
而不可瑣屑
趣味要冲淡而不可偏
枯操守要嚴明而不
可激烈

文人旭宇

高山仰止　65cm×45cm　2023年

高山仰止

尽日仰高山，竟夕思圣贤。

鸿德飞天镜，真体充至言。

甘露滋华木，风正冀帆悬。

靖节落晖处，高虹贯长天。

癸卯新正，拜读老子、孔子之书，即写此作，以铭吾心。白阳。

高山仰止
晝日仰高
山竟夕思
聖賢鴻德
飛天鏡真
體充至言
甘露滋華
木風正冀
帆懸靖節
落暉處高
虹貫長天
癸卯新正
拜讀老子
孔子之書
即寫此作
以銘吾心
白陽

千里一扬音　98cm×55cm　2021年

千里一扬音

大诗人鲍照诗句：“惟见独飞鸟。千里一扬音。”后代诗人多借用此句，吾今书之与友人共享。

独步登高处，举目仰飞禽。

振翅搏天野，惊鸣荡谷心。

良辰难再会，知遇总少临。

为求同道者，千里一扬音。

书于辛丑岁末六德轩。白阳。

千里一揚音
大詩人鮑照詩句唯
見獨飛鳥千里一揚音
後代詩人多借用此句
今書之與友人共享
獨步登高處舉目仰飛禽振翅
搏天野驚鳴蕩谷心良辰難再會知
遇總少臨為求同道者千里一揚音
書於辛丑歲末大德軒 白陽

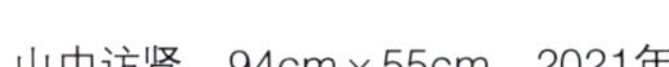
山中访贤　94cm×55cm　2021年

山中访贤

访贤萧萧一羽轻，拜山谢水渡沧冥（溟）。

心中展翼升云鹤，林深煮云弹泉鸣。

高松礼天滴雨翠，古桥旅足慰旧踪。

为访山贤云路远，松风阵阵扑面迎。

辛丑小雪后三日，写于陋室。白阳记之。

山中访贤

访贤萧萧羽
轻拜山谢水渡
沧冥心中展翼
升云鹤林深煮
云伴泉鸣
高松礼天滴雨
翠古桥旅足
慰旧踪为访山
贤云路远松
风阵阵扑面迎

辛丑小雪后三
日写于陋室
白阳记之

文人旭宇

松荫午睡图　70cm×45cm　2021年

松荫午睡图

泛舟碧湖水无垠，心与范蠡几为邻。

松荫小睡神仙梦，方信闲人是福人。

壬寅清明前五日。白阳写意。

松陰午睡圖
泛舟碧澈水無垠心与
范蠡幾為鄰松蔭小睡
神仙夢方信閑人是福人
壬寅清明前五日白陽寫意

相契双松亭　90cm×55cm　2021年

相契双松亭

真心老友多于闲暇时，相契寂静处侃大山。

九州升降几回轮，苟且海山牧清魂。

不悟真性出三界，何关鼎彝纪岁春。

咀梅且觉人生冷，读书难觅贤圣心。

沧桑青史不尽事，天机忘却面昆仑。

辛丑秋日写于斗室。白阳。

相契雙松亭
真心老友多於閑暇時
相契寂靜處侃大山
九州升降幾回輪苟且海山牧清魂
不悟真性出三界何關鼎彝紀歲春
咀梅且覺人生冷讀書難覓賢聖心滄桑青史不盡事天機忘却向嵩崙

古柏　112cm×40cm　2022年

古柏

相传老子见古木趋而礼之。嵩山之阳有古柏三尊，汉武封为三大将军，当时已逾五千岁，至今仍冠盖百亩，其干如铁，十人围抱有余。吾今书之以颂老也。

拔地千仞接苍冥，于无声处抽条青。

尔来风霜八千岁，目送帝皇百代终。

老而弥坚青铜志，新萌赤籽祭禅庭。

老聃趋步感礼遇，杜叟雕句醒后生。

只将清香滋华夏，敢殇只身扶厦倾。

与世无争去荣辱，百代净身尚春荣。

人生不如树王好，山呼万岁一夏虫。

壬寅立夏写于六德轩。白阳。

古柏

相傳老子見古木趨而礼之嵩山之陽有古柏三尊漢武封為三大將軍當時已逾五千歲而至今仍冠蓋百畝其干如鐵十人圍抱有餘吾今書之以頌老也

拔地千仞接蒼冥于無聲處抽條青尔來
風霜八千歲目送帝皇百代終老而孫堅有
銅志剝蒴赤籽祭禅庭老聃趨步感礼遇
杜叟雕句醉後生柏將清香溢華夏
敢殤傳身扶廈傾与世無爭去榮辱百
代浮身尚春深人生不如樹王好山呼萬歲
壬寅立夏寫於六德軒 白陽
一夏出

文人旭宇

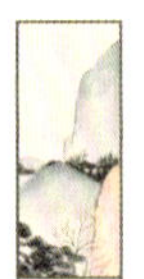

六君子图　92cm×42cm　2022年

六君子图

拟云林子笔意。子曰：“君子合（和）而不同。”

山居踪已定，君子款款风。

土陂凝恭气，清姿肃穆容。

远眺怀高朗，近期落征鸿。

秋深自浓淡，气韵留史雄。

绘画之要在境界，以其高妙构思写出作者之高怀，以思想感人，而（非）世人所言之笔墨。诗画一体，以诗之境界论画，乃中国画之传统。白阳又及。

当年倪氏以此图赠友人，被后世大家所推崇，名家题跋甚多。作者所绘之精神，非俗人所知也。

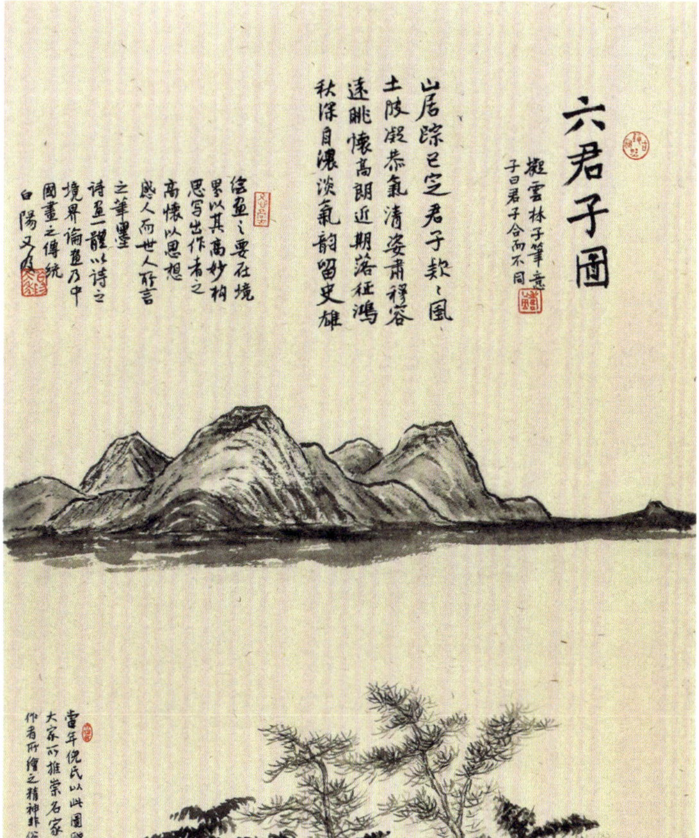

六君子圖

擬雲林子筆意
子曰君子合而不同

山居踪已定君子款款風
土陂凝恭氣清姿肅穆容
遠眺懷高朗近期落征鴻
秋深自濃淡氣韻留史雄

繪畫之要在境界以其高妙構思寫出作者之高懷以思想感人而世人所言之筆墨詩畫一體以詩之境界論畫乃中國畫之傳統 白陽又及

當年倪氏以此圖贈友人被後世大家所推崇名家題跋甚多作者所繪之精神非俗人所知也 陽

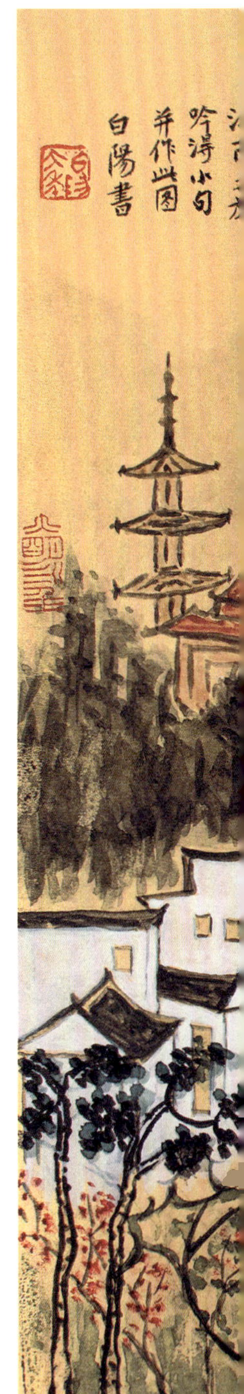

江南春　50cm×50cm　2023年

江南春

春绿江南好风多，香薰千户看碧萝。

人间春梦家家好，天花飘落日日奢。

摇棹载酒醉情日，远钟带雨润心和。

最是无恙辞官署，长笑迎春作湖客。

岁次癸卯之春，天清风和，忆及江南之旅，吟得小句并作此图。白阳书。

江南春
春绿江南
好风多香薰
家好天花飘
载酒醉情日
远钟带雨润
心和最是无恙
辞官署长笑
迎春作湖客

危坐　100cm × 48cm　2023年

危坐

群山已拜尽，独坐高松荫。

奇石宜放目，异想开天襟。

鸿飘云外羽，龙游五洋心。

斯世此危坐，放飞一长吟。

癸卯之新夏，写于太行之东麓陋室灯下。白阳。

危坐
群山已拜盡獨坐高松
蔭亭石宜放目異想開
天襟鴻飄雲外羽龍遊
五洋心斯世此危坐放飛
一長吟
癸卯之新夏寫於太行之東麓陋室燈下
白陽

松山读书图　92cm×57cm　2022年

松山读书图

仰望悬崖一松姿，恰如云龙腾雾时。

敢问人生如此松，八面风吹劲如斯。

读书山水一偏隅，清风明月作相知。

松风入襟总浩荡，立足世间有坚石。

白阳写。

松山讀書圖
仰望懸崖一松姿恰如雲龍騰霧時
敢问人生如此松八面風吹不動身勁如斯
讀書山水一偏隅清風明月作相知松風入
襟懷浩蕩立足世间有堅石
白陽寫

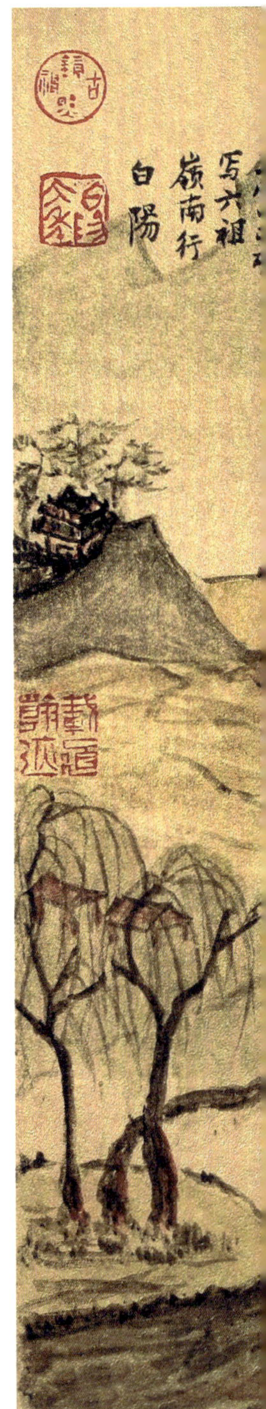

悟了自度　50cm×50cm　2022年

悟了自度

金经一句了悟禅，辞师自渡去岭南。

丹青亦是悟自性，千山万壑出心源。

壬寅之春，写六祖岭南行。白阳。

悟了自度
金经一句了悟
禅辞師自渡
去嶺南
丹青亦是悟

秋枫 50cm×50cm 2022年

秋枫

好花天外落，惊异此秋时。

旅人添清苦，夜雨瘦疏枝。

涉世常惊梦，兴怀苦吟诗。

归雁斜阳外，远望欲寄时。

题《秋枫》一首。壬寅，白阳。

好花天外落鹭異山秋時旅人添
清苦夜雨瘦踈杖涉世常惊夢興
懷苦吟詩歸雁斜陽外遠望欲
寄時
題秋楓一首壬寅白陽

舟行出峡图　65cm×45cm　2022年

舟行出峡图

行舟穿峡夜，猿啼山月寒。
旅人思家苦，孤浆击灯悬。
峡门斧劈开，初日一轮燃。
碧垂古松怪，岩危开异天。
穿峡如再生，鼓呼见人间。

壬寅之冬，写于太行之东陋室。白阳。

舟行出峡图
行舟穿峡夜猿
啼山月寒旅人
思家苦孤槳擎
燈懸
峡门斧劈開初
日一輪燃碧垂
古松懸巖危開
異天穿峡如再生
鼓呼見人间
壬寅之冬
写於太行
之東陋室
白陽

仰天长啸　65cm×45cm　2022年

仰天长啸

古松天外摇，飚狂吹岳岱。

吾心浩如海，日月可乘载。

渺渺个人谋，荡荡英烈态。

福祸原有数，蜉蝣一夕哉。

德高岂爵论，草劲英万代。

太白酒后剑，长啸匣出外。

壬寅之冬，白阳。

仰天長嘯
古松天外摇飚狂吹岳岱吾心
浩如海日月可乘載渺渺個人誅
蕩蕩英烈慈福禍原有數蜉蝣
一夕哉德高豈爵論草劲英萬
代太白酒後剑長嘯匣出外
壬寅之冬因疫情而賦 白陽

后记

旭宇

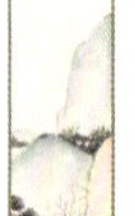

在全国文艺界学习贯彻习近平总书记文艺思想，行进在华夏民族走进伟大复兴新的时代春潮中，河北省委宣传部、省文联联合推出“燕赵文艺名家丛书”，这是对河北艺术家的极大重视与关爱，也是河北文艺界创作成果一场盛大的展示。我有幸被列入名单之中，深感荣幸和激励。

由胡湛、刘谨二位同志主编的《文人旭宇》选题很好。题目把我定位为“文人”，是对我的鼓励和褒奖。我始终认为自己是祖国厚博大地上的一棵小草，是源于莽莽昆仑奔腾入海的一滴水；是华夏大地哺育了我，是博大精深的民族文化养育了我。在伟大悠久的中华民族文化面前，我永远是一名小学生，一名终生求学的学子，一名农民的儿子。我也是一名草根族、一名追星族。我追的星是我国历史上的贤哲，如老子、孔子、屈原、王羲之、颜真卿等照耀中华天空的巨星，以及和中国传统文化融汇一体的国学经典。如果说我今天多少有一点成绩，那都是伟大祖国文化的哺育、先贤们的教诲。我常说自己是一块千人糕，是家国、父老乡亲、师长朋友把我培养而成的。中国文联授予我“终身成就奖”，更是对我的鼓励和鞭策。

我自幼喜欢诗书画。上小学时就对中国传统文化充满景仰，立志读一辈子书，做一个文人，学习和弘扬传统文化。年轻时我当过师范学校的书法教师，做过《兵团战友》报的编辑记者，以及多个杂志的主编和文艺家协会的领导。改革开放的伟大时代和火热的社会生活让我心情澎湃，给了我力量和激情，给了我灵魂和向往，给了我矢志不渝的终身探求和目标。在厚重、伟大、光辉的祖国文化面前，我要成为一名终生的少年。所以，我在八十高龄后又拾起少年时的画笔，沉下心来，以老子的哲思进入清静境界，将诗、书、画融而为一，探索创作出文人山水二百余幅，开创了一个新的领域。

很难说我是一名合格的文人，但我确是一名矢志不渝、持之以恒的中国文化的追星者，一名八十高龄后仍坚持不懈、甘之如饴的学子。做一名中国传统文化的传薪人和守护者，不断地探寻、不断地进取，我的文人之梦的月亮永远闪耀在前进的路上。

《文人旭宇》对我的诗、书、画、学进行了细致的分析和梳理，促进了读者对我创作的心路历程的了解与交流，也反映了两位主编于中国传统文化的深刻认知和修养。其中不乏过誉之词，我只能视为对我的期冀和提示。在宏伟浩博的民族文化面前，我愿将自己的一点余热点燃朋友们的熊火，我也愿做一面供大家前行时借鉴的镜子，则我愿足矣。

再一次感谢省委宣传部、省文联领导的关爱，感谢两位主编的认真解析、评述和辛苦的付出，感谢出版社的精美设计以及所有关心支持我艺术人生之旅的各位朋友。祝愿河北文艺事业蓬勃发展，大家辈出，更著辉煌！

2025年3月